KB108038

울지 않는
새는

하늘에
빠진다

울지 않는 새는 하늘에 빠진다

지은이 유이카와 케이
옮긴이 박재현
펴낸이 양동현
펴낸곳 도서출판 나들목
    출판등록 제6-483호
    02832, 서울 성북구 동소문로13가길 27
    전화 02) 927-2345 팩스 02) 927-3199

초판 1쇄 인쇄 2016년 6월 30일
초판 1쇄 발행 2016년 7월 5일

ISBN 978-89-90517-94-4 / 03830

NAKANAI TORI WA SORA NI OBORERU
Copyright © KEI YUIKAWA, GENTOSHA 2015,
Korean translation rights arranged with Kei Yuikawa c/o BERG
through Japan UNI Agency, Inc., Tokyo and Korea Copyright Center, Inc., Seoul

이 책의 한국어판 저작권은 한국저작권센터(KCC)를 통한 저작권자와의 독점 계약으로 도서출판 나들목에 있습니다.
저작권법에 의해 한국 내에서 보호를 받는 저작물이므로 무단 전재와 복제를 금합니다.
*나들목은 도서출판 아카데미북의 임프린트입니다.

www.iacademybook.com

이 도서의 국립중앙도서관 출판시도서목록(CIP)은
e-CIP홈페이지(http://www.nl.go.kr/ecip)와 국가자료공동목록시스템(http://www.nl.go.kr/kolisnet)에서
이용하실 수 있습니다. CIP제어번호 : CIP2016015013

울지 않는 새는

유이카와 케이
唯川恵

하늘에 빠진다

박재현
옮김

나들목

프롤로그

주말이면 늘 그렇듯 딸아이와 둘이서 점심을 먹으러 갑니다.

아오야마에 있는 멋진 일식집입니다.

밤에는 가이세키* 코스밖에 없어 매우 비싸다고 하는데, 점심은 가격이 적당해서 딸아이가 "꼭 엄마랑 먹고 싶었어."라며 선택한 곳입니다.

사실 딸아이에게 감기 기운이 있어서 무리하지 말라고 했는데도, 엄마랑 같이 먹으면 기운 날 것 같다고 하더군요. 정말이지 늘 아이로 인해 힘이 납니다.

엄마밖에 모른다고 놀림 받을지도 모르지만 딸아이는 정말 엄마

---

*懷石 : 일본 전통 요리. 본래는 다과회에서 주최자인 주인이 손님에게 대접하는 요리.

를 끔찍이 생각하는 아이로 자라 주었습니다. 편모 가정이라 힘든 시기도 있었지만, 이렇게 딸과 둘이서 사이좋게 지낼 수 있는 날들에 감사할 따름입니다.

그럼 요리를 소개해 보겠습니다. 사진이 그다지 잘 나오지 않아 조금 아쉽지만, 플레이팅에 정성을 기울여 눈으로도 맛있게 즐길 수 있는 요리였습니다. 일본이라는 나라에 태어나서 행복하다고 느낀 순간이었지요. 이게 이천팔백 엔이라니 두말할 나위 없이 훌륭했습니다. 더군다나 딸과 함께하는 점심이라면 그 맛도 두 배가 됩니다. 여러분에게도 꼭 추천하고 싶은 가게입니다.

이 블로그를 시작한 지도 이제 일 년이 되어 갑니다.

딸과 생활하는 일상의 모습을 담은 평범한 블로그지만, 앞으로 자주 찾아와 주세요.

울지 않는 새는 하늘에 빠진다

1

치하루

블로그를 다 읽은 치하루는 머쓱해서 이내 컴퓨터를 껐다.

방문할 식당 정보를 인터넷에서 검색하다가 우연히 본 것이다.

나이는 적혀 있지 않지만, 내용으로 보아 적당히 나이 든 엄마와 그 딸일 것이다. 이렇게 딱 붙어 지내는 관계라니, 기분 나쁘다고밖에는 할 수 없다.

치하루는 베란다로 시선을 던졌다. 창 너머로 땅거미가 내리는 도도로키 계곡 공원의 숲이 보였다. 바람이 부는지 나무들이 이리저리 흔들리고 있었다.

부엌으로 간 치하루는 뜨거운 김이 피어오르는 냄비 속을 들여다보았다. 끓고 있던 미네스트로네가 어느 정도 걸쭉해졌다. 오늘 밤 메뉴는 이것과 찐 닭 그리고 토마토 샐러드다. 와인글라스도 준비한다. 냉장고에서는 화이트 와인이 차갑게 식고 있다.

식기장에서 잔을 꺼내 들고 아일랜드형 부엌을 돌아 나왔다. 거실 테이블로 다가가다가 치하루는 놀라서 멈춰 섰다.

'그 사람을 위해서?'

어느새 미하루가 앉아 있었다. 테이블 위에서 한손으로 턱을 괴고는 기막히다는 듯 치하루를 쳐다보았다.

"아니야. 내가 먹고 싶었을 뿐이야. 요즘 계속 외식했더니 칼로리가 초과되기도 했고."

'하지만 이인분이잖아.'

"만드는 김에……."

치하루는 미하루의 말을 무시하고 테이블에 잔을 올려놓았다.

'치하루, 너 대체 어떻게 된 거야? 한 달에 십오만 엔밖에 못 버는 저런 프리터*를 집에 끌어들이고. 게다가 요리까지 만들어 주다니. 바보짓도 정도가 있어. 당장 쫓아내.'

"알고 있다고. 잠시만이야."

'잠시라더니 벌써 일주일도 넘게 있었어. 잠깐 한눈파는 거라도 그렇지, 좀 괜찮은 남자로 고를 순 없어?'

"그러니까 그런 게 아니라고 했잖아. 그 사람도 열심히 노력하는 것 같아서 좀 안쓰러울 뿐이야."

'열심히?'

---

* freeter: '자유free'와 '아르바이터arbeiter'를 결합한 신조어. 학교를 졸업한 뒤 아르바이트나 파트타임으로 생활을 유지하는 젊은이를 가리킨다.

미하루는 경멸하듯 입술 끝을 찡그렸다.

'그런 게 대체 무슨 소용이 있어? 치하루, 너 벌써 서른둘이야. 애도 아니고……. 노력한다고 다 성공해? 세상이 그리 녹록하지 않다는 것쯤은 잘 알잖아?'

치하루는 대꾸하지 않고 부엌으로 돌아가 토마토를 썰기 시작했다.

'설마 그 사람과의 섹스가 좋았던 거야? 그래서 완전히 섹스 중독이라도 된 거야?'

"그만해."

'그 사람에게 들키기라도 하면 어쩌려고 그래? 분명 여기서 쫓겨날 거야. 쥐꼬리만 한 월급을 받고도 이렇게 우아하게 사는 건 다 그 사람 덕분이잖아. 쫓겨나면 정작 힘들어지는 건 치하루 너야. 그래도 좋아?'

치하루는 공공기관 산하단체에서 직원으로 일하고 있다. 직원이라곤 해도 연봉 300만 엔 정도의 단순 계약직 사원이다.

"알아. 들키지 않게 조심하고 있어."

'저런 남자 때문에 위험한 다리를 꼭 건너야겠어? 정말 못 말리는 바보라니까. 이 멍청이!'

치하루도 가만있지 않고 쏘아붙였다.

"자꾸 바보, 바보 하지 마! 나도 충분히 생각하고 있으니까. 이제 됐으니까 그만 사라져."

흥, 미하루는 콧방귀를 뀌고 홀연히 사라져 버렸다.

치하루는 양상추가 든 샐러드 볼에 토마토를 얹었다. 드레싱은 마요네즈로 마무리할 생각이었는데 칼로리가 신경 쓰였다. 직접 만들기로 마음을 고쳐먹고 냉장고에서 식초를 꺼냈다.

미하루는 때때로 이렇게 나타난다. 처음 만난 게 다섯 살 때였으니까 벌써 27년이나 함께 지냈다. 어쩌면 그것은 기억 속의 존재로, 아마 태어났을 때부터, 아니 태어나기 전부터 함께였을 것이다.

미하루는 언제나 신랄한 어조로 치하루의 일에 이러쿵저러쿵 참견한다. 지금까지 대체 얼마나 싸웠을까. 찍소리도 못하게 윽박지른 적도 많다. 미하루가 없었다면 훨씬 조용하게 살았을 것이 분명하다. 하지만 미하루가 없는 인생은 상상조차 할 수가 없다. 미하루는 유일한 친구이자, 단 하나뿐인 응원군이었다.

초인종이 울리고 인터폰 화면에 고타로가 나타났다. 쌍꺼풀진 눈이 덩치 큰 개를 닮아서 어딘가 사람을 편안하게 만들어 주는 구석이 있다.

"다녀왔어."

장난스럽게 얼굴 앞에 브이 사인을 만든다. 고타로는 언제나 지나칠 정도로 밝다. 그래서 싫증이 나지 않는 건지도 모르지만.

현관문을 열자 고타로가 안으로 들어오더니 코를 벌름거렸다.

"와, 좋은 냄새. 오늘 저녁은 뭐야?"

"별 거 아니야. 수프랑 닭. 닭은 지금부터 삶으려고."

"우와, 닭 요리? 고마워. 치하루가 차린 음식을 먹을 수 있다니 난 세상에서 가장 행복한 사람이야."

울지 않는 새는 하늘에 빠진다

듣기 좋은 말에 무심코 웃음이 터졌다. 하지만 재빨리 웃음기를 거두고 뾰로통하게 굴었다.

"손이나 씻고 와."

"네, 네."

고타로가 세면실로 들어갔다. 치하루는 닭을 삶기 시작했다. 이윽고 흐늘흐늘한 옷으로 갈아입은 고타로가 거실로 나왔다. 그는 테이블 위에 놓인 와인글라스를 보더니 빙긋 웃었다.

"이야, 와인도 있네. 나 때문에…… 괜히 미안해지는데."

"내가 마시고 싶어서 꺼낸 거야."

"뚜껑은 내가 딸게."

고타로는 부엌으로 와서 냉장고에서 차갑게 식은 화이트 와인을 꺼내고, 서랍을 뒤져 와인 오프너를 찾았다. 그러고는 치하루를 뒤에서 꼭 안았다.

"치하루와 이렇게 지낼 수 있다니 꿈만 같아. 나, 앞으로 뭐든 잘 될 것만 같아. 아니, 기분만 그런 게 아니야. 치하루를 위해서라도 기필코 성공할게. 그러니 조금만 기다려 줘."

고타로는 귓불에 가볍게 키스하고 테이블로 돌아갔다.

치하루는 뜨겁게 익은 닭을 접시에 옮겨 담고 레몬을 짰다. 고타로는 벌써 잔에 와인을 따르고 있었다.

둘은 마주 앉아 잔을 가볍게 부딪쳤다.

"건배!"

한 모금만으로도 와인의 상큼한 맛이 입안 가득 퍼졌다. 치하루는 만족했다.

고타로는 성급히 닭 한 조각을 젓가락으로 집어 입에 넣더니 씹지도 않고 칭찬부터 쏟아부었다.

"맛있어! 적당히 잘 삶아졌고, 레몬 뿌린 것도 딱 좋아. 역시 치하루야. 아무리 유명한 셰프라도 명함조차 못 내밀겠어."

간단한 요리다. 더구나 평소에 자주 먹던 것이다. 고타로는 무얼 먹든지 '맛있다'는 말만 한다. 인사치레로 하는 말일 것이다. 미각도 둔할 것이 뻔하다.

"내일 말인데, 알지?"

치하루가 고타로의 말을 싹둑 잘랐다.

"어? 뭐였지?"

고타로가 느긋하게 물었다.

"말했잖아. 내일은 아버지가 올라오시니까 친구네 집에서 자고 오라고."

"아아, 그랬었지. 응, 알았어. 그렇게 할게."

"재워 줄 친구는 있어?"

"어떻게든."

"그럼……, 얼른 거기로 옮겨 주면 좋겠어."

"응, 그건 좀……."

"벌써 일주일이 넘었어."

"응, 알아. 미안해."

고타로도 어쩔 수 없다는 듯 고개를 숙였다. 그 모습이 연극 같지

울지 않는 새는 하늘에 빠진다

만 밉지는 않다. 치하루는 작게 한숨을 내쉬었다. 베란다 창 너머에
는 이미 해가 떨어져 숲이 하늘보다 어둡게 내려앉아 있었다. 그 젖
은 듯한 짙은 먹색이 다소 기분 나쁘게 느껴졌다.

"언젠가 아버님을 만나 뵙고 인사드리고 싶어."

고타로가 진지하게 말했다.

"지금 내 처지로는 힘든 거 알아. 나이 어린 프리터 주제에 인정받
기 어렵겠지. 그래도 언젠가는 반드시 아버님 앞에 나서도 부끄럽지
않은 사람이 될 거야."

"그런 생각은 안 해도 돼."

"아버님처럼 어엿한 사장님까지는 아니겠지만, 나도 시험만 붙으
면 얼마든지 취직할 수 있어."

"붙으면."

"그렇긴 하지."

"시험, 어렵다면서."

"응, 사법고시만큼."

고타로가 조금 으스댔다.

"그래도 문제없어. 믿어 봐. 다음에는 꼭 합격할 자신 있으니까."

치하루는 샐러드를 입으로 가져갔다. 시험 따위는 아무래도 좋다.
고타로와 미래를 함께할 마음은 전혀 없다.

아무 대답도 하지 않고 있었더니 고타로가 다시 입을 열었다.

"지금에 와서 말하기도 좀 뭣하지만, 치하루가 나 같은 사람에게
관심을 가져 주다니 꿈만 같아. 처음 만났을 때, 엄청난 미인인 데다

온몸에 두른 건 명품이지, 딱 보기에도 부잣집 아가씨 같아서 일찌 감치 마음 접고 있었어. 나 따윈 안중에도 없을 거라고."

"정말 내가 왜 그랬는지……."

"가진 자의 변덕 같은 건가?"

치하루는 잠시 생각하고 나서 고개를 주억거렸다.

"뭐, 그렇다고 쳐."

이렇게 거만하게 대답해도 고타로는 싫은 내색이 없다.

"응응, 그걸로 충분해. 그것만으로도 엄청난 행운이니까. 앞으로 절대 후회할 일 없을 거야. 나와 만나서 정말 잘됐다고 생각할 날이 올 거야, 반드시."

고타로는 자신을 납득시키려는 듯 몇 번이고 고개를 끄덕였다. 그 리고 나서 하루 동안 있었던 일들을 들려주기 시작했다. 기분이 좋 아 보였다. 먹고 마시며 혼자 떠들고 혼자 웃는다.

고타로는 늘 저렇다. 가끔 바보 같다고 생각은 했지만 불쾌하지는 않았다. 어쩌다 치하루가 웃음이라도 보일라치면 "아, 내가 당신을 웃겼어!"라고 외치며 어린애처럼 까불댔다.

어쩌다 고타로와 이렇게 되었을까. 정말이지 신기할 노릇이다. 남 자와 교제를 한다면 수입이 됐든 외모가 됐든, 누가 보더라도 인정 할 만한 상대여야만 했다. 고타로는 외모가 나쁘지는 않지만 연하인 데다 프리터다. 상상하지 못했던 일이다. 집에 들이기는커녕 데이트 조차도 수락하지 않았어야 했다. 그런데 어째서 이렇게 침실에까지 들인 걸까.

그것은 아마 고타로가 치하루를 끝없이 찬미하기 때문일 것이다. 아낌 없는 칭찬은 치하루를 견딜 수 없을 정도로 기분 좋게 했다. 고타로 앞에서는 언제나 우월감을 느낄 수 있었다.

'그래, 난 아름다워. 난 우아해. 매일 이렇게 멋지게 살아가고 있는걸. 만족스런 날들을 보내고 있어.'

이런 생각을 확신시켜 주는 사람이었다.

고타로를 처음 본 것은 한 달하고도 보름 전, 스포츠센터에서 알고 지내는 사람이 주선한 소개팅에서였다. 남녀 다섯 명씩 나온 자리였다. 자기 자신을 은근히 자랑하며 어필하는, 어디에나 있는 소개팅이었다. 남자들은 모두 지극히 평범한 샐러리맨들로, 대화 내용도 평범했다. 치하루의 흥미를 끌 만한 상대는 한 명도 없었다. 메일 주소를 교환하는 일조차 없이 이벤트는 허무하게 끝났다.

그런데 다음 날 한 친구에게서 전화가 걸려 왔다.

"아시다 군, 기억해? 테이블 가장 왼쪽 끄트머리에 앉아 있던."

"음, 어떤 사람이었더라?"

"왜 파카하고 청바지 차림에 학생 같던 사람."

"아아."

아는 척은 했지만 기억은 흐릿했다. 여자들의 마음을 사로잡으려고 애쓰는 남자들 틈에서, 말하거나 상대를 찾는 것보다 먹고 마시는 데 더 열중하던 인상만 남아 있다.

"그 사람이 말이야."

친구가 불현듯 웃음을 터뜨렸다.

"나중에 대박, 대박이라며 난리를 피웠대."

"대박이라니, 뭐가?"

"치하루 너 말이야. 첫눈에 반했다나 봐. 저런 미인은 본 적이 없다면서. 대박일 정도로 아름답다는 거지."

"그게 뭐야."

그렇게 대답하기는 했지만 기분이 나쁘지는 않았다. 대박이라니. 너무나도 직설적인 칭찬이 묘하게도 신선하게 느껴졌다.

"그래서 말이야, 식사라도 같이 하자는데, 어때?"

"그 정도야 괜찮지 뭐."

치하루가 건성으로 대답했다.

그런 자리가 싫지 않았고 노골적으로 칭찬받을 수 있다는 것도 기분 좋았다. 밥까지 산다는데 특별히 마다할 이유가 없었다.

약속 장소는 아오야마에 있는 이탈리안 레스토랑이었다. 전화한 친구를 포함하여 여럿이 모이는 자리라 생각하고 들어갔는데, 기다리고 있는 것은 고타로 혼자였다.

그는 잔뜩 긴장하고 있었다. 이번엔 파카가 아니라 재킷 차림이었는데, 한눈에도 빌려 입은 티가 날 정도로 궁색해 보였다. 그는 필사적으로 평정심을 유지하려 했지만 웃음이 터져 나올 만큼 치하루에 대한 호의가 온몸에 넘쳐흘렀다.

웨이터가 와인을 주문받으러 오자 고타로가 말했다.

"나는 못 마시니까 물로 주세요."

"탄산수와 생수 중 어느 쪽으로 드릴까요?"

"아, 그냥 물이 좋습니다."

고타로는 물을 주문하고는 치하루에게 말했다.

"당신은 마시고 싶은 걸로 주문해요."

혼자 마시는 것도 내키지 않아서 하우스 와인 한 잔만 시켰다.

고타로는 잘 떠들었다. 공인회계사를 목표로 하고 있다는 것도 그때 들었다. 나이는 스물여덟. 네 살 연하다. 사립 W대를 졸업한 뒤에 세무사무소에서 일하면서 자격시험에 도전하고 있었는데, 1년 전 상사와 다투고서 회사를 그만뒀다고 했다. 그 뒤 보습학원 강사, 육체노동 등의 아르바이트를 하면서 생활과 공부를 병행하고 있었던 것이다.

"시험에 붙으면 어떻게 되는데?"

"취직 따윈 식은 죽 먹기지. 연봉 천만 엔도 꿈이 아니야."

"그래?"

"어, 믿지 않는구나?"

"글쎄."

"믿어 봐. 반드시 실현하고 말 테니."

기막히면서도 한편으로는 어딘가 미워할 수 없는 구석이 있었다. 무엇보다도 필사적으로 치하루의 마음을 얻으려고 노력하는 모습이 재미도 있고 자존심도 살려 주었다.

식사를 마치고 나서 계산은 당연히 고타로에게 맡겼다.

밖으로 나온 치하루는 술을 덜 마신 것이 아쉬워 "다른 데서 가볍게 한잔 어때?"라고 물었다. 술은 한 모금도 마시지 않은 고타로의 볼이 갑자기 붉어졌다.

"미안, 나 여기서 빈털터리가 됐어. 다시 아르바이트해서 돈을 모을게. 그때까지 일주일만 기다려 줄래?"

치하루는 내심 놀랐다. 지금까지 여러 남자를 만나 봤지만, 이런 말을 듣는 건 처음이었다. 와인을 마시지 않았던 것도 돈이 모자랐기 때문이었나 보다.

'이런 남자와 사귈 셈이야?'

"설마."

'그럼, 왜 가르쳐 주는 거야?'

"재미 삼아."

메일 주소를 교환하고 나자 고타로에게서 날마다 메일이 왔다. 휴대전화 화면에 하트 마크가 줄 지어 찍혔다.

일주일 뒤에 다시 같은 레스토랑에서 만났다.

"오늘 반 병 정도는 괜찮아."

고타로가 활짝 웃으며 말했다.

그날도 고타로는 유쾌하게 수다를 떨었고 틈날 때마다 치하루를 치켜세웠다. 몇 번이나 웃게 되었고 함께 있으니 즐거웠다. "일주일 뒤에 다시 만나 줄래?"라는 고타로의 요청을 굳이 거절할 이유가 없었다.

세 번째 데이트에서도 고타로는 역시 일주일 동안 번 돈을 다 썼다. 돌아가는 길에 치하루가 고타로를 불러 세웠다.

울지 않는 새는 하늘에 빠진다

"잠깐 우리 집에서 한잔 하고 갈래?"

고타로가 눈을 동그랗게 뜨더니 여러 차례 깜빡였다.

"그래도 돼?"

왜 그런 말을 했는지 묻는다면 변덕이라고밖에는 대답할 수가 없다. 아르바이트로 근근이 살아가는 고타로가, 도도로키 계곡 공원숲이 내려다보이는 50제곱미터의 1LDK* 집을 보고 얼마나 놀랄지 지켜보면서 우쭐거리고 싶은 마음도 있긴 했다.

맨션에 당도하자, 고타로는 예상했던 대로 건물과 방을 보고 입을 쩍 벌렸다. 베란다에서 바라다보이는 창밖 풍경에 '멋지다'는 말을 연신 내뱉었다.

"여기 뭐야, 엄청 고급이잖아. 당신 집이야?"

"설마."

"그럼 임대? 임대료 비싸지? 치하루 씨, 월급 엄청 세구나."

"내가 내는 건 아니니까."

치하루는 조금 뜸 들이다가 "아버지가 빌려준 거야."라고 덧붙였다.

"오, 치하루 씨네 부자구나."

"대단하지는 않지만."

"혹시 사장님이야?"

"일단은."

---

* 1LDK : 방 1개에 거실, 식당, 부엌을 한 공간에 배치한 주택 구조.

실제로 아버지는 고향에서 규모가 크지는 않지만 부동산 회사를 경영하고 있다.

"우와, 사장님 따님이었구나. 엄청나. 역시 처음 봤을 때부터 평범한 사람은 아니라고 생각했어."

둘이서 와인 한 병을 다 비웠을 무렵에는 완전히 취기가 돌았다. 고타로가 주뼛주뼛 치하루에게 다가오더니 키스했다. 잠시 주저하는가 싶더니, 니트 위로 드러난 가슴을 더듬고, 스커트 자락 사이로 손가락을 뻗어 왔다. 물론 치하루는 조금도 당황하지 않았다. 집에 가자고 말했을 때부터 이렇게 될 것을 예상했었다. 옆방 침대로 이끌자 고타로가 허둥지둥 따라왔다. 잔뜩 긴장한 채 침대 앞에 선 고타로는 치하루의 옷을 천천히 벗기고 나서 자신도 곧 알몸이 되었다.

길고 깊은 키스를 나눈 뒤, 고타로의 혀가 유두를 거쳐 사타구니로 내려갔다. 그는 보석을 대하듯 치하루를 어루만졌다.

"사랑해."

"아름다워."

고타로가 끊임없이 속삭였다.

이윽고 고타로가 바기너에 페니스를 삽입하고 허리를 움직이기 시작했다. 치하루는 가늘게 눈을 뜨고 고타로를 관찰했다.

무심결에 흥이 깨져 있는 자신을 발견한다.

이런 느낌은 비단 고타로뿐만이 아니었다. 누구와 섹스를 해도 마찬가지였다. 한창 몰두하는 남자의 모습을 보는 순간 흥분이 식어 버

울지 않는 새는 하늘에 빠진다

렸다. 여자들이 말하는 그 순간의 느낌, 예컨대 '머릿속이 떵하고 새하얘지는 것', '몸속이 뜨거워져서 녹아내리는 것', '온몸에 전기가 통하듯 찌릿찌릿한 것' 중에 치하루는 어느 것도 느껴 본 적이 없다.

"치하루 씨와 이렇게 되다니, 꿈만 같아."

고타로가 마치 여자를 처음 경험한 고등학생처럼 눈을 반짝였다.

"나, 치하루 씨를 처음 봤을 때 번개에 맞은 것 같았어. 그런 일이 있을 수 있는 게 놀라워. 아껴 줄게. 반드시 행복하게 해 줄게."

네 번째 데이트 날, 고타로가 갑자기 부탁을 해 왔다.

"미안하지만, 사흘만 같이 지내면 안 될까?"

약속 장소에 큰 캐리어백을 끌고 나타났을 때부터 이상하긴 했다.

"무슨 일인데?"

"그게 좀 난처해져서……. 같이 지내는 친구가 사흘간 집에 여자친구가 와 있기로 했다면서 그동안 다른 데서 지내 달라고 부탁해서 말이야. 처음 생긴 애인이라는데 거절하기가……."

치하루가 대답을 망설이자 애원하듯 두 손을 모았다.

"부탁해, 사흘만."

"정말 딱 사흘만이지?"

치하루는 다짐받듯 물었다.

"응, 딱 사흘."

이미 한 번 묵었는데 사흘쯤이야. 그 사람이 올 예정도 없었다. 만일 올 거라면 미리 연락을 준다. 그때는 불문곡직하고 고타로를 쫓

아버리면 된다.

알았다고 하자 고타로는 부랴부랴 따라왔다. 집에 도착하자마자 잔뜩 기대하는 눈치였지만 섹스는 허락하지 않았다. 전과는 상황이 달랐고, 치하루 자신이 그럴 마음이 없었다. 거부 당한 고타로는 내심 실망한 얼굴이었지만 자신의 처지 때문인지 집요하게 요구하지는 않았다. 소파에서 몸을 작게 웅크렸다.

그때는 정말 사흘 만에 나갔다. 하지만 보름도 지나지 않아 다시 같은 부탁을 해 왔다.

"대체 뭐야?"

치하루가 캐물었다.

"어째서 당신만 집에서 나와야 하는데. 친구랑 둘이서 빌린 방이잖아?"

고타로는 횡설수설했다. 그 여자친구가 기가 세다는 둥, 친구 녀석에게도 여러 사정이 있다는 둥 온갖 변명을 늘어놓았다.

"왠지 거짓말 냄새가 나는데."

치하루가 의심의 눈초리로 캐묻자 "미안." 하고 고개를 숙였다.

"얹혀사는 형편이라…….."

치하루가 눈을 깜빡이며 고타로를 바라보았다.

"사실은 아르바이트 수입만으론 생활이 안 돼서, 이제껏 친구네 아파트를 전전하고 있었어. 다른 갈 만한 친구네가 있는데 그 친구에게도 사정이 좀 생겨서 사흘 뒤에나 들어갈 수 있을 것 같아. 그러니 그동안만 좀 부탁할게."

고타로가 다시 한번 머리 숙여 간청했다. 부탁을 받는 것도, 하는 것도 질색이지만 풀이 죽은 모습을 보고 있자니 연민과 자부심이 동시에 올라왔다.

"이번이 정말 마지막이야. 진짜 사흘뿐이야."

"살았다! 이 은혜는 꼭 갚을게."

그랬던 고타로가 일주일이 지나도록 머물러 있다.

다음 날 아침, 고타로를 아르바이트 장소로 서둘러 내보내고 출근 준비를 하고 있을 때 휴대전화가 울렸다. 화면을 들여다보니 '엄마'였다. 한 달에 한두 번은 꼭 이렇게 전화가 온다.

치하루는 '엄마'임을 확인하고는 잠시 망설였다.

'어쩌지?'

할 수만 있다면 받고 싶지 않다. 하지만 받지 않으면 가만 있지 않을 것이다. 분명 다음에 통화할 때 "저번에 왜 안 받았어?" 하고 윽박지를 것이 뻔하다. 치하루는 자포자기하는 심정으로 통화 버튼을 눌렀다.

전화기를 귀에 대자마자 고압적인 목소리가 쏟아졌다.

"너, 다음 달 할머니 제삿날에 올 수 있지?"

늘 이런 식이다. 상대방의 상황은 개의치 않고 느닷없이 용건을 꺼내 놓는다.

"그게 언제예요?"

엄마가 날짜를 말한다.

"아마 될 것 같아요."

"아마, 라니 그게 뭐야?"

"아니, 갈 수 있어요."

"그럼 처음부터 그렇게 말하면 되잖아. 잘난 척하긴."

치하루는 아무 대꾸도 하지 않는다.

"올 때 친척에게 줄 선물도 잊지 마라. 역에서 파는 아무 물건이나 말고 유명한 가게 걸로. 싼 걸 나눠 주면 무슨 소리를 들을지 모르니까. 그리고 이웃들 눈도 있으니까 잘 차려 입고 와. 네가 그 나이에도 아직 독신이라서 엄마가 얼마나 체면이 안 서는지, 너는 알기나 하니?"

"주의할게요."

"그럼 부탁한다."

전화를 끊고서 치하루는 한동안 그 자리에 붙박여 있었다. 엄마 전화를 받고 난 뒤에는 늘 그랬다. 가슴이 옥죄어 오고 숨을 쉬기가 어렵다. 치하루는 마음을 가라앉히기 위해 잠시 그대로 있었다. 지각할 게 뻔했지만, 평정심을 회복하는 데는 어느 정도 시간이 필요했다.

잠시 호흡을 가다듬는 사이, 가슴속에 걷잡을 수 없는 욕망이 끓어오르는 게 느껴졌다. 그 느낌은 온몸에 넘쳐흐르더니 곧 뼛속까지 가득 채웠다.

갖고 싶어, 갖고 싶어, 갖고 싶어.

머리에 떠오르는 것은 지난 주에 쇼핑하다가 보았던 루부탱의 구두다.

그 구두가 갖고 싶어. 꼭 가질 거야.

갖고 싶다는 욕구가 안절부절못할 정도로 솟구쳤다.

도저히 억제하지 못하고 치하루는 그 구두를 사기로 결심한다. 비싸지만 돈이라면 어떻게든 될 것이다. 그러니 사자. 곧 날카로웠던 신경이 진정되고, 호흡이 편해지고 굳었던 등짝이 풀렸다. 겨우 자신을 되찾은 치하루는 안도의 한숨을 내쉬고 출근 준비를 마쳤다.

5년 전이다. 그때의 일을 치하루는 지금도 똑똑히 기억하고 있다.

퇴근 후 백화점 안을 걷고 있을 때 엄마에게서 전화가 걸려 왔다.

별 대수로운 내용도 아니었다. 고향 집 근처에 사는, 치하루보다 어린 여자가 결혼하게 됐다는 내용이었다. 단지 엄마는 그 결혼 상대가 그럭저럭 자산가라는 사실이 아무래도 달갑지 않았던 것이다.

"'그집 딸은?' 하고 묻는데, 엄마가 정말 할 말이 없더라. 그 아이는 전문학교밖에 안 나왔어. 그런데 도쿄의 유명 여대까지 나온 넌 뭘 하고 있는 거니? 진짜 이 엄마가 얼마나 부끄러운지 알기는 해?"

엄마는 도무지 성이 풀리지 않는지 속사포처럼 말을 쏟아 냈다. 그저 흥분한 채로 치하루를 공격했다. 그리고 마지막에 "네가 우리 집 망신은 다 시킨다."고 내뱉었다.

전화를 끊고 치하루는 잠시 우두커니 서 있었다. 머릿속이 엄마의 말들로 터질 것 같다. 때마침 앞에 서 있는 점원과 눈이 마주쳤다. 점원이 치하루를 보고 빙그레 웃어 주었다. 그 온화한 표정에 이끌

리듯 치하루는 얼떨결에 매장 안으로 들어갔다.

"어서 오세요. 찾으시는 물건 있으세요?"

점원이 정중한 태도로 치하루를 맞았다.

치하루는 멀거니 매장 안을 서성였다. 점원의 온화한 미소가 필요했다. 부드럽게 말을 걸어 주길 바랐다. 눈앞 진열장에 놓인 백을 손가락으로 가리키자 점원의 목소리가 환해졌다.

"어머, 이건 오늘 막 들어온 신상품이에요. 더구나 국내에는 딱 열점밖에 안 들어왔지 뭐예요. 역시 보는 눈이 있으시네요."

점원은 진열장에서 백을 내려 공손히 치하루 앞에 놓았다.

"손님처럼 키가 크고 스타일 좋으신 분에게 딱 맞는 디자인입니다. 자, 거울에 비춰 보세요."

권하는 대로 백을 들고 치하루는 거울 앞에 섰다.

"굉장히 잘 어울리세요. 이 정도의 상품이면 자신을 들어 줄 사람을 고른다지요. 역시 손님 정도는 되셔야죠."

"그런가요?"

"네, 물론이죠."

극진히 섬기는 듯한 점원의 태도에 기분이 좋아졌다. 마치 자신이 특별한 존재가 된 것 같았다. 점원이 기대에 찬 눈으로 치하루를 바라본다. 그것도 말할 수 없이 기분이 좋았다.

가격은 35만 엔. 뒤늦게 샤넬 매장이라는 것을 알아차렸지만 이미 금액 따위는 아무래도 좋았다.

갖고 싶어.

머릿속은 오로지 그 욕구로 가득했다.

"이거 주세요."

"감사합니다."

점원은 한 옥타브 높은 목소리로 인사하고 하녀처럼 공손하게 고개를 숙였다. 순간 우월감과 황홀감이 몸속을 관통했다. 엄마의 비난 따위는 어디론가 사라지고 없었다.

치하루의 본가는 도카이 지방에서도 인구 20만 명 정도의 중소 도시에 있다.

집에서 차로 10분만 달리면 논밭이 펼쳐지는 곳이다. 그곳에서 예순한 살의 아버지 도시오와 쉰아홉 살의 엄마 도모에, 다섯 살 아래인 남동생 히로카즈가 살고 있다.

아버지는 그곳에서 부동산 회사를 경영하고 있다. 농부의 셋째 아들로 태어나 학력도 배경도 없는 상황에서 역 앞에 가게를 열었다. 지금은 직원을 열 명이나 둔 사장님으로, 시골에서는 성공한 사람 축에 든다. 성격이 단순하고 화려한 것을 좋아해서 남들 눈에 띄고 싶어 한다. 성공한 자신을 과시하기 위해 무슨 일이든 앞에 나서길 좋아한다.

어머니는 천성이 괄괄하다. 살면서 경우를 잘 따지는 편이다. 자존심이 세고, 자신의 집안은 주위와 격이 다르다고 믿는다. 약점이 드러나는 것을 무엇보다 싫어하고, 자신을 대단한 사람처럼 포장하거나 무슨 일이든 강하게 밀어붙이는 데는 아버지와 일맥상통한다.

히로카즈는 엄마와 아버지의 사랑을 듬뿍 받고 자란 탓에 철이 없고 제멋대로 구는 데가 있지만 구김은 없다. 그 지방의 대학을 졸업한 뒤로 계속 아버지의 일을 돕고 있다.

치하루가 태어나고 얼마 되지 않았을 무렵 아버지는 상당히 넓은 토지를 구입했다. 그곳에 있던 낡은 집을 부수고, 대형 주택회사에 주문하여 새로 집을 건축했다. 흰 벽과 지붕창이 있는 멋스러운 구조가 아버지의 자랑이었다. 근방에서도 가장 눈에 띄었다.

주위 사람들에게는 유복한 가정으로 보일 것이다. 아이들에게도 윤택한 환경으로 비쳤을 것이다. 행복한 가족이라고, 누구나 생각했을 게 분명하다. 그렇게 생각하지 않았던 사람은 아마 치하루뿐일 것이다.

그날 밤 7시에 아오야마에 있는 식당에서 나카바야시 아키오 씨를 만났다.

전날 블로그에 실렸던 일본 전통 요리점이다. 물론 고급스러운 밤에 걸맞게 가이세키 코스다. 전통주 다이긴조*도 주문했으니 그 모녀가 지불한 밥값의 열 배는 될 것이다.

식사를 마치고 나서 나카바야시와 함께 택시를 타고 맨션으로 돌아왔다.

나카바야시와 사귄 지도 어느덧 5년이 다 되어 간다. 처음에는 일

* 大吟醸 : 청주의 일종.

주일에 두세 번은 만났지만 최근에는 한 달에 두세 번이다. 나카바야시는 이제 예순 살이 된다.

방에 들어서자마자 나카바야시가 두리번거렸다.

"전에 왔을 때랑 뭔가 느낌이 다르군."

순간 움찔했다.

"그래요? 변한 건 없는데요. 뭐 좀 마실래요?"

"따끈한 차가 좋겠군."

치하루는 부엌으로 가서 차를 준비했다. 최근 나카바야시는 부쩍 술이 약해졌다. 식당에서도 다이긴조를 입에만 댔을 뿐이다.

"남자가 생긴 건가?"

나카바야시가 웃으면서 말했다. 진심인지 농담인지 판단이 서지 않는다. 나카바야시는 그런 데가 있다.

"당신 집에서 어떻게 그런 짓을 하겠어요?"

집은 아침에 정성껏 치웠으므로 고타로의 흔적이 남아 있을 리 없다.

"당신은 아직 젊어. 다른 남잘 만난다 해도 어쩔 수 없지."

"진심이에요? 그럼 그래 볼까요?"

사기 주전자에 찻잎을 넣고 뜨거운 물을 따른다. 나카바야시는 대답이 없다.

"아시잖아요. 난 남자보다 쇼핑하거나 스포츠센터에 다니는 걸 더 좋아한다고요."

"그건 그거대로 곤란하지."

소파에서 쉬는 나카바야시에게 차를 내고 욕실로 가서 뜨거운 물을 받았다. 이제부터 같이 욕실에 들어가고 침실에서 섹스를 한다. 절차에 따른 밤이 기다리고 있다.

"치하루, 결혼은 어쩔 셈이지?"

욕조에 몸을 담그고 나카바야시가 물었다.

"왜 그런 걸 물어요?"

전 같으면 참지 못하고 치하루의 가슴이나 음부로 손을 뻗었을 텐데 최근에는 그러지도 않는다.

"슬슬 생각해 볼 나이 아닌가."

혹시 헤어지자는 말이라도 꺼낼 셈인가.

치하루가 긴장했다. 여기서 살 수 없게 되면 어쩌지. 용돈을 받지 못하면 어쩌지. 그럼 도저히 지금처럼 살 수가 없다.

"회사 사정이 안 좋아요?"

"뭔 소릴."

나카바야시의 웃음소리가 욕실 안에서 울린다.

"그게……."

"그게 아니야. 여기서 내보낼 생각은 없어. 있고 싶을 때까지 있어도 돼. 하지만 계속 이렇게 지낼 순 없잖아. 나도 치하루를 놓아 주는 건 아쉽지만 언젠가는 그런 때가 오겠지."

결국 같은 말이다. 지금 당장은 아니지만, 나카바야시는 이 관계에 기한을 두려는 것이다.

결혼. 그것을 상상해 봤다. 도무지 떠오르지 않았다. 누군가의 아내가 되고, 한 아이의 엄마가 되는 모습이 상상조차 되지 않았다.

욕실에서 나와 조금 늦게 침대에 드니 나카바야시는 이미 잠들어 있었다. 오늘도 섹스는 하지 않을 건가. 요즘 나카바야시는 자주 피곤하다고 말하고 치하루의 몸을 건드리지 않는 일이 늘었다. 깨울까? 하지만 섹스를 하지 않는 것도 나름대로 편하다.

어느샌가 치하루도 잠이 들었다. 잠에서 깨어 보니 11시 30분이었다. 나카바야시를 살포시 흔들었다.

"이제 갈 시간이에요."

"아, 그런가……"

나카바야시가 나른하게 몸을 일으키더니 침대에서 나왔다. 예전에는 더러 자고 가기도 했는데 최근에는 꼭 집에 들어간다.

"또 전화하지."

"네, 그러세요."

현관에서 나카바야시를 배웅하고 침실로 돌아오니 미하루가 있었다.

'내가 말했지?'

미하루가 아니꼬운 표정으로 침대 끄트머리에 앉아 있다.

'저 사람, 눈치챘어. 네가 남자 끌어들인 걸.'

"그럴 리 없어."

'그래서 다른 얘기로 화제를 바꾼 거야.'

"헤어지잔 소리는 한 마디도 안 했어."

'버림받으면 어쩌려고 그래? 네 연봉으로는 이런 고급 맨션에서 못 살아. 명품도 살 수 없고, 에스테틱숍도, 스포츠센터도 다닐 수 없다고. 기다리고 있는 건 비참한 생활뿐이야.'

"알고 있어. 같은 말 되풀이하지 마."

치하루는 얼굴을 돌리고 다시 침대로 기어들었다.

사실 치하루도 같은 생각이다. 나카바야시의 원조가 있었기에 이런 생활을 누릴 수 있었다. 이제 와서 임대료 7만 엔의 낡은 아파트에 들어가 직접 매니큐어를 칠하고, 슈퍼마켓 할인 코너나 헤매는 그런 생활을 하고 싶지는 않다. 지금 이대로 살고 싶다.

나카바야시를 처음 만난 건 회사와는 별도로 일주일에 한 번씩 나가는 아르바이트 가게에서다.

그 무렵 치하루는 날마다 욕망과 싸우고 있었다. 성욕이 아니었다. 어떤 의미에서는 가장 위험한 욕망이었다.

샤넬백은 카드론으로 가까스로 지불했지만, 쇼핑으로 한번 맛본 황홀감을 도저히 잊을 수 없었다. 잊기는커녕 욕망은 갈수록 커져만 갔다. 그것은 너무나도 단순했고, 그 때문에 강렬했다. 손에 넣을 수 없는 현실은 자신이라는 존재를 부정하게 만들었다.

어째서 자신이 이렇게까지 욕망에 농락당하는지, 치하루는 좀처럼 이해할 수 없었다. 그저 그 욕망이 엄마에게서 연락이 있은 뒤에 강해진다는 사실만은 알았다.

엄마의 전화는 늘 느닷없이 걸려 왔다. 게다가 자기가 하고 싶은 말밖에 하지 않았다. 대개는 이웃에 대한 험담이나 친척에 대한 불만, 몸 어디가 나쁘거나 아프다는 불평이다. 속이 시원해질 때까지 일방적으로 쏟아 내고, 마지막에는 모든 화를 치하루에게 쏟아붓는 것으로 끝냈다.

어린 시절부터 죽 그랬다. 최초의 기억이 시작되는 시점으로 돌아가 보면, 엄마가 따스하게 대해 준 기억이 없다. 엄마는 늘 치하루에게 짜증을 내고, 화내고, 감정을 드러내고 공격했다. 나름 적응되었다고 스스로를 다독여 보지만 아무리 시간이 흘러도 익숙해지지 않는다. 서른두 살이 된 지금도 엄마의 거친 소리를 들을 때마다 가슴이 짓이겨지는 것 같다.

엄마에 대한 갈등이 반복될수록 치하루의 욕망은 커져 갔다. 점원의 극진한 섬김을 받고 고급스러운 것을 몸에 걸칠 때의 우월감만 있다면 다른 것은 아무래도 좋았다. 욕망은 쇼핑에만 그치지 않았다. 유명 레스토랑에 가고 싶다, 스포츠센터에 다니고 싶다, 에스테틱숍에 가고 싶다…… 시간이 흐를수록 욕망도 확대되었다.

그 욕망을 채우기 위해서는 돈이 필요했다.

아르바이트를 해야겠다는 마음이 든 것은 그 때문이었다. 유흥업소라면 돈을 많이 벌 수 있으리라 생각하고 롯본기에 있는 클럽으로 호스티스 면접을 보러 갔다. 예상과 달리 시급은 2,000엔 정도밖에 되지 않았다. 기대에 미치지 못했다. 어떻게 할까 망설이면서 집으로 돌아오는데 누군가 말을 걸어 왔다. 넓은 칼라가 달린 정장을 입은, 마흔 살 정도의 마른 남자였다.

"이런 일에는 흥미 없어요?"

남자가 사람 좋은 웃음을 지으며 명함을 내밀었다. '패션헬스'라고
적혀 있었다.

"당신 정도의 미인이라면 일주일에 한 번씩 네 시간만 나오면 오
만 엔은 거뜬히 벌 수 있어요. 그것만으로도 월 이십만 엔. 나쁘지
않죠? 우리는 고객 수준도 높고 초보자 대환영이라 걱정할 것도 없
어요."

남자가 억지로 명함을 손에 쥐어 주었다. '왜 하필 나지?' 치하루
는 패씸해서 머리끝까지 화가 났다.

마음에 변화가 일어난 동기는 역시 엄마한테서 온 전화였다.

엄마는 또 친척과 실랑이를 벌인 모양이었다. 이유는 알 수 없었
다. 원래 이유 따윈 상관없다. 엄마는 그저 불같이 치밀어 오르는 화
를 치하루에게 쏟아부으면 그만이니까.

어떻게 대응을 하면 좋을까. 잠자코 있으면 "듣고는 있는 거야?"
라며 화를 낼 게 뻔하다. 반대로 무슨 말이라도 할라치면 "주제넘게
참견하지 마."라며 분노할 것이다. 주저하며 우물거리는 사이 엄마
가 화를 퍼부었다.

"넌 엄마에게 해 줄 말도 없어? 이런 알량하기 짝이 없는 애를 낳
았다니 일생의 불찰이야. 이 불효자식 같으니라고!"

전화가 뚝 끊겼다. 치하루에게 벼랑 끝에 내몰린 듯한 압박이 밀려
왔다. 동시에 몸속 깊은 곳에서 욕망이 불꽃처럼 피어오르는 게 느
껴졌다.

지난번에 받았던 명함이 떠올랐다. 그 일을 하면 매달 20만 엔을

울지 않는 새는 하늘에 빠진다

벌 수 있다.

'나는 반대야.'

미하루가 단호하게 말했다.

"그래도 이런 아르바이트 자리는 드물어."

'뭐하는 곳인지는 알지?'

"알아."

'매춘.'

"아니야, 매춘이 아냐."

'마찬가지야.'

"매춘은 범죄지만, 성 서비스는 법률로도 인정되는 직업이야."

'그건 억지야.'

"그게……."

참지 못하고 치하루가 소리쳤다.

"돈이 없으면 원하는 걸 손에 넣을 수 없어! 나, 꼭 갖고 싶어! 갖고 싶어 견딜 수가 없다고! 알아? 이대로는 나 어떻게 될 것만 같아!"

미하루는 슬픈 눈으로 치하루를 바라보고 더 이상 아무 말도 하지 않았다.

처음에는 한 번 하고 그만둬도 된다고 생각했다. 그런데 5만 엔을 건네받고 돌아오는 길에 전부터 갖고 싶었던 캐시미어 니트를 사고 나니 단숨에 마음이 환해졌다. 목구멍에 꽉 걸려 있던 응어리가 스윽 내려가는 것 같았다. 엄마에 대한 울분도 어느새 사라져 버렸다.

그날부터 일주일에 한 번씩 가게에 나가게 되었다.

가게에서 하는 일은 고객을 개인룸에서 마사지하는 것이다. 처음에는 낯선 남자의 몸을 만지는 것도, 그 사람이 자신의 몸을 만지는 것도 끔찍이 싫었지만 돈을 받을 때마다 감각이 마비되어 갔다. 그 돈으로 새 옷이나 구두를 샀다. 네일숍에서 정성껏 꾸민 손톱을 바라보면 기분이 밝아졌다.

나카바야시는 단골손님 중 한 명이었다. 중학교를 졸업한 뒤 온갖 역경을 이겨내고 지금은 하치오지에서 직원 300명을 거느린 토건회사를 경영한다고 했다. 나카바야시는 딸뻘인 치하루를 마음에 들어했다. 세 번 정도 왔을 때 그가 물었다.

"너, 기둥서방이라도 있는 거야?"

나카바야시는 나이에 비해 결코 보기 좋은 외모는 아니었다. 하지만 가게에 올 때 무심하게 걸친 재킷은 얼핏 봐도 고급이었고, 윗주머니에 아무렇게나 쑤셔 넣은 지갑은 언제나 두둑했다.

"그건 왜요?"

"너 같은 애가 이런 데서 일하는 게 뭔가 사정이 있겠지 싶어서."

"기둥서방 같은 거 없어요."

"그럼, 뭐 때문에?"

치하루가 웅얼거렸다.

"돈이 좀 필요해서……. 갖고 싶은 것도 많고요."

나카바야시가 측은한 표정을 지었다.

"그렇군, 용돈을 벌려고 하는군. 지금은 그런 시대니까. 그래서 얼마나 벌고 있는데?"

치하루가 사정을 솔직히 말하자, 그가 선뜻 물어 왔다.

"그럼 내가 원조해 줄까?"

그 말을 곧바로 이해했던 것은 아니다. 그러나 이해한 순간 바로 고개를 끄덕였다.

돈 때문이라고는 하지만 낯선 남자를 접대한다는 것은 본능적으로 혐오감이 드는 일이다. 그럴 바에는 나카바야시의 애인이 되는 편이 마음 편했다. 나카바야시는 불결하지도, 집요하지도 않았다. 계산도 깔끔했다. 불특정 다수의 남자들을 상대하는 것보다 훨씬 나았다.

나카바야시는 치하루의 욕구를 충분히 채워 주었다. 자신이 소유한 맨션을 제공했고, 원하는 브랜드의 물건을 사 주었고, 유명한 레스토랑에도 데리고 가 주었다. 에스테틱숍에도, 네일숍에도, 스포츠 센터에도 다니게 해 주었다. 이제 원하는 것을 참지 않아도 되었다. 그간의 생활은 치하루에게 부족함이 없었다.

2

아사코

식탁에 다가가자 엄마가 기다렸다는 듯이 A4 용지 몇 장을 펼쳐
놓았다.

"이번 점심은 어디가 좋겠니?"

용지에는 엄마가 컴퓨터로 검색한 레스토랑 세 곳의 정보가 인쇄
되어 있다.

"지난주에는 일식이었고 그전에는 파스타였으니까, 에스닉 요리
도 좋지 않을까 싶어서 알아봤어. 그리고 긴자의 소고기 샤브샤브집
과 나카메구로에 있는 두부 전문점. 유바가 굉장히 맛있대. 모두 괜
찮은 식당이라 정하기가 어렵네."

엄마가 흥분한 목소리로 말한다. 아사코는 연어 살코기를 한 점 입
으로 가져갔다.

밤 9시. 오늘 밤은 야근을 하니 저녁을 먹고 가겠다고 말했는데 역시 엄마는 식사를 준비해 두었다. '그러다 못 챙겨 먹으면 어떡하느냐'는 것이 엄마의 핑계다. 정성껏 차려 놨는데 젓가락도 대지 않으면 속상해할까 봐 늘 이렇게 먹는다.

엄마 노리에는 50대 중반으로, 여전히 소녀 같은 면이 남아 있다. 말투도 그렇지만 하얀 피부와 웃을 때마다 오른쪽 뺨에 생기는 보조개, 약간 통통한 몸매가 전체적으로 푸근한 인상을 준다.

나카노에 있는 60제곱미터의 맨션은 둘이 살기에 적당한 넓이다.

"그런데 이번 주에는 전시회가 있어서 못 갈 거 같아."

아사코가 우물거리며 대답했다.

"이런."

"미안, 좀 더 빨리 말할 걸 그랬나?"

"그럼 일요일로 할까?"

"주말 내내 이어지는 전시회라서 일요일도 힘들어."

"그래……."

엄마의 목소리에서 낙담이 노골적으로 느껴졌다.

"그래도 일이니 어쩔 수 없지."

엄마가 펼쳐 놓았던 용지를 주섬주섬 모은다.

"나머지는 내가 치울게. 엄마 먼저 자."

"그럼 부탁해."

엄마가 의자에서 일어나 부엌을 나섰다.

아사코는 식사를 마치고 설거지를 시작했다.

엄마가 주말에 딸과 점심을 함께 먹는 것을 가장 좋아한다는 것을 잘 알고 있다.

열세 살 때 아버지가 세상을 떠난 뒤로 오직 엄마와 단둘이 의지하며 살아왔다. 엄마의 고생을 가장 가까이에서 지켜봤다. 그로부터 14년, 아사코는 스물일곱, 엄마는 50대 중반이 되었다. 생활도 안정되고, 드디어 딸과의 생활을 즐길 수 있는 여유가 생긴 것이다. 그런 엄마에게 주말 점심 정도로 효도할 수 있다는 게 참 간단하지 않은가.

하지만 언제부턴가 그걸 부담스럽게 느끼는 자신을 발견했다.

"결국 네게 최우선은 엄마구나."

3개월 전에 들었던 말이다. 이업종교류회에서 알게 된 남자로, 교제한 지 반년 쯤 되었을 무렵이었다.

그의 말에 아사코는 굉장히 화가 났다.

"나와 엄마가 어떻게 살아왔는지도 모르면서 그런 소리 하지 마."

강경한 말투로 쏘아붙이자 남자는 겁에 질려 입을 다물었다. 결국 그것을 계기로 둘은 삐걱거리기 시작했고, 만나도 대화가 끊어지기 일쑤였다. 결국 '이제 한계인 것 같아.'라는 메일을 받고 말았다.

후회는 없다. 이별 통보를 메일로 하는 남자라면 차라리 잘 헤어졌다고 생각한다.

그래도 그 남자의 말은 앙금처럼 남아 있다.

그의 입장에서 보면 왜 항상 자신과의 데이트보다 엄마와의 약속이 먼저인지 불만이었을 수 있다. 엄마와의 저녁식사, 엄마와의 쇼핑, 엄마와의 여행, 또 엄마와의 주말 점심을 이유로 데이트를 거절한 적이 몇 번 있었다. 아사코의 입장에서는 오랫동안 둘만 생활하는 가운데 몸에 익은 습관 같은 것이지만, 남자에게는 이해하기 어려운 상황이었을지도 모른다.

그렇다고 해서 그게 비난받을 일이라도 되나. 오랫동안 고생한 엄마를 기쁘게 해 드린다는데 뭐가 문제란 말인가.

하지만 뭔가 잘못되고 있다는 생각도 잠깐씩 들었다. 뭔가 꺼림칙한 감각이 목구멍에 걸린 가시처럼 남아 있다.

이번 주말에 전시회가 열린다. 주말 중 하루만 얼굴을 비치면 되지만, 아사코는 이틀 모두 참가 신청을 했다. 아무래도 엄마와 점심을 먹는 것만으로 주말을 보내는 것은 아니라고 스스로를 납득시키고 싶었다.

설거지를 마치고 욕조에 들어갔다. 뜨거운 물에 몸을 담그니 하루 내내 앉아서 일하느라 굳었던 몸이 느슨하게 풀렸다. 후우, 숨을 내쉬는데 엄마의 실망한 얼굴이 떠올랐다.

엄마는 점심 먹을 식당을 알아보는 내내 들떠 있었을 것이다. 딸의 마음에 들 만한 곳을 찾고 또 찾았을 것이다. 엄마에겐 특별한 취미도 없고, 함께 외출할 만큼 친한 친구가 있는 것도 아니다. 월요일부터 금요일까지 파트타임으로 일하며, 평소 늘 절약을 한다. 엄마가 돈을 쓰는 데가 있다면 딸과의 주말 점심 정도랄까. 아주 약간 사치스러운 정도…….

아사코는 잠시 망설였다. 엄마가 즐겁다는데 들어주는 게 좋지 않을까. 점심 정도, 대수롭지 않잖아. 고작 남자에게, 그것도 헤어진 남자에게 들은 말에 신경 쓸 필요가 있을까.

욕조에서 나올 무렵에는 이미 마음이 다 풀어졌다. 아사코는 머리를 말리고 엄마 방 앞에 섰다.

"엄마 자?"

"아니, 아직."

"문 열게."

머리를 들이미니 엄마는 침대에서 책을 읽고 있다.

"좀 전에 했던 말, 토요일 점심에 잠깐 빠져나올게."

"됐어, 무리하지 마."

"괜찮아, 어떻게든 해 볼게. 전시회는 시오도메에서 하니까, 그 근처 식당으로 알아봐 줄래?"

"알았어. 알아볼게."

기쁨을 감추지 못하고 엄마가 환하게 웃었다.

14년 전, 아버지는 회사 일을 하던 중에 심근경색으로 세상을 떠났다.

회사의 연락을 받고 엄마와 둘이서 병원으로 달려갔을 때 이미 아버지는 싸늘하게 식어 있었다.

아버지의 죽음은 아사코에게도 큰 충격이었지만 특히 엄마가 받은 충격은 이만저만이 아니었다. 남편을 잃은 엄마의 모습은 상식을 벗어나 있었다. 어린아이의 눈에도 심상찮아 보였다. 아버지의 유해에

매달려 울부짖는 엄마에게 "엄마, 제발 좀 정신 차려."라고 달랜 것
도 아사코였다.

밤샘기도와 고별식은 아버지의 회사 사람들이 맡아 주었다. 그때
도 엄마는 상주 자리에 앉아 있지 못하고 널브러져 있었다. 그 초췌
한 모습에 엄마도 이대로 죽는 게 아닐까 걱정이 되어 엄마의 손을
놓을 수가 없었다.

밤샘기도와 고별식이 끝나고 화장이 진행되었다. 유골이 흰 상
자 안에 담겼다. 쇼진오토시*를 끝내고 아버지의 유골을 가슴에 안
고 집으로 돌아왔다. 시골에서 올라온 아버지의 친척들이 집까지 동
행해 주었다. 할아버지와 할머니는 오래전에 세상을 떠났고, 엄마의
친척도 이 세상에 없었다.

그런데 힘이 돼 주어야 할 친척들이 이날을 기다렸다는 듯이 불평
불만을 장황하게 늘어놓기 시작했다. 아버지의 몸 상태는 어떠했는
가, 건강 관리는 제대로 하고 있었는가, 잘했다면 왜 돌연 세상을 떠
난 것인가 등등.

아버지의 친척들도 슬픔과 놀라움이 컸을 게 틀림없다. 쇼진오토
시의 여운도 있었겠지. 해소할 대상을 찾지 못한 불만이 엉뚱하게
엄마에게 쏟아졌다.

그들은 아버지의 죽음뿐만 아니라 모든 게 마음에 들지 않았던 모
양이다. 어째서 절이 아니라 장례식장으로 갔는가, 어째서 자신들을

---

* 精進落とし : 장례 기간이 끝나고 평소의 식사로 돌아가는 것.

두고 회사 사람들에게 장례식을 맡겼는가. 심지어 부고를 알리는 순서까지도 불만이었다. 마지막에는 생명보험은 얼마나 들었는지, 산재 처리는 잘했는지까지 따져 물었다. 마치 범죄자의 자백을 받아내듯 엄마를 윽박질렀다.

엄마는 무릎을 꿇고 조용히 앉아 있었다. 이제 막 마흔이 된 엄마는 아버지의 친척들 앞에서 완전히 위축되어 꼭 쥔 손을 무릎 위로 올려놓고 눈물만 떨구었다.

누구보다도 괴롭고 힘든 사람은 엄만데, 그토록 심한 말을 퍼붓다니. 아사코는 그들이 도저히 용서되지 않았다.

"내 동생은 당신이 죽인 거야."

큰아버지가 내뱉은 잔혹한 말에 아사코는 자기도 모르게 벌떡 일어나 소리쳤다.

"엄마는 잘못한 게 없어요! 엄마를 나무라지 마세요!"

그들은 눈을 동그랗게 뜨고 아사코를 바라보았다. 그러고 나서 눈살을 찌푸리며 쓴소리를 했다.

"자식 예의범절도 엉망이구나."

그때 아사코는 마음속으로 다짐했다.

'앞으로 엄마는 내가 지키자. 평생 엄마의 편이 되자. 엄마를 위해 강해지자.'

통상적인 업무 외에 전시회 준비까지 더해져서 아사코는 눈 코 뜰 새 없이 바쁘다.

그녀의 직업은 그래픽 디자이너다. 지금 맡은 일은 10대 소녀를 대상으로 한 캐릭터 디자인. 노트나 수첩, 편지지 세트, 엽서 등에 사용될 것이다.

뭐가 좋을까. 귀엽고 개성 있고, 심플하면서 인상에 남는 것이라면 역시 동물인가. 하지만 동물 캐릭터는 너무 흔하다. 좀 다른 무언가를 원한다. 아사코는 책상에서 스케치북을 펼치고 그림을 그려 본다. 이런 저런 생각을 하는 시간은 어느 때보다 즐거웠다. 더러는 전시장에 출품하는 상품을 상자에 넣고 포장하거나 팸플릿 발송을 돕기도 했다.

직장은 이케부쿠로로, 빌딩 한 층을 빌려 쓴다. 사원은 마흔 명 남짓. 주택 관련 디자이너도 열 명 정도 있다. 평균 연령은 30대 후반. 직종 탓인지 젊은 회사다. 상하 관계는 있어도 서로를 친근하게 이름으로 불러 주는 허심탄회한 분위기를 유지하고 있다.

낮에는 늘 회의실이 식당이 되었다. 조금 늦게 입사한 일고여덟 명이 각자 점심을 펼친다. 남자 직원들은 밖에 나가서 먹지만, 여자 직원들은 대부분 도시락을 싸 오거나 일부는 편의점에서 도시락이나 샌드위치를 사 와서 한데 모여 먹는다.

화제는 늘 가득했다. 패션, 여행, 연예인 스캔들……. 수다가 시끌벅적하게 이어진다.

"나, 일 년 안에 결혼할 거예요."

소리 높여 선언한 사람은 도모코다. 3년 전에 입사한 구와노 도모코는 올해 스물다섯 살. 종잡을 수 없는 성격은 무신경하기까지 하지만 기본적으로 악의가 없어 다들 좋아했다.

"상대는 있고?"

동료가 물었다.

"그건 이제부터 찾으면 되고요."

"난 또 뭐라고."

실소가 여기저기서 터져 나온다. 도모코는 진지한 표정으로 몸을 내밀었다.

"여러분은 모르시겠지만, 전 지금 인생의 중대한 기로에 서 있어요."

모두의 관심이 집중됐다.

"우리 집은 언니랑 나 이렇게 둘인데 언니가 만나는 남자가 장남이라 만일 결혼하면 시집으로 들어갈 것 같아요. 농담이 아니에요. 그렇게 되면 내가 가업을 이어받아야 한다고요."

"도모코네 집, 무슨 장사라도 해?"

"된장을 만들어 팔아요."

"오, 그랬구나."

"대단한 건 아니에요. 그래도 일단 오 대 정도 이어져 내려오고 있는 거라 부모님 중에서도 특히 어머니가 언니와 저 중 한 사람에게 물려주고 싶어 해요. 저희 집 모계가족이라서 엄마도 할머니도 증조할머니도 모두 데릴사위를 들였어요."

"좋네. 전통 깊은 된장 가게를 잇는 것도."

"말도 안 돼요. 부모님 집은 산과 냇물밖에 없는 오지라서 패밀리

레스토랑이나 편의점엘 가려면 차로 이십 분도 더 달려야 한다고요. 난 어릴 때부터 반드시 도시에서 살 거라고 결심했어요. 이제 겨우 그 꿈을 이뤘는데 가업을 위해서 돌아가다니요. 그럼 이 일도 계속할 수 없게 되잖아요."

"그거 어려운 문제네."

"생각해 보면 엄마는 딸의 행복을 바란다고 말하면서, 사실은 자신의 생각대로 조종하려는 거예요. 적어도 우리 집은 그래요. 엄마도 하고 싶은 일이 있었는데 참고 양자를 받아 뒤를 이었으니까, 딸도 당연히 그래야 한다고 생각하는 거죠. 결국 자기랑 똑같은 길을 걷게 할 셈인 거예요. 그거, 지배하는 거잖아요? 그래서 언니가 결혼하기 전에 제가 먼저 결혼해서 일찌감치 후계자 문제에서 도망칠 생각이에요. 난 엄마한테 구속당하는 것도, 집을 위해 희생하는 것도 절대 사양하겠어요."

도모코의 마음을 이해하지 못하는 것도 아니다. 뒤를 잇기 위해서 좋아하는 일과 생활을 포기하지 않으면 안 되다니, 요즘 세상에 말이 되지 않는다.

"분명 엄마는 딸을 자신의 손이 닿는 곳에 두려고 하는 본능을 갖고 있을지도 몰라. 딸은 자기가 낳은 또 다른 자신이라고 생각하는 거지."

"그렇죠?"

"그럴 수도 있지만 오히려 반대일 수도 있어."

다른 동료가 말했다. 그녀는 결혼하여 두 자녀가 있다.

"반대라뇨?"

도모코가 쳐다봤다.

"자신의 꿈을 딸에게 의탁하는 거야. 우리 엄마가 그래. 계속 일하고 싶었지만 어쩔 수 없이 전업주부가 됐거든. 아빠랑 사이가 좋지 않았던 탓도 있었지만 결혼 따위는 안 해도 되는 거라며, 커리어를 많이 쌓아서 자립하라고 귀 따갑게 말했어."

"그거 좋지. 나도 평생 일할 생각이야."

"하지만 그것도 그것대로 성가신 일이야. 내가 결혼할 때 얼마나 말 꺼내기가 어려웠다고. 또 지금은 남편이나 아이 일로 조금이라도 불평하면 '그래서 말했잖니.'라며 결혼 같은 걸 괜히 해서 그렇다고 핀잔만 들어."

이번에는 다른 여자 직원이 입을 열었다.

"우리 엄마는 열심히 일하는 커리어우먼이야. 자식을 돌볼 여유가 없어. 한마디로 무관심해. 최우선순위는 일이고, 가정은 그 다음이야. 할머니도 없어서 난 거의 방치되다시피 했어. 진학도, 취직도 전부 나 혼자서 결정했으니까. 그런 것도 생각해 봐야 해."

"우리 집은 엄마가 교육열이 너무 뜨거워서 어린 시절부터 날 학원으로 돌렸어. 대학 입시에서 국립대를 떨어졌을 때는 힘들었지. 엄마가 얼마나 실망했는지 표정에서 역력히 전해지더라고. 지금도 그 죄의식에서 벗어나지 못했어."

모두 의외의 말들이었다.

어느 엄마와 딸도 갈등은 있는 것 같다.

울지 않는 새는 하늘에 빠진다

"여하튼……."

도모코는 짧게 한숨지으며 자기 이야기로 돌아왔다.

"여러 가지 사정이 있네요. 하지만 전 지금부터 소개팅에 목숨 걸 작정이에요. 무슨 일이 있어도 결혼 상대를 찾아낼 거라고요."

도모코가 너무나도 진지한 표정으로 말했기 때문에 실내는 다시 한 번 웃음으로 휩싸였다.

그날 퇴근길은 팀 디자이너인 아이다 미치코와 함께였다.

40대 중반이 된 미치코는 디자이너로서 재능이 뛰어나고, 아사코를 비롯한 후배들에게도 덕망이 높다. 회사의 신뢰도 두텁다.

"점심 때 도모코의 말, 참 재밌었어."

"아아, 그 결혼 얘기요."

지하철역까지는 도보로 10분 정도다.

"좋아하는 일을 못하게 된다면 그런 식으로 생각하는 것도 무리는 아니지만, 그래도 다들 이런저런 사정이 있다는 게 좀 놀라웠어."

"엄마랑 딸 관계는 역시 어려운가 봐요."

"아사코 씨는 어머니랑 단둘이 살지 않아?"

"네."

"나도 그래."

사정은 알고 있다. 미치코는 20대 후반에 이혼하고 본가로 돌아왔다. 결혼 생활은 3년이 채 못 된다고 했다. 10년 전쯤에 아버지를 여윈 뒤로 엄마랑 단둘이서 생활하고 있다.

"어머니랑 잘 지내?"

미치코의 질문에 대답이 막혔다.

"음, 글쎄요. 편할 때도 있고 힘들 때도 있고."

"역시, 그런 거구나."

미치코는 잠시 생각하는 듯 입을 다물었다.

"그건 아마 아사코도 도모코도 아직 독신이어서 그런 게 아닐까. 그래서 잘 모르는 거라고 생각해. 뭐라고 하든 이 세상에서 자기를 가장 생각해 주는 사람은 부모밖에 없어. 나도 결혼하고 나서 부모의 고마움을 뼈저리게 깨달았어."

"그런 걸까요?"

그래, 라며 고개를 끄덕이고 미치코는 다시 말했다.

"나, 고등학생일 때 거식증이었어."

"네에?"

아사코는 무심코 얼굴을 들었다.

"처음에는 살을 빼겠다는 생각에서 아무것도 안 먹었어. 그러다가 정말로 먹을 수 없게 됐지. 억지로 먹으면 토하고, 깡말라서 생리도 멈췄지. 그때 도와준 게 엄마야. 나를 병원에 데려가 치료받게 해 주었어. 그 덕에 원래의 식생활로 돌아갈 수 있었고."

그런 이야기를 들을 거라고는 생각지도 못했다.

"원래 엄마는 곱게 자라서 느긋하다고 할까, 여유로운 데가 있었어. 내가 똑 부러진 데가 있어서 주위 사람들은 누가 엄마고 누가 딸인지 모르겠다고 자주 말했지. 그래도 그때만큼은 엄마가 필사적이었어. 나를 살리기 위해 온 힘을 다해 노력해 주셨어."

울지 않는 새는 하늘에 빠진다

"그랬군요."

"그걸 보고 엄마란 위기의 순간에 자신을 버리고 자식을 도와주는 사람이란 걸 알았어. 그래서 재기했지만 결혼한 뒤에 다시 재발했어. 결혼 생활의 중압감을 도저히 견딜 수가 없더라고. 일도 해야 하고, 집안일도 해야 하고, 게다가 시부모와 잘 지내기까지 해야 하니. 매일 궁지에 몰리기만 했어."

아사코는 뭐라 대답해야 할지 몰랐다.

"더 이상 먹을 수가 없었어. 먹는 것에 흥미가 생기지 않는다고 할까, 생각이 가지 않는다고 할까. 그런데 남편도 시부모도 힘이 되어 주지 않았어. 오히려 보고도 못 본 척했지. 도와준 건 역시 엄마였어. 그래서 이혼하고 본가로 돌아온 거야. 지금 생활은 너무 편해. 아버지가 돌아가셨을 때는 조금 불안했지만 그것도 이제는 익숙해졌어. 엄마한테는 조심하느라 괜한 신경 쓸 필요도 없잖아. 대화도 잘되고 취미도 같아서 여하튼 엄마랑 같이 있으면 뭐든 편해. 이번에 둘이서 유럽으로 여행 갈 생각이야."

"멋지네요."

"남자랑 가는 것보다 훨씬 마음 편해. 이런 말 하면 마더 콤플렉스나 상호의존증이라고 말하는 사람도 있을 테지만, 뭐 아무래도 상관없어. 내가 좋으면 그뿐이니까. 다들 괜한 참견이야."

마지막에 미치코는 밝게 웃었다.

아버지의 죽음 이후, 엄마랑 단둘만의 생활이 시작되었다.

외로움은 있었지만, 상실감이 오히려 둘을 강하게 연결해 주었다.

생명보험과 재해보험, 퇴직금과 부조금이 들어와 맨션의 대출금을 모두 갚았고 나머지는 저축으로 돌렸다. 아버지가 일했던 공조 설비 회사의 도움으로 엄마는 작은 전기 부품 회사에서 일하기 시작했다.

매일 아침 7시 45분, 아사코는 엄마와 같이 집을 나왔다.

익숙하지 않은 일에 피곤했을 테지만 엄마는 힘든 티를 내지 않았다. 아침마다 도시락도 꼭 싸 주었다. 엄마의 도시락에는 전날 먹고 남은 것을 담았지만, 아사코의 도시락은 알록달록 화려한 반찬으로 가득했다. "그렇게 열심히 안 해도 돼."라고 말해도 엄마는 "네게 늘 외로움만 안겨 주었는걸. 도시락만큼은 잘 싸 주고 싶어."라며 대충하는 법이 없었다.

엄마가 일을 마치고 돌아오는 시간은 늘 6시가 넘어서였다. 미술부에 소속되어 있던 아사코는 부 활동을 마치고 슈퍼마켓에 들러 엄마가 부탁한 것을 사 들고 집으로 돌아왔다. 저녁식사 때까지 공부를 하고 귀가한 엄마가 저녁을 만들면 함께 먹었다. 엄마가 늦어질 때는 아사코가 차리기도 했다. 식탁에 마주 앉아 밥을 먹으면서 하루에 있었던 일을 서로에게 들려주었다. 대단한 내용이 아니어도 엄마는 진지하게 들어 주었고, 아사코도 엄마의 일이나 회사 사람들에 대한 이야기를 관심 있게 들었다.

휴일도 거의 둘이서 보냈다. 느지막이 일어나 간단하게 아침식사를 하고, 한 주 동안 밀린 집안일을 마치고 나서는 둘이 쇼핑을 하러 외출했다. 산책을 하거나 상점가를 둘러보고 비디오 대여점에서

DVD를 빌렸다. 때때로 신주쿠나 시부야에 있는 백화점까지 가 보기도 하고 영화관이나 유원지에도 갔다.

그 무렵의 아사코는 학교 친구들보다 엄마랑 지내는 편이 훨씬 즐거웠다. 심한 괴롭힘을 당한 적은 없지만 늘 따끔거리는 분위기가 있었다. 언제 어느 때 자신이 괴롭힘의 표적이 되지 말라는 보증도 없다, 라는 긴장에 항상 노출되어 있었다.

그것은 반 친구들도 마찬가지였을 것이다. 특정한 누군가와 친해지기 위해서는 인질 교환이라도 하듯이 자신의 비밀, 예컨대 '마음에 드는 남자는 누구인가', '짜증 나는 여자애는 누군인가'를 제공해야 한다. 친하게 지내는 동안에는 좋지만, 사이가 틀어지는 날에는 그 모든 정보가 상대에게 전해진다. 그러한 현실을 잘 알기에 진실을 말하기가 두려웠다. 따라서 특별히 친한 친구를 만들지 않고 점심이나 교실 이동 수업 때에 대충 무리를 이룬다. 아사코는 비슷한 친구들 사이에 태연히 섞이곤 했다. 상황이 그렇다 보니 엄마랑 함께 있는 때가 긴장하지 않고 편안한 것은 당연했다.

엄마도 아사코를 많이 의지했고, 언제부터인지 무엇이든 의논하는 대상이 되었다.

"오늘 반찬, 생선이랑 고기 중 어느 쪽이 좋아?"

"다음 주 참관일에 뭘 입고 가면 좋을까?"

"이번에 주민 센터 바자회에 뭔가 기부해야 하는데 뭐가 좋을지 모르겠어."

오늘 저녁은 꽁치 튀김으로 하자, 감색 니트 재킷이 있잖아, 서랍

안쪽에 있는 화로 냄비는 어때?

그러면 엄마는 늘 "아아, 그렇지. 네게 묻길 잘했어."라며 웃는다. 그런 말을 들으면 엄마에게 도움이 된 것 같아 자랑스러웠다.

엄마는 친절했다. 엄마는 따뜻했다. 아사코는 엄마가 참 좋았다.

도립 고교에 입학한 뒤에도 엄마와의 생활은 달라지지 않았다. 그림이 좋았던 아사코는 역시 미술부에 들어갔고, 슈퍼마켓을 거쳐 귀가하는 생활 패턴도 전과 같았다. 그 무렵 엄마와 키가 비슷해지면서 둘이 함께 입을 수 있는 옷을 사러 가는 즐거움이 하나 더 늘었다는 게 변화라고나 할까. 때때로 점원이 "자매세요?"라고 물으면 키득거리며 웃었다.

그 무렵에 엄마에게 재혼을 하지 않겠느냐는 제안이 들어온 적이 있었다. 상대는 중소기업의 경영자이며 자녀는 모두 독립했다고 했다.

"너는 어떻게 생각하니?"

엄마가 물었다. 아사코는 잠자코 있었다. 재혼하면 엄마는 일하러 나가지 않아도 된다. 지금보다 훨씬 편하게 살 수 있다. 그것을 알면서도 엄마의 사랑을 독점하고 싶은 마음이 강했다. 엄마를 누구에게도 넘겨주고 싶지 않았다.

우물거리는 아사코를 보며 엄마는 오히려 기쁜 듯이 미소 지었다.

"바보, 재혼 같은 걸 할 리 없잖아."

"그래도."

"나는 네가 있으면 그걸로 충분해."

"정말?"

"당연하지. 엄마가 사는 이유는 오직 너뿐이야."

아사코는 엄마가 재혼 대신 자신을 선택해 준 데에 깊이 만족했다. 엄마를 더욱 소중히 여기자, 계속 엄마 곁에 있자고 결심했다.

대학 진학은 그림과 디자인을 공부할 수 있는 미대를 희망했지만 학비를 생각하면 도저히 말을 꺼낼 수 없었다. 먼저 입을 연 쪽은 엄마였다.

"아사코, 네가 좋아하는 일을 하는 게 엄마는 가장 기뻐. 엄마가 더 열심히 일할 테니까 괜찮아."

엄마의 말이 눈물 날 만큼 고마웠다.

대학 생활은 즐거웠다. 친구도 생겼고, 애인도 생겼다. 아르바이트를 시작하면서 자유롭게 쓸 수 있는 돈도 생기고 밤에 나갈 기회도 많아졌다. 그래도 아사코가 최우선하는 것은 역시 엄마였다.

친구들과 밤늦게까지 놀면 왠지 꺼림칙했다. 늦은 시간, 홀로 앉아 딸이 돌아오기를 기다리는 엄마의 모습을 떠올리는 것만으로도 안절부절못했다. 그것은 연인과 데이트를 할 때도, 섹스를 할 때도 마찬가지였다. 마치 엄마를 배신하는 것 같은 기분이 든다고나 할까.

졸업할 때 사귀던 남자친구에게서 함께 살자는 프러포즈를 받았을 때는 곤혹스러웠다. 그렇게 진지한 마음일 줄은 생각지도 못했다. 그는 고향으로 돌아가 미술 교사가 되고자 했다. 마음이 흔들렸다. 그가 좋았다. 하지만 그를 따라갈 수는 없었다. 엄마를 남겨 두고 결혼하는 것은 생각할 수도 없었다. 과거 엄마의 재혼에 반대했던 것도 가책이 되어 기억 속에 뿌리 깊게 남아 있었다. 딸을 위해 엄마는 자신의 행복을 포기했는데 나 혼자 행복해질 수는 없다. 엄마에게 너무나 미안한 일이다.

결국 남자친구는 혼자 고향으로 돌아갔다.

디자인 회사에 취직이 결정되었을 때는 얼마나 기뻤는지 모른다. 엄마도 몹시 기뻐했다.

아사코는 회사 업무에 열중했다. 캐릭터를 구상하고 일러스트 작업을 하며 디자인에 몰입했다.

회사에서 받은 월급의 절반은 엄마에게 건넸다. 방세도 식비도 필요 없으니 당연하다. 드디어 엄마의 은혜를 갚을 수 있게 되었다.

그 무렵부터 경제적으로 여유가 생겨 엄마와 함께 당일 온천 여행이나 일박 일정으로 여행을 가기 시작했다. 특히 주말 점심을 같이 하는 것은 불문율이었다. 아사코는 그런 일이 가능해진 자신이 자랑스러웠다.

그 뒤로도 연애는 했지만 결혼으로 이어지지는 않았다. 결혼하지 않겠다고 결심한 건 아니다. 다만 엄마를 혼자 두는 게 맘에 걸렸다. 엄마를 돌봐야 한다는 생각이 앞서면서 이래저래 결혼을 주저하게 되었다.

그런 날들이 이어지는 가운데 변화가 찾아온 것은 2년 전의 일이다. 엄마가 일하던 회사의 불황으로 구조조정이 되어 퇴직해야 했던 것이다. 엄마는 바로 일자리를 찾았지만, 나이도 있고 해서 정규직은 구할 수 없었다. 결국 근처 식품 가공 공장에서 오전 10시부터 오

울지 않는 새는 하늘에 빠진다

후 3시까지 일하는 파트직에 채용되었다. 그때부터 엄마에게 시간의 여유가 생겼다.

아사코가 출근할 때마다 엄마는 반드시 "몇 시에 오니?" 하고 물었다. 늘 제시간에 귀가할 수 있었던 것은 아니다. "오늘 밤은 늦어."라고 말하면 엄마는 "그래."라고 대답할 뿐 달리 이런저런 말을 하지는 않았다. 그래도 그런 대화가 매일 아침 반복되면서 마음이 불편해졌다.

게다가 약속한 귀가 시간에 5분이라도 늦으면 곧 휴대전화가 울렸다.

"지금 어디니?"

"바로 집 앞이야."

"아, 다행이다. 늦어서 걱정했어."

엄마가 말끝마다 '해 두었다'는 말을 덧붙이기 시작한 것도 그 무렵이다.

"세탁해 두었으니까."

"저녁밥을 차려 두었으니까."

"마음에 드는 샴푸를 사 두었으니까."

엄마의 관심이 성가시기도 했지만 이 모든 것은 딸을 생각해서 한 일이었다. 엄마가 이런저런 일을 해 주어서 많은 힘이 된 것도 사실이다.

이후 엄마는 주민 센터에서 개최하는 컴퓨터 교실에 다니기 시작했다.

"어머나! 컴퓨터를 사용하면 레스토랑이나 온천 같은 데를 편하게 알아볼 수 있을 거야."

실제로 엄마는 막 개점한 가게나 값이 저렴한 온천을 찾아냈다. 둘이서 외출하는 일도 그만큼 늘었다.

전차에서 내려 슈퍼마켓 앞을 지나가려는데 누가 불러세웠다.

"어머, 아사코."

초등학교를 함께 다닌 친구의 어머니다.

"안녕하세요. 오랜만에 뵙네요."

아사코가 고개를 숙였다.

"요코는 잘 지내요?"

어릴 적 친구 요코는 2년 전에 영국인과 국제결혼을 하고 영국에서 살고 있다.

"그런 거 같구나. 때때로 메일이 오는 정도라 잘 모르겠지만."

아줌마가 가는 한숨을 내뱉었다.

"너희 집은 좋겠어. 나도 딸을 곁에 두고 여러 가지 일들을 함께하면 즐겁게 지내고 싶은데 갑자기 외국으로 시집을 가 버려서. 실망이 크다."

둘이서 나란히 걷는다.

"그래도 우리 집과 달리 아저씨도 계시고 오빠도 있잖아요."

전혀, 라며 아줌마가 손사래를 쳤다.

"아들은 결혼하면 며느리의 남자야. 남편과 외출해도 재미가 없고, 일만 시켜서 오히려 피곤할 뿐이지. 아사코, 너희 집처럼 주말 점심이나 온천 여행을 딸이랑 같이 가고 싶었거든. 그래, 요전의 아오야마의 일본 요리점도 맛있어 보이더라."

"아, 네……."

어떻게 알고 있지.

"늘 읽고 있어. '행복한 날의 일기'."

무슨 말인지 도통 모르겠다. 어리둥절해하는 아사코를 보고 아주머니가 쓴웃음을 지었다.

"뭐야, 너희 엄마 블로그잖아. 몰라? 전에 알려줘서 자주 읽고 있어. 나도 친구들하고 만나 봐서 알지만, 친구는 아무래도 신경 쓰이잖아. 역시 가장 편한 건 딸이야."

그날 밤, 아사코는 엄마의 블로그를 찾아봤다. 엄마가 말하지 않은 건 블로그를 한다고 알리기가 창피했기 때문이겠지. 그렇다면 모른 척하자, 그런 편안한 마음으로 클릭했다.

그것은 평범한 블로그였다. 최근 올라온 글은 지난주에 갔던 아오야마의 일본 요리점에 관한 것이다. 엄마가 요리 사진을 찍을 때마다 기념일 뿐이라고 생각했었다.

읽다 보니 마음에 걸리는 게 있다.

'꼭 엄마랑…….'

'사실 딸아이가 감기 기운이 있어서…….'

'엄마랑 같이 먹으면 기운이 날 것 같다…….'

그때 분명 감기에 걸려 있었다. 미열도 있었다. 무리하지 말라는

엄마의 말도 기억한다. 하지만 엄마가 얼마나 점심을 기대하고 있는
지 잘 알기 때문에 컨디션이 나쁜 것도 참고 외출했었다. 속으로는
집에서 그냥 푹 자고 싶었다. 사실 그 식당을 예약한 것도 엄마였고,
마지막에 한 말은 기억도 없다.

아사코는 다음 페이지를 클릭했다.

대부분은 주말에 함께한 점심을 소개하는 것이었고, 그 밖에 공원
에서 어떤 길고양이를 봤다, 오늘은 비가 개고 무지개가 떴다, 이웃
집 정원에 장미가 예쁘게 피었다 등등의 소소한 이야기가 올라 있
다.

　'딸아이는 늘 말합니다. 엄마랑 나누는 대화가 가장 즐겁다고.'
　'딸아이의 귀가가 늦을 때 먼저 잠자리에 들면 쓸쓸해합니다. 그
　래서 늘 맞이해 주며, 잘 다녀왔느냐고 인사합니다.'
　'이번에는 어디로 여행 가면 좋을까, 라며 딸아이가 열심히 계
　획을 세우고 있습니다.'

음…… 뭐라고 말해야 할까? 거짓은 아니다. 단지 뉘앙스가 좀 다
르다. 뭔가 개운치 않다. 낯설다. 엄마가 뭣 때문에 이런 글을 쓰고
있는지, 그걸 이해하려고 하니 묘하게 기분이 나빠졌다.

　'이제 슬슬 짝을 찾았으면 좋겠는데 아직 응석받이여서 난처하
　네요. 언제쯤 엄마 곁을 떠나 줄까요.'

아사코의 마음속에 위화감이 번지기 시작했다. 클릭하는 손가락에
당혹감이 겹겹이 쌓인다.

3

치하루

엄마가 멀리한다는 것을 안 것은 철이 들 무렵이었다.

실수하지 않으려고 애썼지만 치하루는 자주 엄마를 화나게 했다. 이유 같은 건 기억에 없다. 문창호지라도 찢었나? 밥그릇을 바닥에 엎기라도 했나? 요령이 없고 동작이 느린 데가 있던 치하루는 엄마에게 짜증나는 존재였을지도 모른다. 벌로 화장실이나 벽장에 갇히는 일이 더러 있었다. 울며 용서를 구해도 소용없었다.

"운다고 용서받을 수 있을 거라 생각하지 마." 이것이 엄마의 입버릇이었다.

네 살이 되었을 무렵이다. 여름이 끝나 가고 있었다. 고추잠자리가 여러 마리 마당 위를 날고, 산딸기가 붉게 물들고 있었다.

그날도 엄마는 굉장히 언짢았다. 평소에도 신경질적이었는데, 그날은 특히 짜증나 있었다. 얼마 전까지 할머니가 계셨던 탓이라고 치하루는 생각했다. 엄마는 할머니가 오시면 다소곳해지고 말수도 줄어든다. 어린 치하루에게도 엄마가 할머니를 어려워하는 게 느껴졌다.

할머니가 집으로 돌아가신 뒤에도 엄마는 계속 굳은 표정으로 우울해했다. 그런 엄마를 보고 치하루는 뭔가를 하기로 했다. 광고지 뒤에 엄마 그림을 그려서 가지고 간 것은 그 때문이었다. 조금이라도 좋다, 엄마를 기쁘게 해 주고 싶었다. 하지만 엄마는 그림을 손에 들자마자 보자마자 꽉꽉 뭉쳐서는 쓰레기통에 던져 넣었다. 그리고는 치하루에게 "다 너 때문이야." 하고 내뱉었다.

"그 아이가 죽은 것도, 더 이상 아이가 태어나지 않는 것도 모두 네 탓이야."

무슨 말인지 이해하지 못한 채 치하루는 그저 우두커니 서 있었다.

자신에게 쌍둥이 여동생이 있었다는 사실은 그로부터 얼마 뒤에 알았다. 할머니가 말씀해 주었다. 아이를 상대로 들려주는 이야기라 상세한 설명은 없었지만, 엄마가 지독한 난산으로 치하루를 낳은 뒤에 다른 아이 하나를 뱃속에서 잃었다고 했다. 이름은 '미하루'라고 한다.

"그 아이를 잃었을 뿐만 아니라 의사에게 더 이상 아이를 낳을 수 없을지도 모른다는 얘기를 들었지. 진짜 후손을 낳지 못하는 며느리라니, 어쩜 좋을지 모르겠다."

할머니는 마지막에 한숨을 내뱉었다.

치하루는 미안한 마음이 가득했다. 모두 내 탓이다. 엄마가 저토록 화내는 것도 당연하다. 나 때문에 큰일을 당한 것이다. 그래서 필사적으로 생각했다. 어떻게 하면 엄마에게 용서받을 수 있을까, 사랑받을 수 있을까.

아이답게 응석을 부리고, 청소를 돕고, 꽃을 따다 줘도 엄마는 전혀 기뻐하지 않았다. 오히려 "어린애가 약삭빠른 데가 있다."라며 눈살을 찌푸렸다. 그래도 치하루는 필사적으로 엄마의 관심과 애정을 갈구했다. 어린아이에게 엄마만큼 든든한 존재가 또 어디 있단 말인가.

굼떠서, 서툴러서, 머리가 나쁘다, 요령이 없다, 아아, 뭘 해도 서툴구나. 일 만들지 말고 저리 가 있어.

엄마의 신랄한 비판은 치하루의 곪은 상처 위에 새로운 상처를 계속 만들었다. 이윽고 치하루는 늘 엄마의 안색을 살피게 되었다. 엄마의 기분이 상하지 않도록 어떻게 행동하면 좋은지를 늘 생각했다. 웃으면 될까? 그러나 웃었다가 "뭐가 웃기니?"라며 험악한 눈으로 노려보면 어쩌지? 그러나 웃지 않으면 "정말 무뚝뚝한 아이"라며 불쾌하게 생각하지 않을까. 이럴까 저럴까 늘 망설임으로 머릿속이 어지러워지고 이윽고 어떻게 하면 좋을지 알 수 없게 되었다.

실수하지 않으려고 신경 쓰다 보니 무엇을 해도 불안과 긴장으로 위축되었다. 어느새 치하루에게 집은 숨쉬기 어려운 장소 그 이상도 그 이하도 아닌 곳이 되어 버렸다.

힘들 때, 치하루는 자주 '미하루'를 상상했다.

미하루는 어떤 아이였을까? 쌍둥이라면 나와 똑같이 생겼을 것이다. 거울에 비친 자신을 바라보면서 치하루는 미하루를 생각했다. 같이 놀고, 같이 밥 먹고, 같이 목욕하고, 같이 자고, 서로 머리를 따주고, 학교에 무얼 입고 갈지 의논한다. 미하루가 살아 있었다면 엄마에게 꾸중 들었을 때도 틀림없이 내 편이 되어서 위로해 주었을 것이다. 무엇이든 터놓고 말할 수 있다. 어쩌면 쌍둥이니까 말하기 전에 서로의 마음을 알아챘을 수도 있다. 그랬더라면 얼마나 즐거웠을까.

동생 히로카즈가 태어난 것은 그로부터 1년 뒤의 일이었다. 부모님의 기쁨은 이루 말할 수 없었다. 아버지는 이제 대를 잇게 되었다며 싱글벙글했고, 엄마도 며느리의 역할을 다한 기쁨에 히로카즈를 보물처럼 애지중지했다.

치하루에게도 동생은 기쁜 존재였다. 자는 얼굴을 몇 번이고 들여다보곤 했다. 만지면 혼나기 때문에 그저 물끄러미 바라보는 것뿐이지만, 작고 달큰한 젖내가 나는 아기가 너무 사랑스러워 가슴이 두근거릴 정도였다.

치하루는 그날의 일을 지금도 잊을 수 없다.

엄마가 이웃집에 동네회람을 전하러 잠시 나간 때였다. 거실에서 동생이 기묘한 소리를 내기에 다가가 보니 입에서 흰 우유를 토하고 있었다. 숨쉬기가 힘들어 보였다. 치하루는 엄마가 늘 하듯이 베갯머리에 있던 거즈로 입 주위를 살며시 닦아 주었다. 동생이 웃었다. 기뻐서 치하루도 웃었다.

그때 현관문 열리는 소리가 들렸다. 치하루는 당황해서 동생에게서 떨어졌다. 거실에 들어온 엄마가 아기를 보더니 험악한 얼굴로 치하루를 돌아봤다.

"너 히로카즈에게 무슨 짓을 한 거야?"

치하루는 두려움에 떨며 고개를 좌우로 흔들었다.

"아니, 아무 짓도 안 했어요."

동생을 만졌다고 말하면 꾸중을 듣는다.

"그럼 왜 거즈가 히로카즈 얼굴에 덮여 있는 거지?"

엄마의 말끝에 격심한 분노가 담겨 있었다. 치하루는 몸이 경직된 채로 더욱 세차게 고개를 흔들었다.

"그런 거 몰라요. 나 아니에요."

엄마의 뺨에 진한 그림자가 드리우고 입술 끝이 작게 경련을 일으켰다. 인간의 형상을 한 다른 생물처럼 보였다.

"거짓말하는 아이는 염라대왕이 혀를 뽑아 버린다!"

치하루는 몸을 떨면서 필사적으로 변명했다.

"죄송해요. 만질 생각은 없었어요. 히로카즈 입을 좀 닦아 줬을 뿐이에요."

"역시 거짓말했구나!"

엄마가 목소리를 높였다.

"저대로 거즈가 얼굴에 덮여 있으면 히로카즈가 죽을지도 모른다고!"

치하루는 혼란스럽기만 하다.

"너, 히로카즈를 죽이려고 했던 거야? 정말 무서운 아이구나. 이런 나쁜 아이는 벌을 줘야 해."

머릿속이 새하얘졌다. 또 벽장이나 화장실에 갇히는 것은 아닐까, 몸이 떨렸다. 그런데 엄마가 선택한 곳은 그 어디도 아니었다. 끌려 간 곳은 마당의 광이었다.

치하루는 겁에 질린 나머지 얼굴이 눈물범벅이 되었다.

"두 번 다시 거짓말 안 할게요. 히로카즈도 안 만질게요. 제발요, 광에는 넣지 마세요."

아무리 애원해도 엄마는 싸늘한 눈으로 바라볼 뿐이다.

"운다고 용서받을 수 있을 거라 생각하지 마."

그래, 그 눈을 지금도 잊을 수 없다. 공포에 떠는 치하루를 보면서도 감정이라고는 눈곱만큼도 없던 엄마의 눈을.

광에 갇힌 치하루는 울었다. 어둡고 축축하고, 곰팡이 냄새가 코를 찔렀다. 어둠 속에서 도깨비가 자신을 지켜보고 있다. 다리가 많은 징그러운 벌레와, 그보다 더 끔찍한 다리 없는 벌레가 슬금슬금 발 끝으로 기어 올라온다.

"무서워요, 무서워요, 잘못했어요, 용서해 주세요.

치하루는 계속 소리쳤다.

어느 정도 시간이 지났을까. 공포는 치하루를 마비시켰다. 머릿속은 멍해졌고 자신이 어디에 있고 무엇을 하는지조차도 알 수 없었다.

그때 불현듯 목소리가 들려왔다.

'괜찮아. 내가 있어.'

치하루는 살며시 얼굴을 들었다. 눈앞에 한 여자아이가 앉아 있었다. 사방이 컴컴한데 그곳만 빛이 드는 듯 어렴풋이 보였다.

"누구야?"

치하루는 눈물을 닦으며 물었다.

'나야, 미하루.'

여자아이가 대답했다.

"미하루? 그런데 미하루는 죽었잖아?"

'죽지 않았어. 난 언제나 치하루와 함께였는걸.'

다시 보니 여자아이는 자신과 꼭 닮아 있다.

"그럼 왜 지금까지 한 번도 나타난 적이 없어?"

'그게, 엄마가 너무 싫어서. 그래서 절대로 들키고 싶지 않아.'

"싫다니, 그런⋯⋯."

'치하루도 그렇지?'

치하루는 어떻게 대답하면 좋을지 몰랐다. 미움을 받긴 해도 엄마를 미워한다는 생각은 해 본 적 없었다. 그래서는 안 된다고 생각했다.

'솔직히 말해도 돼. 난 네가 무슨 생각하는지 다 알고 있으니까.'

치하루는 미하루를 바라봤다. 미하루의 말을 듣고 보니 이미 오래 전부터 자신도 그런 마음이었던 것 같았다.

'앞으로도 우리는 함께할 거야. 무슨 일이 있어도 내가 네 편이 되어 줄게.'

"정말?"

'약속해. 그러니까 울지 마.'

그때부터 미하루는 언제나 치하루 곁에 있어 주었다.

엄마가 상대해 주지 않아 기가 죽어 방에 들어오면 미하루가 기다리고 있다.

'너무 마음 쓰지 마. 무시해.'

'엄마는 틀림없이 전생에 마녀였을 거야.'

이런 말들을 해 주면 치하루의 마음도 조금 풀렸다. 혼이 나고 광에 갇혀도 미하루와 함께라면 무섭지 않았다. 더 이상 우는 일도 없었다. 외톨이가 아니라는 게 치하루를 강하게 만들어 주었다.

그것은 학교에 다니면서도 마찬가지였다.

모두들 아이돌이나 인기 있는 남학생 이야기로 신나할 때, 치하루는 뭐가 그리 좋은지 이해할 수 없었다. 고립되지 않기 위해 주위와 잘 지내긴 했지만 어디까지나 표면적인 관계였다. 학교는 지내기 힘든 장소였고, 미하루 덕에 그럭저럭 버틸 수 있었다.

부모의 관심은 오로지 동생에게 쏠려 있었다. 아버지는 동생이 어릴 때부터 골프를 가르쳤다. 프로골퍼라도 만들 기세였다. 엄마도 가문의 대를 이을 동생에게 무한한 애정을 쏟았다. 언제나 곁을 지키며 돌봐 주었다.

치하루는 어느 집이나 다 그런 줄 알았다. 부모는 아들을 소중히 생각한다. 남자는 대를 잇고, 집을 지키는 존재이기 때문에 여자와는 다르다. 시골이기도 해서 더욱 그랬던 것 같다. 집에는 남존여비 사상이 농후하게 남아 있었다.

초등학교 고학년이 되어 친구들과 놀면서, "우리 집에는 동생을 위해 특별한 반찬이 나온다."라고 말하자 다들 놀라워했다. 편식이 심한 동생을 위해서 엄마는 늘 고기와 회를 한 접시씩 따로 내었다. 그리고 반드시 "이것은 히로카즈 거야."라고 못을 박았다.

"왜 그렇게 편애하는 거야?"

친구가 눈을 동그랗게 뜨고 물었다.

"그야 동생은 아들이니까."

치하루의 대답에 모두 어이없다는 듯 "치하루, 잘 참는구나."라고 말했다. 놀란 것은 치하루였다. 다른 집에선 가족이 함께 같은 것을 먹고 있다는 것을 처음으로 알았다.

엄마와 함께 쇼핑을 간다, 둘이서 옷을 고른다, 용돈을 달라고 조른다, 좋아하는 남학생 이야기를 한다, 그 모든 것이 치하루로서는 상상도 할 수 없는 일이었다. 하지만 그렇다고 말하면 엄마에게 사랑받지 못하는 가여운 아이로 보일 것이다. 그것이 창피해서 치하루는 친구들 앞에서 집안 이야기를 하지 않게 되었다.

그 무렵에 키가 부쩍 자라고 팔다리도 길어져 생머리를 나부끼는 치하루는 주위에 비해 다소 성숙해 보였을지 모른다. 함께 교실을 이동하거나 점심을 같이 먹는 친구는 생겼지만 마음을 터놓는 친구는 없었다. 물론 그래도 상관없었다.

이윽고 주변 여자아이들은 남자친구를 만들고 연애하는 데 관심을 쏟았다. 치하루도 여러 차례 고백을 받았다. 낯선 남학생이 말을 걸거나 전화가 걸려 온 적도 있지만 자신이 누군가와 사귄다는 일은 생각할 수도 없었다. 만일 엄마가 알게 되면 '밝히면 안 된다'며 비난할 게 뻔했다. 실제로 어떤 남학생이 집으로 전화를 걸어 왔을 때 엄마는 상대를 꾸짖더니 끝내 부모님을 바꾸라며 윽박질렀다.

그것을 계단 위에서 듣고 있던 치하루는, 모든 것은 이 집을 나간 뒤에 하자고 결심했다. 내 인생은 그때부터 시작되는 것이라고.

그 즈음에는 엄마도 치하루를 광에 가두지는 않았다. 하지만 작은 일에 시비를 걸었다. 용건이 있어 말을 붙여도 엄마는 대답을 하지 않는다. 여러 차례 부르면 겨우 "시끄러워, 뭐야?"라는 대답이 돌아왔다.

치하루는 학교에서 돌아오면 혼자서 저녁을 먹고 서둘러 방으로 올라갔다. 계단 아래에서 즐거운 웃음소리가 들렸다. 이 집은 엄마와 아버지, 동생으로 완벽한 집이다. 치하루로서도 얼굴을 마주하는 것보다 조금 답답하더라도 방에 있는 편이 훨씬 나았다.

오랜만에 엄마를 화나게 만든 것은 고등학교 3학년 여름, 진학 상담 때였다.

도쿄에 있는 대학에 가고 싶다는 치하루의 희망을 엄마는 애당초 잘라 버렸다.

"무슨 사치스러운 소리야. 이 근처 단기대학으로 충분하잖아. 여기에 보내는 것만으로도 고맙게 생각해."

하지만 이번만큼은 절대 양보할 수 없었다. 대학 진학은 치하루에게 이 집에서 나갈 수 있는 유일한 기회였다. 단기대학은 집에서 다녀야 한다. 그래서는 아무것도 변하지 않는다. 이 기회를 놓치면 평생 이 생활에서 벗어나지 못한다. 더 이상은 참을 수 없다.

아버지도 엄마와 같은 의견이었다. 집안일에 관해서는 거의 엄마의 의견에 따랐다. 게다가 여자에게 학력 따윈 필요없다, 고등학교를 졸업하면 아버지 회사에서 사무라도 보면 된다는 생각이었다.

어깨를 떨구고 방으로 돌아오니 미하루가 기다리고 있었다.

'어떻게 됐어?'

"안 됐어……. 진학하려면 이 근처 단기대학에 가래."

'포기할 생각이야?'

"포기하고 싶지 않아. 그런데 방법이 없어. 엄마뿐 아니라 아버지도 안 된대."

'하지만 방법이 있잖아?'

"방법?"

'그 사람, 허세가 굉장하잖아. 세상 이목에 집착하고 얄잡아 보이는 걸 무엇보다 싫어하잖아. 그걸 이용해.'

미하루가 말한 대로였다. 치하루는 엄마도 아는 이웃 친구의 이름을 꺼내며 "그 아이도 도시에 있는 대학에 간대요."라고 말했다. 엄마는 곤란한 듯 생각에 잠겼다. 그런 샐러리맨 집안의 아이도 대학에 가는데 회사 경영자의 딸이 단기대학이라니 그건 좀 창피한 일이 아닌가. 엄마의 생각이 손에 잡힐 듯 빤히 읽혔다.

엄마는 타협안을 내놓았다.

"S여대라면 보내 줄게."

S여대라면 요조숙녀들이 다니는 대학으로 유명하다. 그만큼 엄마의 허영심을 만족시켜 주는 곳이다. 성적 편차는 크지만 그곳에 가지 못하면 집에서 벗어날 수 없다. 치하루는 결심했다. 결심하는 수밖에 없었다. 무슨 수를 써서라도 S여대에 합격해야만 한다.

지금 돌이켜보면 참 열심히도 했다. 입시를 위해 아침부터 밤까지 공부했다. 그 밖의 일은 아무것도 눈에 들어오지 않았고, 오로지 입시 공부에 전념했다. 합격 통지서를 받았을 때는 얼마나 가슴을 쓸어내렸던지.

"합격했어요!"

알리면서도 자랑스러운 마음으로 가득했다. 엄마도 이번만큼은 다시 봤을 것이다. S여대 입시를 해냈으니까.

하지만 엄마는 흥, 하고 콧방귀를 뀌는 게 고작이었다.

"너 같은 애가 합격하다니, S여대도 별 거 아니네."

치하루는 입을 다물었다.

엄마의 반응은 뻔하잖아. 평소대로야. 그런데 어째서 난 기가 죽는 거지. 왜 이토록 낙담하는 거지.

이제 이런 날들과도 작별이다. 이 집을 나가서 나는 자유를 손에 넣는다.

지금까지 엄마가 나를 버렸듯이 이번에는 내가 엄마를 버리는 거다.

주말에 치하루는 고향을 찾았다. 할머니의 열세 번째 제사가 있다.

개찰구를 나오자 통로는 과거와 달리 깔끔하게 정비되어 있었다. 카페나 레스토랑도 나란히 인접해 있었다. 주위는 학생이나 커플, 가족 등 오가는 사람들로 북적였다.

"치하루?"

누군가가 자신의 이름을 부르는 소리에 돌아봤다.

"역시 치하루구나. 진짜 오랜만이야. 잘 지냈어?"

중학교 때 친구 가스미가 서 있었다.

"치하루는 동창회에 한 번도 안 와서 어떻게 지내는지 삿친하고 친구들이 궁금해하더라."

삿친은 사치에를 말한다. 그리고 구미코와 유키. 그 무렵 치하루는 그 무리에 있었다.

가스미가 물끄러미 치하루를 바라본다.

"그런데 너 굉장히 멋져. 어디 모델인 줄 알겠어."

칭찬이 싫지는 않다.

"아이, 그렇지 않아."

가스미는 지방 도시의 주부가 되었다. 얼핏 봐도 싸구려 튜닉에 바지 차림이다. 화장기도 거의 없다. 결혼은 했을 것이다. 아이도 분명 있을 것이다. 그 모습에서 생활이 훤히 보이는 것 같았다.

"집에 왔어?"

"제사가 있어서."

"언제까지 있어?"

"일박 예정이야."

"아, 아쉽다. 다음에 오면 다 같이 만나서 얘기나 하자. 우리 때때로 모이거든. 아이는 남편한테 맡기고 노래방에도 가고 한잔 마시러 가기도 해."

"흐음."

"아, 전화번호랑 메일 주소 알려 줘."

가스미는 벌써 토트백에서 휴대전화를 꺼냈다.

이래서……, 치하루는 생각한다. 중학교 시절 조금 친했을 뿐인데 주저하지 않고 사적인 영역까지 훅 들어온다. 그래도 거절할 수 없어 치하루도 역시 백으로 손을 뻗었다.

도쿄에 온 뒤 치하루는 자유를 만끽했다.

이제 자신을 억누를 필요가 없다는 생각에 마치 지면에서 5센티미터쯤 뜬 것처럼 마음이 가벼웠다.

들뜬 기분으로 대학에서 알게 된 여자애들과 소개팅에 나가고, 클럽에 가고, 말을 걸어오는 남자애들과 놀러 다녔다. 다들 예쁘다, 미인이라며 치하루를 칭찬했다. 친절하고 달콤한 말에 빠져들면서 자신이 그 말에 어울리는 가치 있는 인간이라고 느꼈다.

나를 얕잡아 보던 엄마는 아무것도 몰랐던 거야. 자신감도 생겼다. 여유도 생겼다. 첫 경험은 그런 남자 중 하나와 치렀다. 상대 얼굴도 기억나지 않는다. 상대는 아무래도 좋았다.

매일이 바쁘고 화려하게 지나갔다. 그런 날들이 영원히 이어질 것이라 생각했다.

좌절한 것은 취직을 앞두고서였다.

성적은 그리 나쁘지 않았다. 면접도 잘했다. 하지만 결과로 이어지지는 않았다. 어떤 회사에 지원해도 내정 받지 못해 유명한 일류 기업은 포기하고, 이류나 삼류로 수준을 낮췄다. 그래도 결과는 같았다. 대학 생활이 화려했던 만큼 낙차도 심했다. 치하루는 재기하기가 어려웠다.

이대로 취직이 결정되지 않으면 어쩌지.

집으로 돌아가는 것만큼은 피하고 싶었다. 그 생활로는 돌아가고 싶지 않았다.

마지막으로 겨우 합격한 곳이 지금의 직장이다. 계약 사원이라는 사실을 알았을 때, 엄마는 승리를 거머쥔 듯 비웃었다.

"결국 넌 그 정도지."

집에 도착한 치하루는 현관 앞에서 잠시 멈춰 섰다.

호흡을 정돈하고 마음을 차분하게 가라앉힌다. 복장도 가방도 구두도 완벽하다. 머리카락도 찰랑거린다. 역에서 만난 가스미뿐 아니라 방금 이웃 사람들과 스쳐 지날 때도 "어머, 치하루, 점점 예뻐지는구나."라며 칭찬받지 않았던가.

그러고 나서 확인하듯이 손에 들고 있던 선물로 눈길을 보냈다. 안에는 유명 요정의 조림 요리가 들어 있다. 엄마가 전화로 까다롭게 요구한 탓도 있어 선물로 무얼 고를지 백화점에서 두 시간이나 헤

맸다. 단것은 살찐다, 딱딱한 것은 치아에 나쁘다, 생물은 상하기 쉽다, 양이 많으면 들고 가기 힘들다, 양이 적으면 쩨쩨하다고 할 것이다. 친척에게 줄 것을 포함하여 일곱 상자를 샀다. 그것만으로도 2만 엔엔 가까이 들었다.

"저 왔어요."

현관문을 열고 말을 건넸지만 대답이 없다. 복도 안쪽 거실에서 텔레비전 소리가 들린다. 귀가 어두운 것도 아닌데 엄마는 늘 필요 이상으로 볼륨을 높이고 텔레비전을 본다.

구두를 벗고 복도를 지나 거실에 얼굴을 내밀자 소파에 앉은 엄마의 등이 보였다. 치하루는 다시 한 번 말을 건넸다.

"저 왔어요."

엄마가 움찔 어깨를 한 번 떨더니 돌아보았다.

"아아, 놀랐네. 뭐야 도둑고양이처럼."

"현관에서 말했는데."

치하루는 기어들어 가는 목소리로 대답했다. 왔냐는 대꾸도 없이 엄마는 곧바로 시선을 텔레비전으로 되돌렸다.

"아버지랑 히로카즈는요?"

"골프하러."

골프는 두 사람의 공통 취미다. 주말은 둘이서 외출하는 모양이다.

"이거, 선물이에요."

치하루는 테이블 위에 종이 상자를 놓았다.

"뭐니?"

여전히 텔레비전에 시선을 고정한 채로 엄마가 묻는다.

"조림. 유명한 요정에서 만든 한정품이에요. 쉽게 살 수 없는 거예요."

"흐음, 조림이라. 짠 건 노인들이 싫어할 텐데. 나도 최근에 혈압이 높다고 의사가 말했어."

치하루는 잠자코 있었다.

"냉장고에 넣어 둬."

치하루는 부엌으로 향했다. 무엇을 선물하든 마찬가지다. 엄마가 만족하는 얼굴을 이제껏 본 적이 없다. 그런 반응에 익숙한데도, 이번만큼은 기뻐해 주지 않을까 기대했던 자신이 우습다.

조림을 냉장고에 넣은 뒤 보스턴백을 들고 치하루는 이층 자신의 방으로 올라갔다. 고등학교 졸업 때까지 사용했던 11제곱미터 남짓한 방은 종이 박스나 사용하지 않는 건강 기기, 계절이 지난 이불 등이 쌓여 있어 지금은 창고로 변해 있다. 이층에는 방이 두 개 더 있는데, 모두 동생이 사용한다.

치하루는 몸을 비스듬히 숙이며 창가에 있는 침대에 다다랐다. 과거에도 지금도 집에서 이 싱글 크기의 공간만이 치하루에게 허락된 유일한 장소다.

침대 위에 앉아서 안도의 숨을 내쉬고 있을 때 휴대전화가 울렸다. 고타로였다.

'무사히 도착했어? 치하루가 없으니 쓸쓸해.'

여전히 하트 마크가 세 개나 붙어 있다.

전날 고타로는 공인회계사 시험을 치렀다. 본인은 자신만만해했지만, 어차피 말뿐이다.

답장할 마음이 들지 않아 치하루는 휴대전화를 백에 다시 넣었다. 커튼을 열자 바로 아래에 정원이 펼쳐져 있다. 관리가 잘되어 있는 것은 아니지만, 몇 종류의 꽃이 피었고 산딸나무에 붉은 열매가 열려 있다. 그 산딸나무 너머로 이웃집과 접한 울타리 앞에 자리한 작은 광이 보인다. 이미 회반죽이 벗겨지고 군데군데 흙벽이 속을 드러냈다.

저 광의 어둠과 습기와 곰팡이 냄새를 치하루는 지금도 선명히 떠올릴 수 있다. 어둠 속, 분명히 뭔가가 자신을 계속 응시하고 있었다. 끔찍한 벌레가 발아래에서 기어오르는 것 같아 온몸에 소름이 돋았다. 죄송해요, 잘못했어요, 미친 듯이 울부짖는 내 목소리가, 지금도 문틈 사이로 들려오는 것 같다.

등짝이 굳고 호흡이 가빠진다. 치하루는 가슴에 손을 대고 자신을 진정시켰다.

정신을 차렸을 때 옆에 미하루가 앉아 있었다.

'무서워하지 않아도 돼. 내가 있으니까.'

응, 치하루는 고개를 끄덕인다. 그래, 내게는 미하루가 있으니까.

그날 오후에 제사를 치르고 모두 요릿집으로 자리를 옮겼다. 식사가 시작되었다. 친척 여섯 가족, 스무 명이 모여 북적인다.

도쿄에 나가 있다고는 하지만 치하루는 본가에 거의 오지 않았다.

엄마와 아버지도 지금에 와서 돌아오라고 말하지 않는다. 단지 친척이 모이는 행사가 있을 때만큼은 별개다. 아버지는 가족 전원을 데리고 출석하지 않으면 성이 차지 않아 치하루에게 약속이 있더라도 내려오라고 강요했다. 친척들에게 가장으로서의 위엄과 일의 성공을 과시하고 싶은 것이다. 형제들 앞에서 얼마나 떵떵거리고 사는지 보여 주려는 아버지의 뻔한 현시욕이다.

오늘도 마찬가지였다. 주최자는 아버지의 형인 큰아버지지만, 상좌에서 얼굴을 내세우고 앉아 있는 것은 아버지다. 옆에 히로카즈를 앉히고서 의기양양하게 말한다.

"자, 마음껏 마셔. 오늘을 위해 특별한 술을 준비했어. 평소 마시기 힘든 녀석인데, 괜찮아, 걱정 말고 쭉쭉 마시라고."

큰아버지는 잠자코 듣고 있다. 아버지가 제사 비용의 대부분을 부담한 모양이다.

끄트머리 자리에 큰어머니와 사촌 자매들과 함께 앉아 있는 엄마는 만족해한다. 엄마에게 아버지는 경제적 안정과 체면을 가져다 준 존재다. 여전히 사이가 좋은 것은 아니지만, 주위에서 보면 금실 좋은 부부로 보일 것이다.

엄마 옆에 앉아서 치하루는 밥을 먹었다. 이쪽 자리에는 여자들만 앉아서 모두 화기애애하게 수다를 떨고 있다.

"치하루는 좋겠어."

눈가에 맥주 기운이 감도는 큰어머니가 말을 건넸다.

"요즘 같은 시대에 관공서에서 일하는 게 가장 안정적이잖아."

치하루는 힐끔 엄마를 쳐다봤다. 엄마가 또 허세를 부린 모양이다.

"네, 도쿄에 나가서 잘 풀렸어요. S여대에서도 혼자만 채용이 됐지 뭐예요."

거침없는 거짓말에 치하루는 얼굴을 들 수 없다.

"근데, 결혼에는 관심 없니?"

큰어머니의 질문에 뭐라 대답하면 좋을지 몰라 치하루는 애매하게 웃었다.

"저도 빨리 치우고 싶어요."

엄마가 말을 받았다.

"히로카즈도 있는데, 시집 안 간 시누이가 있으면 보기 안 좋죠. 그러나 책임 있는 일을 맡고 있으니 이 아이도 지금은 그럴 겨를이 없는 것 같아요. 요전에도 변호사한테 혼담이 들어왔는데 이 애가 단호히 거절했지 뭐예요."

치하루는 무릎으로 시선을 떨궜다. 엄마는 입에서 나오는 대로 말을 꾸며 댔다.

"그럼, 이 사람은 절대 무리겠네. 변호사도 안 되니. 사실 꽤 좋은 사람이 있거든. 자산가 집안인데 아들내미를 위해서 이미 맨션도 준비했대."

"어머나."

엄마의 한쪽 눈썹이 올라갔다. 관심이 생긴 모양이다.

"우리 애랑 결혼해 주면 안심이죠."

엄마가 치하루에게 얼굴을 돌렸다. 그 눈에 담긴 생각을 읽고 황급히 변명했다.

"하지만 지금은 일로 정신이 없어서요."

그렇구나, 큰어머니가 사람 좋은 웃음으로 고개를 주억거렸다.

"여기서 결혼하면 아무래도 일을 그만둬야겠지. 아깝잖아."

그런 문제가 아니다. 그만둬도 상관없는 계약 사원이다. 하지만 혼담을 받아들이면 이곳으로 돌아와야 한다. 집을 나갔을 때 얼마나 안도했었는데. 두 번 다시 이곳으로 돌아올 마음은 없다.

멀리서 '어스름 석양'의 멜로디가 들려왔다. 이 주변은 4월부터 9월까지는 5시에, 10월부터 3월까지는 4시에 이곳저곳에 설치된 스피커에서 이 동요가 흘러나온다. 아이들에게 얼른 집에 들어가라는 신호다.

무심코 눈살이 찌푸려졌다. 치하루는 어린 시절부터 이 곡이 싫었다.

이것이 흘러나오면 친구들은 기쁜 얼굴로 집으로 달려간다. "내일 또 보자."라며 손을 흔들면서 집으로 돌아가는 모습을 바라보면서 치하루는 늘 우두커니 서 있었다. 돌아가면 오늘은 또 무엇으로 혼이 날까. 생각하기만 해도 몸속이 싸늘해졌다. 떨어지지 않는 무거운 발을 질질 끌며 부디 엄마의 기분이 좋기를 매일 기도했다. "다녀왔습니다."라고 활기찬 목소리로 인사하며 현관에 들어가는 게 좋을지, "늦어서 죄송해요."라고 먼저 잘못을 비는 게 좋을지, 그 선택은 늘 치하루를 괴롭혔다. 치하루의 말 한마디가 엄마의 기분을 거슬러 엄마의 기분이 상하기라도 하면 저녁식사 내내 잘근잘근 꾸중을 들어야 했다.

이미 20여 년 전의 일인데도 그때의 감각이 불과 어제 일처럼 떠오른다.

집에 돌아오자마자 엄마가 비아냥거린다.

"아까 그거, 대체 뭐야?"

"네?"

"혼담. 네 멋대로 거절하면 내가 얼마나 창피하겠어."

"그럴 뜻은 없었는데……."

"도쿄에 남자라도 있니?"

설마, 치하루는 고개를 가로저었다.

"너 대체 몇 살이라고 생각하니? 서른이 넘어도 진즉에 넘었으니 서둘러 남자 하나 잡아 와. 그래도 이것만은 말해 둘게. 볼썽사나운 결혼만은 하지 마라. 상대 수준에 따라서는 네 동생 혼담에도 영향을 미친다고. 이상한 남자랑 할 거 같으면 평생 혼자 사는 게 그나마 나아."

치하루는 질끈 눈을 감는다.

"사 년씩이나 대학을 보내도 계약 사원밖에 되지 못했는데, 여기에 제대로 된 결혼 상대도 없으면 정말 한심하잖아. 친척 앞에서 흠 잡히지 않도록 내 체면도 생각해."

치하루는 자기 자신에게 말한다.

이런 일로 상처 받지 마. 엄마의 막말은 익숙하잖아. 그냥 듣는 척만 해. 신경 써 봤자, 정작 말한 엄마는 곧 까맣게 잊어버린다고. 일

일이 신경 썼다가는 몸이 버텨내질 못해.

그럼에도 단단한 응어리를 삼킨 듯 가슴이 아파 온다.

4

아사코

오늘은 왠지 바빠서 저녁식사는 슈퍼마켓의 반찬으로 차리기로 했습니다.

딸은 불평 없이 먹어 주었지만, 이런 부실한 것을 식탁에 올린 제 자신이 엄마로서 실격인 것 같아서 우울해지네요…….

딸아이는 둘이서 먹으면 뭐든 맛있다고 하지만, 곧이곧대로 받아들이면 안 되지요.

언젠가 딸아이는 결혼을 하고 아내가 되겠죠. 언젠가는 아이를 낳고 엄마도 될 겁니다. 그때를 위해서 가르칠 수 있는 건 뭐든 가르쳐 주고 싶습니다. 아니, 가르쳐야만 하죠. 그게 엄마로서의 역할이지요.

딸은 엄마의 거울 같은 거니까요. 나쁜 점도 모두 비추고 말지요.

그렇기 때문에 언제나 책임을 느끼지 않으면 안 된다고 다시금 가
슴에 새겨 봅니다.

엄마와 딸의 관계에도 여러 가지가 있는 줄은 안다.

그것은 아버지와, 자매와, 남매와, 동성 친구와, 연인과의 관계와
는 차원이 다르다.

어쩌면 엄마와 딸은 몸 어디도 이어져 있지 않은 샴쌍둥이일지도
모른다. 귀찮아하고 반항하면서도, 최고로 이해해 주고 마음을 의지
할 만한 든든한 안식처이기도 하다.

서로를 받아들이지 못할 때마다 딸은 말대꾸한 데 대해 떨떠름한
감정을 떨칠 수 없고, 엄마는 자신의 생각이 전해지지 않는 데 한탄
한다.

옳은 것은 엄마일까, 딸일까.

잘못된 것은 딸일까, 엄마일까.

답은 틀림없이 엄마와 딸의 수만큼 있다.

오늘도 평소처럼 둘이서 점심을 먹으러 나갈 예정이었다. 장소는
엄마가 예약한 기오이초에 있는 역사가 오래된 호텔의 메인 식당이
다.

"그런 격식 있는 곳이 아니더라도 싸고 맛있는 곳은 얼마든지 있
잖아."

하지만 평소와 다르게 엄마는 그런 곳에 꼭 가고 싶다고 고집을 부렸다.

정오가 되기 전, 청바지에 면 셔츠, 카디건을 걸치고 거실로 나갔더니 엄마가 훑어보며 "좀 격식을 차려 입어." 라고 한다.

"영 아니야?"

"오늘은 그래도 호텔이니까 의상에 좀 더 신경 쓰는 게 좋겠어."

확실히 엄마는 정성껏 화장하고 어깨에는 화사한 꽃무늬 스카프까지 걸쳤다.

"아무렴 어때. 호텔이라도 점심 먹는 것뿐이잖아."

"모처럼 치마를 입는 건 어때?"

엄마가 집요하다. 평소와 달리 고집을 부리는 탓에 어쩔 수 없이 아사코는 옷을 갈아입었다.

이유를 몰랐다. 하지만 레스토랑에서 예약 좌석으로 안내되었을 때 처음 보는 남자가 혼자 앉아 있었다.

"기다리게 해서 미안해요."

엄마는 기분 좋게 웃으며 고개를 숙였다. 남자는 황급히 의자에서 일어섰다.

"아니, 저도 지금 막 왔습니다."

아사코는 당황했다.

이게 대체 뭐지? 동석자가 있다는 말은 듣지 못했다. 어째서 오기 전에 말해 주지 않은 걸까.

"딸이에요."

엄마의 소개에 아사코는 어색하게 고개를 숙였다.

"아사코입니다."

"처음 뵙겠습니다. 다바타입니다."

나이는 30대 후반쯤 될까. 가는 줄무늬 셔츠에 회색 재킷을 걸쳤다. 몸집도 키도 적당하다. 가는 검은 테 안경을 쓰고 있다.

"다바타 씨는 컴퓨터 기사야. 늘 도움을 받고 있어서 시간이 되면 같이 점심이나 하자고 했어."

"그래."

거기에 엄마의 의도가 들어 있다는 것쯤은 알아차렸다. 장소를 호텔로 잡은 것도, 치마를 입으라고 집요하게 요구한 것도 모두 이 때문이었던 거야? 감쪽같이 속은 기분이었다.

점심은 일 1인당 4,200엔. 상당한 금액이다. 전채 요리는 정해져 있고, 메인 요리와 디저트는 각자 선택하게 되어 있다.

"다바타 씨는 뭐로 할래요?"

엄마가 한 옥타브 목소리를 올려 물었다.

"저는 아무거나 좋습니다."

"여기, 어린양고기소테는 어때요?"

엄마가 메뉴를 손가락으로 가리켰다.

"남자는 역시 고기죠. 고기가 좋죠?"

"그럼, 그걸로 하겠습니다."

엄마가 호들갑스럽게 끄덕인다.

"나도 같은 걸로. 요즘 계속 생선을 먹었더니……. 때로는 고기도 먹어야죠. 아사코, 넌 뭐로 할래?"

"난 훈제흰살생선."

불현듯 대답하는 말투가 거칠어졌다.

웨이터에게 주문하고 다시 세 사람이 얼굴을 마주하자 어색함이
감돌았다. 레스토랑의 3분의 2가 채워져 있고, 피아노곡이 조용히
흐른다. 테라스 너머로 잘 관리된 정원이 펼쳐지고, 새가 나뭇가지
를 흔들고 있다. 평온한 분위기 속에 세 사람이 있는 자리만 묘하게
겉돌고 있다.

"다바타 씨랑은……."

엄마가 분위기를 띄우려는 듯 말을 시작했다.

"일하는 곳에 컴퓨터를 수리하러 온 게 인연이 돼서 알게 됐어. 그
게 삼 개월 전이죠? 우리 집 컴퓨터도 고장 난 적 있었잖아."

아사코는 기억나지 않지만 그런 일이 있었을지도 모른다.

"그때도 수리를 부탁했었어. 순식간에 고쳐 줘서 얼마나 도움이
됐던지. 그 후로도 조작법을 모르거나 컴퓨터가 멈추면 다바타 씨에
게 연락했는데, 얼마나 친절히 가르쳐 주는지. 엄청 든든해. 다바타
씨, 늘 고마워요."

엄마는 완전히 들떠 있었다.

"그게 제 일인걸요."

다바타가 난처한 듯이 웃는다. 다바타는 사전에 이 만남에 대해서
들었을까. 아니면 아사코처럼 갑자기 이 자리에서 처음 소개받은 걸
까. 그렇다면 다바타도 당황했을 것이 틀림없다.

전채 요리가 나오고 각자 나이프와 포크를 들었다. 말하는 사람은 엄마뿐이다. 아사코의 접시는 비었는데, 엄마 것은 아직 절반 이상이 남아 있다. 메인 요리가 나올 시간을 재면서 웨이터가 이쪽을 살핀다.

"다바타 씨는 군마의 마에바시 출신이야. 학교 때문에 도쿄에 왔고 컴퓨터 회사에 취직했대. 맞죠?"

"네."

"고향에는 누님과 형님이 계시고, 집은 형님이 이어받아 자유로운 처지라고."

결국 엄마에게 그것이 중요한 포인트였을 것이다. 가업을 이어받을 필요가 없는 차남 도련님. 엄마의 생각이 한눈에 보이는 듯하다.

드디어 메인 요리가 나왔다. 아사코는 잠자코 입으로 가져갔다. 맛있는 냄새가 피어오른다. 연한 살이 혀에 닿는 느낌이 매끄럽다. 하지만 제대로 맛을 음미할 수 없다.

"이런, 아사코. 너 어떻게 된 거야. 왜 아무 말도 안 하니. 그리 긴장하지 않아도 돼."

긴장이 아니다. 그러나 엄마에게 통하지 않는다.

"다바타 씨, 미안해요. 평소엔 말도 잘하는데, 완전히 굳었네요. 여태 엄마랑 둘만 살아서, 남자와 같이 밥 먹는 데 익숙하지 않아서 그래요."

아사코는 어이가 없다. 진심으로 그렇게 생각하는 걸까.

"딸애는 디자인 회사에 근무하는데 자기 일을 엄청 즐거워해요.

울지 않는 새는 하늘에 빠진다

자기가 좋아하는 일을 하니 엄마로선 기쁘기 그지없지만, 늘 일만 해서는 안 되잖아요. 나이도 됐으니 슬슬 장래도 생각해야죠."

"엄마, 그런 얘기를 왜 해."

아사코가 말을 막았다. 엄마의 말이 너무 노골적이라 가만히 앉아 들을 수가 없다.

"늘 이렇게 얼버무려서 난감하다니까요."

엄마는 목을 움츠리고 몸을 내밀며 다바타에게 물었다.

쉬는 날에는 뭘 해요? 고향 마에바시는 어떤 곳이죠? 일은 잘되고 있나요? 취미는? 좋아하는 음식은? 싫어하는 음식은?

질문 하나하나마다 다바타는 예의 바르게 대답하고 있다. 그러면 엄마가 네, 그래요, 하며 호들갑스럽게 맞장구를 친다. 들뜬 엄마의 모습을 보고 있으려니 난처하기 그지없었다. 여기서 빨리 벗어나고 싶다는 마음뿐이었다.

두 시간 가까이 걸려 식사를 끝내고 자리에서 일어섰다. 점심값은 엄마가 냈다. 다바타가 "잘 먹었습니다. 감사합니다."라며 정중히 고개를 숙인다.

"신경 쓰지 마요. 초대한 건 나니까. 다바타 씨와 느긋하게 이야기 나눌 수 있어서 즐거웠어요. 사람 됨됨이도 잘 알았고. 또 기회가 있으면 함께 식사해요. 그럴 거죠?"

한순간 정적이 흐른 뒤, 다바타가 네, 라고 대답했다.

"다행이에요. 그럼 또 연락할게요. 난 매주 아사코와 밖에서 점심을 먹어요. 다바타 씨도 함께하면 더 즐거울 것 같았어요."

엄마가 잠시 말을 멈췄다가 로비에 들어섰을 때 다시 입을 열었다.

"이 호텔 정원이 굉장히 멋있어요. 괜찮으면 둘이서 산책이라도 해요."

아사코는 어이가 없었다. 뻔뻔한 것도 아니고, 이런 빤한 연출을 하는 엄마를 도저히 받아들일 수 없었다. 싫다는 뜻을 살짝 내비쳤지만, 엄마는 알아차리지 못했다. 어쩌면 알아듣지 못하는 척하는 것일지도 모른다. 오히려 알아차린 것은 다바타였다. 힐끔 아사코를 보더니 엄마에게 말했다.

"죄송하지만, 제가 지금부터 일이 있어서요."

"어머나……."

"오늘은 이만 실례하겠습니다."

다바타가 정중히 고개를 숙이고 로비를 가로질러 간다. 그 뒷모습을 바라보면서 엄마는 낙담한 듯 깊게 한숨을 내쉬었다.

"네가 너무 무뚝뚝하게 구니까 다바타 씨가 기분 상해 돌아갔잖아."

집에 돌아온 아사코는 엄마에게 따져 물었다.

"그게 뭐야?"

소파에 앉은 엄마는 스카프를 벗고 어깨를 주무른다.

"익숙하지 않은 짓을 했더니 어깨가 뭉쳤어."

"아무 말도 안 하고 선 자리를 마련하는 게 어딨어? 진짜 말도 안 돼. 사전에 한 마디쯤은 해 줘야지."

엄마는 무릎 위에서 스카프를 가지런히 갠다.

"하지만 그런 말을 하면 아사코 네가 너무 의식할까 봐. 이런 일은 그냥 무작정 만나야 서로 긴장을 풀 수 있어. 다바타 씨, 좋은 사람인 것 같지? 요즘 사람치고는 드물게 진중하고 성실해. 그런 사람은 드물 거야."

"그런 문제가 아니라, 내 의견은 어떤지 물어보라는 거야."

엄마는 아사코의 말에 전혀 개의치 않았다.

"호들갑 떨지 마. 네 짝으로 어떨까 하는 사람이 있어서 그저 점심을 함께했을 뿐이야. 그렇게 화낼 일은 아니잖니."

"화난 게 아니야. 단지 이런 방식은 너무하잖아."

"괜한 일 한 거라면 미안. 그렇지만 너도 벌써 스물일곱이잖아. 엄마가 딸의 장래를 걱정하는 건 당연하지 않아? 다바타 씨가 마음에 안 든다면 하는 수 없지. 억지로 맺어 줄 생각은 전혀 없어. 그저 네 행복을 위해서 뭘 할 수 있을지 생각했을 뿐이야. 그것만은 알아줘."

엄마의 말에 묘한 설득력이 있어 아사코는 입을 다물었다.

"홍차라도 마실까?"

엄마가 부엌으로 가서 식기장에서 찻잔을 꺼냈다. 거기에 티백을 넣고 포트에서 끓은 뜨거운 물을 따른다. 물 떨어지는 소리만 크게 들려온다.

엄마의 말이 맞는지도 모른다. 결혼 적령기의 딸을 둔 부모라면, 결혼에 무관심할 수 없는 게 당연하다. 하지만 세상 물정 모르는 딸처럼 다루는 것은 의외였다.

"엄마는 내가 남자를 모른다고 생각하나 본데 그렇지 않아. 사귄 사람 정도는 있어."

아사코 나름으로는 각오가 필요한 말이었다.

"알아."

엄마가 선뜻 대답했다.

"엄마잖니, 그 정도는 알아."

아사코 앞에 찻잔을 내려놓고 엄마도 소파에 앉았다.

"그래서 지금 그런 사람이 있는 거야?"

무심코 말문이 막혔다.

"엄마는 계속 기다렸어. 네가 언제 그런 사람을 데려와 결혼하겠다고 말할지. 그때가 오면 잠자코 보내 주려 했어."

엄마는 홍차를 한 모금 홀짝였다. 아사코는 찻잔에서 피어오르는 부연 열기를 본다. 자신이 꺼낸 말이지만 하지 말았어야 했다고 후회했다.

"지금까지 내내 지켜만 보고 있었는데, 결국 넌 아무도 데려오지 않았어."

"……."

"알아. 네가 엄마 생각해서 그랬다는 거. 시집가면 엄마를 혼자 둘 수 없어서 결심이 서지 않았던 거지? 고마워. 엄마, 기뻤어. 너무 착한 딸을 보내 주셔서 신에게 감사해. 그렇다고 기뻐만 하면 안 되지. 네가 결혼을 망설일 정도로 엄마가 무거운 짐이 된다면, 엄마도 이런저런 조건에 맞는 상대를 찾아보겠다고. 그래서 용기를 내어 다바타 씨에게 얘기해 봤던 거야."

엄마의 말이 옳을지도 모른다. 지금까지 결혼 결심을 하지 못했던 것은 분면 엄마를 생각했기 때문이다. 하지만 뭔가가 다르다. 그것을 어떻게 표현해야 좋을지 모르겠다. 달리 해석하면, 그 '맞는 상대'란 아사코보다 엄마에게 맞는 사람인 것 같다.

"아빠 장례식 때의 일, 지금도 똑똑히 기억해."

엄마가 불쑥 말했다.

"너무 느닷없었지. 엄마 완전히 정신줄 놓고 눈물만 흘렸잖아. 그런 엄마를 친척들이 책망했잖니. 그때 네가 엄마를 옹호해 줬지. 엄마, 얼마나 기뻤는지 몰라. 그때 우리 다짐했잖아. 앞으로 어떤 일이 있어도 둘이 노력해서 살아가자고. 그로부터 벌써 십사 년이나 지났어. 믿기지가 않아. 그동안 여러 일이 있었지만 엄마는 너만 있으면 행복했어. 다른 건 아무것도 필요 없었어."

아사코는 잠자코 듣고 있었다. 순간 어떤 기억 하나가 떠올랐다. 예전에 엄마에게 혼담이 들어온 적이 있었다. 금전적으로 어렵고 불안했던 시절, 마흔을 갓 넘은 엄마도 조금은 마음이 움직였을 것이다. 하지만 아사코는 반대했다. 엄마를 빼앗기고 싶지 않았다. 엄마를 독점하고 싶었다. 그건 어린아이로서의 솔직한 감정이었지만, 엄마의 행복을 희생시킨 것은 아닐까 하는 꺼림칙한 마음이 지금도 가슴에 남아 있다.

"다바타 씨, 거절해도 괜찮아. 하지만 조금만 더 생각해 줄래? 정말 좋은 사람이야. 그건 엄마가 보증해."

일을 하는데도 무심코 딴 데로 생각이 간다.

그날 이후 아사코는 내내 생각을 한다.

분명 결혼 상대를 고를 때는 조건을 따졌다. 엄마를 혼자 둘 수 없다, 엄마는 내가 평생 보살펴야 한다는 그런 마음이 앞섰다. 데릴사위까지는 바라지 않더라도 엄마를 받아 줄 수 있는 상대가 아니면 결혼할 수 없다고 생각했다. 외동자식이 수두룩한 요즘 같은 시대에 그런 조건을 내세우는 것 자체가 웃긴다. 그런 줄 잘 알면서도 여자 혼자의 몸으로 아사코를 키워 준 엄마에 대한 당연한 의무라고 생각했다. 조건을 만족시키지 않는 남자와는 헤어질 수밖에 없었다. 하지만 그게 정말 옳은 선택이었을까?

지금까지는 엄마를 위해 연애를 포기했다고 생각했다. 하지만 진심으로 좋아하는 상대였다면 엄마를 버리고서라도 함께하지 않았을까? 그러지 않은 것은 그렇게까지 열렬히 상대를 사랑하지 않았기 때문이 아닐까? 그래서 나는 남자보다 엄마를 선택했던 게 아닐까?

결혼은 하고 싶다. 그 마음은 분명히 있다. 단지 내가 원하는 사람과 앞으로 만날 수 있을지 없을지가 불확실한 것이다. 얼굴을 맞대고 '처음 뵙겠습니다'부터 시작해서 일이나 가족의 이야기를 묻고 공통의 화제를 찾고 키스하고 섹스하고 상대가 바라는 것과 자신이 바라는 것을 저울질하면서 서로를 탐색한다. 나오는 답은 기대에서 벗어난 것이 대부분……. 생각하기만 해도 한숨이 나온다. 그런 교제에는 이미 지쳤다. 지금까지 그랬 왔던 것처럼 똑같은 일을 되풀이하는 것뿐이다. 이렇게 다시 차분히 생각해 보면, 분명 다바타는 나쁜 사람은 아니었다. 엄마의 작전에 휘말리는 것은 내키지 않지만 만일 다른 자리에서 만났다면 좀 더 솔직히 대할 수 있었을 것 같다.

사흘 뒤 아침, 부엌에서 엄마가 아침밥을 준비하고 있다.

"좋은 아침."

"일찍 일어났구나."

엄마가 등을 돌린 채 대답한다. 목소리는 평소와 다름없다. 텔레비전에서는 뉴스가 흘러나오고 가스레인지에는 된장국 냄비와 달걀프라이를 할 프라이팬이 올라 있다.

"그 뒤에 생각해 봤는데."

"응?"

"이번 점심에 다바타 씨도 불러 줘."

순간 엄마가 동작을 멈추고 천천히 돌아섰다.

"그래, 그렇게 할게."

엄마의 얼굴에 미소가 가득했다.

다바타와 두 번째로 만났을 때는 의외로 위화감이 없었다.

분위기를 띄우는 타입도 아니고 화려한 입담도 없었다. 여자를 대하는 데 익숙하지 않은 것도 알 수 있었다. 그것이 오히려 마음 놓였다.

업무상 아사코의 주위에는 남자 프리랜서가 많다. 자유롭게 사는 모습이 도회적이기도 하지만 어딘가 붕 떠 있는 것처럼 보였다. 다바타는 그와 대조적이었다. 기계를 다루는 사람답게 듬직하고 말수가 적어서 성실해 보였다.

세 번째 점심은 다바타가 샀다. 돌아오는 길에 셋이서 백화점에 들렀다. 엄마가 다바타에게 넥타이를 선물했더니 그는 "괜히 죄송하네요."라며 고마워했다.

네 번째 식사 때는 점심을 먹고 엄마와 헤어져 처음으로 다바타와 둘만의 시간을 갖게 되었다. 마침 아리스가와노미야 기념 공원이 근처에 있어서 잠시 산책을 한 뒤 카페에 들어갔다. 마주 앉기는 했지만 대화는 그다지 탄력을 받지 못했다. 어색한 분위기에 싸여 있을 때, 다바타가 커피를 마시면서 말했다.

"미안해요. 제가 좀 재미없죠?"

마치 자조하는 듯한 말투였다.

"아니, 그렇지 않아요."

"아니에요, 스스로도 잘 알아요. 사람을 즐겁게 하는 것도 재주죠. 어린 시절부터 재미없는 놈이란 소리를 들었어요. 그래도 어떻게 하면 재미있게 할 수 있을지 전혀 몰라서……."

다바타는 소심하게 웃으며 머리를 긁적였다.

그때 다바타의 어릴 적 모습이 보이는 듯했다. 주위와 어울리지 못하고 늘 교실 창가에서 교정을 바라보는 남자아이. 지나고 보면 그런 남자아이를 타깃으로 놀리면서 사람을 잘 웃기고 분위기를 잘 띄우는 아이가 한둘쯤 있곤 했다.

하지만……, 아사코가 물었다.

"즐거운 게 싫은 건 아니죠?"

울지 않는 새는 하늘에 빠진다

"물론이죠. 개그 프로도 자주 보고, 인터넷으로 동물 동영상 같은 것도 자주 봐요."

"아, 그거 나도 좋아해요. 귀여워서 나도 모르게 보게 되죠."

"맞아요. 정신을 차리고 보면 한 시간이 훌쩍 지나가잖아요."

다바타가 얼굴을 붉히며 멋쩍게 웃는다. 그 웃음에서 왠지 모를 친밀감이 느껴졌다.

"생각해 보면, 누군가를 즐겁게 해 줄 수 없는 것보다 자신이 즐기지 못하는 쪽이 더 재미없지 않아요?"

"네……."

"그러니까 자기 자신을 그런 식으로 말하지 마요."

돌아가는 길에 다바타가 선물로 케이크를 샀다. 둘은 엄마가 기다리는 집으로 함께 돌아왔다. 엄마가 준비한 커피를 마시면서 셋이서 소소한 이야기를 나눴다. 다바타는 아사코와 엄마 사이에서 원만히 녹아들었다. 아사코는 다바타가 함께 있으면 지정석에 앉아 있는 듯한 안정감이 들었다.

커피를 다 마셨을 때다. 당연한 일이지만, 하고 다바타가 긴장한 모습으로 말문을 열었다.

"아사코 씨와 결혼을 전제로 교제해도 되겠습니까?"

다바타는 엄마를 향해 고개를 숙였다. 지금 여기서 그런 말을 꺼내리라고는 생각지도 못했다.

"오늘 아사코 씨와 이야기를 나누고서 제게는 이 사람밖에 없다고 생각했습니다. 앞으로 잘 부탁드립니다."

멀거니 있던 엄마가 얼굴을 천천히 돌렸다.

"너는 어떻게 생각하니?"

아사코는 다바타를 보았다.

다바타는 친절하고 성실하다. 착실하고 안정적인 직업을 가지고 있다. 지금까지 만난 횟수는 네 번. 그중에서 다바타에 대해 불쾌함을 느꼈던 적은 한 번도 없다. 거절할 이유가 하나도 없다는 점이 무엇보다도 가치 있는 듯 생각되었다. 그렇다면 망설일 이유가 있을까?

오늘은 날씨가 매우 화창해서 집 안의 창을 활짝 열고 청소했습니다.

가을바람이 살랑살랑 불어서 기분이 좋았습니다. 햇살도 부드러웠습니다. 불현듯 의욕이 샘솟아 식기장에서 식기를 모두 꺼내고 선반을 깨끗이 닦았습니다. 개운한 게 참 좋네요.

내친 김에 가구 위치도 좀 바꿨습니다. 요즘 손님 올 일이 많아져서 소파의 위치를 벽 쪽에서 베란다 쪽으로 옮겼는데, 그것만으로도 방 분위기가 완전히 달라졌습니다. 일하고 돌아온 딸아이도 크게 놀라더군요. 그래도 무리해서 허리라도 다치면 큰일이라며 다음엔 자기한테 꼭 이야기하라고 정색하더군요. 딸은 늘 저를 걱정해 줍니다. 정말 착한 아이랍니다.

며칠 전 점심을 먹으러 갔던 곳은 요츠야에 있는 비프스튜로 유명한 레스토랑이었습니다. 혀에 닿자마자 고기가 녹아 없어질 만큼

부드럽습니다. 향 좋은 빵까지 더해지면 최고의 맛이랍니다. 여기에 샐러드와 수프까지. 오늘은 사진이 꽤 잘 나온 것 같은데, 어떤가요?

5

치하루

11월도 마지막 주에 접어들었다.

이미 거리는 크리스마스 분위기로 물들어 쇼윈도마다 빨간색과 초록색, 금색 빛이 흘러넘쳤다.

어젯밤 고타로에게서 연락이 왔다.

"내일 만날까?"

최근 한 달간, 고타로는 친구 집에 되돌아가 있었다. 그동안에도 메일은 자주 보내왔지만, 만나지는 않았다.

"안 돼. 내일은 스포츠센터 가야 돼."

치하루는 쌀쌀맞게 대답했다.

"그런 거 다른 날 가고, 처음 우리 데이트했던 아오야마에 있는 이탈리안 레스토랑 거기서 기다려 줘."

돈이 없는 고타로로서는 드문 일이다.

"웬일이야?"

"때로는 사치도 괜찮을 것 같아서. 일곱 시, 어때?"

그 레스토랑이라면 일정을 바꿔도 좋다.

다음 날, 약속 시간보다 다소 늦게 레스토랑에 도착하자 뜻밖에도 방으로 안내되었다. 이 방은 별도 요금이 붙어서 꽤 값이 나갈 것이다. 방문이 열리자마자 또 한 번 놀랐다. 정장 차림을 한 고타로가 커다란 장미 꽃다발을 들고 서 있었다. 양복은 얼핏 봐도 싸구려였지만, 그런 모습 자체가 처음이었다.

"자, 선물."

치하루는 무심코 눈을 깜빡였다.

"무슨 일이야?"

"샴페인도 있어."

고타로는 당황하는 치하루에게 억지로 꽃다발을 안기고 차가운 샴페인병을 얼굴로 가리켰다. 테이블에는 이미 샴페인잔이 준비되어 있었다.

"일단 앉아."

시키는 대로 자리에 앉으니 점원이 절도 있는 손놀림으로 샴페인 뚜껑을 땄다.

"이제 제가 할게요."

고타로는 점원에게서 병을 받아 들고 잔에 따랐다. 하지만 한 번에 왈칵 따르는 바람에 거품이 넘쳐 테이블보를 적셔 버렸다. 그것을 보고 고타로가 혼자서 깔깔거리고 웃는다. 묘하게 들떠 있다. 두 개의 잔이 채워졌다.

"자, 건배해."

"무슨 건배?"

고타로는 그때만큼은 가슴을 폈다.

"합격 건배."

치하루가 고타로를 쳐다봤다.

"나, 합격했어."

"……."

"그 반응은 뭐야? 나, 해냈어. 드디어 공인회계사 시험에 붙었어."

곧바로 말이 나오지 않는다.

"아, 믿지 않는구나. 괜찮아. 지금부터 증거를 보여 줄게."

고타로는 잔을 내려놓고 휴대전화를 꺼내서 잠시 뭔가를 누르더니 테이블 위에 올려놨다. 화면에 공인회계사심사회 홈페이지가 떠 있었다. 동시에 주머니에서 구겨진 종잇조각을 꺼내 치하루 앞에 내밀었다.

"이게 내 수험표. 여기에 있는 게 합격자 수험 번호. 분명 똑같지?"

치하루는 비교해 본다. 분명 번호가 있다.

"진짜야?"

"이제 알았지?"

고타로는 몇 년이나 그 자격을 목표로 공부했다고 들었다. 하지만 그가 합격할 거라고는 전혀 예상하지 못했다. 영원히 무모한 꿈을 좇는 프리터에 불과하다고 생각했다.

"합격할 수 있었던 건 치하루 덕이야. 전에도 말했지만, 나 당신과 만나고 나서 일이 다 잘 풀리는 것 같아. 역시 당신은 내게 행운의 여신이었어. 고마워. 말로 다할 수 없을 만큼. 나도 이걸로 겨우 당신에게 은혜를 갚을 수 있게 됐어."

고타로는 다시금 잔을 높이 들었다.

"자, 건배하자."

실감되지 않았지만 치하루는 고타로와 잔을 부딪쳤다.

"사실 알릴 게 하나 더 있어."

고타로는 한층 더 의기양양한 얼굴이 되었다.

"뭔데?"

"일자리도 정해졌어."

치하루는 눈을 깜빡였다.

"외국계 펀드 회사야. 원래 그곳 인사 담당자를 세무사무소에서 일했을 때부터 알았는데, 공인회계사 시험에 합격하면 연락 주라고 했거든. 그래서 정말 연락했더니 당장 면접 보러 오라고 하더라고. 가서 면접 봤더니 정식으로 채용이 결정됐어. 다음 달부터 그곳에서 일하는 걸로. 이게 입사 증명서."

고타로가 다른 용지를 테이블 위에 놓는다. 치하루는 여전히 눈만 깜빡일 뿐이다.

"사실 시험에 합격했을 때 곧바로 치하루에게 알리고 싶었는데,

그래도 역시 그것만으로는 부족한 것 같아서. 남자라면 역시 일을 해야 비로소 어엿한 인간이 되는 거잖아. 그래서 취직자리가 정해진 뒤로 잠시 미뤘어."

고타로는 말하면서 눈가에 웃음을 지었다.

"이왕이면 당신과 처음 데이트했던 이곳에서 알리고 싶었어. 여기는 나와 당신이 시작된 곳이니까."

치하루는 손에 잔을 든 채 멀거니 고타로를 본다.

"아, 아직 안 믿는구나."

고타로가 웃었다.

"하긴 당연해. 나도 상황이 이렇게까지 변한 게 믿기지 않거든. 하지만 현실이야. 자랑은 아니지만, 공인회계사 시험에 붙는 건 그만큼 가치가 있어. 여하튼 나는 이제 프리터가 아니야. 이 가게에서 '물 주세요' 같은 말은 두 번 다시 안 할 거야."

고타로가 흥분해서 말을 이어 간다. 너무 돌발적인 일이라 무슨 농지거리에 놀아나는 기분이었다.

고타로가 잔을 비웠다. 이내 비워진 잔을 다시 채우고, 아직 조금밖에 남지 않은 치하루의 잔도 마저 채웠다.

"그래도 처음엔 대졸 초임 월급 정도밖에 못 받아. 하지만 그건 기본급이고, 성과를 내면 그만큼 더 받는 시스템이야. 연공서열이 아니라 능력주의라니 외국계 기업답지? 나 같은 신입 사원도 얼마든지 기회는 있어. 그러니까 일도 신명나게 할 거야. 전에도 말했지만, 연봉 천만 엔도 절대 꿈이 아니야. 회사에는 일억을 받는 사람도 있어.

나, 노력할게. 당신을 위해서 앞으로 최선을 다할 거야."

치하루는 뭐라고 말해야 할지 몰랐다.

"이럴 땐 좀 기뻐해 주라."

고타로가 애원했다.

"치하루의 웃는 얼굴이 내겐 최고의 에너지니까. 정말이야. 당신만 있으면 다른 건 아무것도 필요 없어. 치하루의 웃는 얼굴만 있으면 난 하늘도 날 수 있어."

"바보."

치하루는 드디어 입가에 미소를 띠었다.

"아, 이제 웃었다. 그래, 당신의 웃는 얼굴, 역시 최고야."

그러고 나서 고타로는 자세를 고쳐 앉았다.

"치하루, 지금까지 난 정말로 한심한 남자였어. 돈도 없고 일도 제대로 못하고 보람도 없이 살았어. 나 스스로도 알아. 당신 앞에서는 바보 같은 소리나 해 대며 넉살을 떨 수밖에 없었어. 지금까지 말하고 싶은 게 있어도 말할 수 없었는데, 드디어 말할 수 있게 됐어."

고타로는 의자에서 일어나 테이블을 돌아 치하루 앞으로 와서는 짐짓 연극이라도 하듯이 바닥에 한쪽 무릎을 꿇었다.

"치하루, 나와 결혼해 줘."

침대 옆에서 고타로는 느긋하게 잠에 빠져 있다.

고타로는 완전히 들떠서 샴페인을 비운 뒤 레드 와인까지 동냈다. 식사를 마치고 레스토랑에서 나왔을 때는 완전히 취해 있었다.

치하루의 맨션으로 향하는 택시 안에서 고타로는 치하루의 어깨를 감싸 안고 귓가에 '사랑해'를 반복해서 속삭였다.

"사랑해, 사랑해. 앞으로 같이 있고 싶어. 꼭 행복하게 해 줄게."

그 말에 이끌린 듯 치하루는 고타로를 맨션에 들였다.

목이 말라 물을 마시려고 거실로 나가니 얼굴 가득 웃음기를 머금은 미하루가 소파에 앉아 있었다.

'해냈구나.'

미하루의 목소리가 높다. 치하루는 냉장고에서 생수병을 꺼냈다.

"그래?"

'이제 저 사람과 결혼할 거지?'

미하루의 곁에 앉아 치하루는 물을 한 모금 마셨다.

"어떡할까."

'무슨 소리. 당연히 결혼해야지. 시험에도 합격했겠다, 취직도 결정됐겠다.'

"흥, 얼마 전까진 그렇게 얕잡아 보더니."

'그야 상황이 달라졌으면 마음도 바뀌는 게 당연한 거 아니야. 대체 뭘 망설여?'

"그게……."

치하루는 웅얼거리며 천장을 올려다봤다.

"그게, 결혼한다는 건 가정을 갖는 거잖아."

'그렇지.'

"아이도 낳을지 몰라."

'그럴지도 모르지.'

"그런 내가 상상이 안 돼."

지금까지 결혼을 전혀 생각하지 않았던 건 아니다. 하지만 그것을 생각하면 어릴 적 집의 모습이 겹쳐진다. 가정의 참모습을 치하루는 알지 못한다. 그곳은 마음이 쉬는 곳도, 자유로이 행동하는 곳도, 본심을 털어놓을 수 있는 곳도, 웃으며 지낼 수 있는 곳도 아니었다. 늘 엄마의 눈치를 살피고, 팽팽한 긴장감에 지금 자신이 어떻게 행동해야 좋을지 몰라 오들오들 떨던 장소였다.

'그래도 슬슬 현실과 마주하는 게 좋지 않아? 이런 생활이 언제까지 이어지지 않을 거라는 것쯤은 치하루도 잘 알잖아?'

며칠 전 치하루보다 세 살 위인 여사원이 내년 3월에 퇴직한다는 이야기를 전해 들었다. 계약이 갱신되지 않았기 때문이다. 그렇게 되면 앞으로 치하루가 가장 연장자가 된다. 현재 여사원은 넷. 전부 계약 사원인데 치하루 외에는 모두 20대다. 다음 순서는 자신일 확률이 높다.

나카바야시와의 관계도 언제까지 이어질지 알 수 없다. 최근에는 연락도 뜸하다. 나카바야시가 다른 젊은 여자에게 눈길을 돌리지 않으리라는 법도 없다. 결혼은 어쩔 셈인지, 나카바야시가 물었었다. 역시 헤어지자는 이야기를 돌려 말한 것이었을까.

만일 직장을 그만두게 된다면……. 나카바야시도 떠나가 버린다면…….

금전적으로 궁핍해질 것은 명백하다. 아버지는 고향으로 돌아와 사무실 일을 도우라고 말할 게 틀림없다. 엄마는 어이없다며 비웃겠지. 엄마를 두려워하는 생활이 또다시 시작되는 것인가.

그것만큼은 싫다, 절대로!

'결혼하면 돼. 그게 제일이야.'

"엄마가 뭐라고 할까?"

'상대는 공인회계사야. 엘리트를 잡았다고 깜짝 놀랄걸.'

"그럴까."

'그럼.'

그 말을 듣고 치하루도 점차 기분이 좋아졌다.

"그렇겠지? 엄마도 기필코 알아주겠지."

'당연하지. 이걸로 한 방에 역전하는 거야. 엄마 코가 납작해질걸.'

엄마의 표정을 상상하자 치하루의 얼굴 가득 웃음이 번졌다.

일주일 뒤, 치하루는 프러포즈를 받아들였다.

고타로가 기뻐하는 모습은 치하루가 창피할 정도로 직선적이었다.

"고마워. 난 세상에서 가장 행복한 놈이야."

고타로는 눈물을 글썽이며 치하루를 안았다.

"반드시 행복하게 해 줄게."

그런 고타로의 모습에 만족하면서도 떨칠 수 없는 하나의 생각이 머릿속을 어지럽혔다.

'나카바야시와의 관계를 어떻게 청산하지.'

최근 나카바야시의 상태를 보면 실랑이를 벌이지는 않을 것 같지만, 어떻게 될지는 아무도 알 수 없다. 그렇게 되면 이 집에서도 나가야만 한다.

"그럼 우리 어디에서 사는 거야?"

"사택을 알아보는 중이야. 복리 후생이 좋은 회사니까 어떻게든 될 거야. 난 지금 당장이라도 같이 살고 싶지만."

"그거 언제쯤 될까?"

"회사에 확인해 봐야 하는데, 결혼할 때까지 어떻게든 해 볼게."

그렇다면 나카바야시에게는 언제 말을 꺼내면 좋을까. 너무 빠르면 살 집이 없어진다. 그건 곤란하다. 이사 갈 곳이 정해질 때까지 잠자코 있을 수밖에 없다.

냉정히 머리를 돌리는 치하루와는 대조적으로 고타로는 완전히 들떠 있었다.

신혼여행은 어디로 갈까? 아이는 셋을 낳겠다, 아들은 축구나 테니스를 가르치고, 딸은 발레를 가르치고 싶다. 언젠가 정원이 있는 단독주택을 사자. 잔디가 깔린 정원에서 바비큐를 해 먹는 게 꿈이다……, 등등의 희망을 죽 늘어놓았다.

그런 고타로의 모습을 보며, 치하루는 이것으로 됐다며 스스로를 납득시켰다. 고타로는 자신에게 완전히 빠져 있다. 안정된 일자리도 있다. 앞으로 그와 함께라면 불안은 없다. 무엇보다 달리 선택할 길이 없다. 그것이 답이 아닐까.

그 뒤 고타로가 한 행동은 기타간토에 있는 본가에 치하루를 데리고 가는 것이었다.

11월의 첫 주말, 이른 시간에 둘이서 히가시키타 신칸센을 탔다. 고타로의 시골집은 작은 과수원을 운영했다. 양친은 소박하고 따스한 인품을 가졌다. 잔뜩 긴장했지만 기분 좋게 맞아 주어 마음이 놓였다. 치하루의 나이가 위라는 것도 신경 쓰지 않는 듯해서 다행이었다. 안쪽 방에는 몸져누운 할머니도 계셨다. 고타로는 의식이 거의 없는 할머니에게도 치하루를 열심히 소개했다.

고타로가 장남이란 사실은 그때 알았다. 하지만 부모님 모두 가업을 잇게 할 마음이 없어 모두 본인의 판단에 맡기고 있다고 했다.

"하고 싶은 일을 해야죠. 그것만이 아들에게 줄 수 있는 재산 같은 거죠."

말은 그랬지만, 역시 프리터라는 상황은 근심거리였을 것이다. 시험에 합격하고 취직자리가 결정되자마자 결혼까지 한다니 진심으로 안도하는 모습이었다.

"그래도 이렇게 아리따운 아가씨가 시집온다니 참 기쁘군요. 부디 고타로를 잘 부탁해요."

고타로의 엄마는 치하루의 손을 잡고 눈시울을 붉혔다.

"저야말로 잘 부탁드립니다."

치하루도 머리를 깊이 숙였다. 가슴에서 솟구치는 뜨거운 무언가가 느껴졌다.

도쿄로 돌아온 고타로는 치하루의 본가에도 가고 싶다고 했다.

"이제 당당하게 인사드릴 수 있게 됐어."

결의에 찬 목소리였다.

"그런데……."

치하루는 우물거리며 말을 이었다.

"나 부모님과 사이가 별로 안 좋아. 어릴 때부터 그래. 특히 엄마랑은 진짜 아니야. 무관심하다고나 할까, 내게 관심이 전혀 없어."

"우리도 마찬가지지 뭐. 만나 봐서 알겠지만, 방임주의도 좋은 점이 있어."

고타로는 전혀 개의치 않는 모습이다.

"당신은 몰라. 당신 집과는 다르다고. 당신을 데리고 가도 부모님이 어떻게 나올지 모르겠어. 어쩌면 심한 말을 해서 기분 상하게 할지도 몰라."

공인회계사는 내세울 수 있는 직업이다. 미하루도 그렇게 말하지 않았던가. 하지만 엄마가 인정할지 안 할지, 역시 불안을 떨쳐낼 수 없다. 엄마가 만족하는 기준이을 짐작할 수 없다. 엄마가 지금까지 치하루를 인정한 적은 단 한 번도 없다. 하는 일마다 비난만 해 왔을 뿐이다.

'너, 이런 남자밖에 데려올 수 없는 거야. 정말 창피해 죽겠다.'

무심코 이런 말이 상상된다. 그리고 실제로 그런 신랄한 비판을 듣는다면 자신감을 잃고 고타로를 시시한 남자로 인정해 버릴 것 같은 걱정이 앞섰다. 두려운 쪽은 오히려 치하루였다.

"그래서 부모님께는 알리지 말고 우리끼리 결혼해 버릴까 하는 생각도 해."

"그건 안 되지."

고타로는 진지하게 말했다.

"난 제대로 하고 싶어. 그런 게 남자의 책임이라고 생각해. 부모님과 관계가 매끄럽지 않은 건 어디에나 있는 일이야. 난 조금도 신경 안 써. 내가 결혼할 사람은 부모님이 아니라 치하루 당신이니까. 무슨 말을 들어도 '치하루를 주세요.'라고 당당하게 말씀드릴 거야."

고타로가 재촉을 못 이기고 엄마에게 전화를 걸었다.

점심시간, 치하루는 회사 건물 바깥 계단참에서 휴대전화를 꺼내 들었다.

아침이나 저녁에 걸면 "하필 이런 바쁜 때 뭐니?"라는 소리를 듣는다. 밤에는 "드라마를 봐야 해."라는 핀잔이 돌아온다. 지금 이 시간밖에 없다.

"무슨 일이니? 모처럼만에 낮잠 자고 있는데."

역시 불쾌한 목소리가 들려 왔다.

"이번 주 토요일이나 일요일, 어떤가 해서요."

물어보는 자신의 목소리가 비굴하게 들렸다.

"어떤가라니, 그게 무슨 말이니?"

질문에 질문으로 답하는 것은 엄마의 방식이다.

"집에 갈까 해요."

"왜?"

"실은 소개할 사람이 있어서요."

엄마는 잠시 침묵했다. 그것이 쓸데없이 길게 느껴져서 다시 한 번

울지 않는 새는 하늘에 빠진다

말했다.

"저, 소개할 사람이 있어서……."

엄마가 말을 딱 잘랐다.

"왜 여러 번 말하니? 다 들었다."

치하루는 입을 다문다.

"남자?"

"네……."

"너 요전에 왔을 땐 그런 말 한 마디도 없었잖아. 그런 사람이 있으면 있다고 왜 말하지 않았어?"

"그땐 아직 그럴 상황이 아니어서요."

"어떤 남잔데?"

그때만큼은 치하루도 목소리를 조금 높여 이름과 나이, 공인회계사 시험에 합격해서 외국계 펀드 회사에서 일하고 있다고 설명했다.

하지만 반응은 냉담했다.

"아, 그래."

실망이 역력한 목소리였다. 역시 엄마는 내가 데려가는 남자라면 누구라도 마음에 들지 않을 것이다.

"다음 주쯤이 좋겠어. 아버지도 요즘 골프 삼매경이라."

"점심시간 넘겨서 조금만 시간 내 주세요."

그래, 하고 엄마는 떨떠름하게 대답했다.

"그럼 토요일로 해. 점심이나 저녁은 준비 안 해도 되겠지?"

"물론 상관없어요."

전화를 끊고 치하루는 한숨을 토했다.

여하튼 승낙을 받았다. 엄마가 고타로를 어떻게 대할지 불안하기는 했지만, 여하튼 인사만은 할 수 있게 되었다. 오래 머물지 말고 소개만 하고 바로 돌아오자. 그것만 끝내면 나머지는 아무래도 좋다.

신칸센을 타고 가는 내내 치하루는 긴장했다. 그런 줄도 모르고 고타로는 느긋하게 도시락을 먹는다.

"엄마는 일단 입이 거칠어서 분명 깜짝 놀랄 거야. 심한 말을 들을 수도 있어. 그럴 땐 그냥 흘려버려. 나도 늘 듣는 말이야. 원래 그런 사람이니까 너무 신경 쓰지 마. 그리고⋯⋯."

"괜찮아, 괜찮아. 나만 믿어. 나, 이래 봬도 어른들이 좋아하는 타입이야."

고타로는 선물로 고른 쿠키도 마음에 걸렸다. 엄마는 틀림없이 이렇게 말할 것이다.

"에고, 왜 이런 걸 가져왔어. 잇새에 끼잖니."

현관 앞에 서서 치하루는 호흡을 깊게 하고 현관문을 열었다. 텔레비전 소리가 들릴까 봐 걱정했는데 들리지 않아서 마음이 놓였다. "다녀왔습니다." 하고 소리를 냈지만 어차피 대답이 없을 게 뻔하다. 복도에 들어서자 안에서 슬리퍼 끄는 소리가 나더니 엄마가 모습을 드러냈다.

"어머, 어서 와요. 기다렸어요."

울지 않는 새는 하늘에 빠진다

엄마는 지금껏 본 적 없는, 환하게 웃는 얼굴로 맞았다. 놀랍게도 뒤에 아버지까지 나왔다.

"먼 데서 일부러 오게 해서 미안하군. 자, 들어와요."

생각지도 못한 환영에 치하루는 어색할 뿐이다. 대체 무슨 일이 있었던 것일까. 엄마가 매트 위에 두 켤레의 실내화를 내었다. 새것이었다.

"아시다 고타로라고 합니다. 이렇게 시간을 내 주셔서 감사합니다."

고타로가 공손히 고개를 숙였다.

"아니, 전혀 그렇지 않네. 그런 인사는 나중에 하고, 어서 들어오게."

아버지에게 안내를 받고 응접실로 들어섰다. 응접실에는 아버지가 아끼는 산수화 족자가 걸려 있었다. 앉은뱅이 테이블 위에는 정원에서 가져온 듯한 동백꽃 한 송이. 아버지가 방석을 권하자 고타로가 앉았다. 치하루는 복도 가까운 쪽으로 앉았다.

"지금 차를 낼게요."

엄마가 부엌으로 향하는 것을 보고 치하루도 황급히 일어섰다. 신경이 둔하다고 엄마가 꾸짖을 것만 같았다. 그런데 엄마가 뜻밖의 말을 했다.

"됐어. 그냥 거기 앉아 있어."

"그래도."

"괜찮다니까."

"전철 붐비지 않았나?"

아버지가 고타로에게 물었다.

"아뇨, 그리 붐비지는 않았습니다."

"음, 날씨가 좋아서 다행이군. 십이월이 되었는데 오늘도 꽤 포근해."

"도쿄도 그렇습니다."

"역시 이상 기온 탓인가."

"그런 것 같습니다."

아버지와 고타로가 세상 돌아가는 이야기를 나누는 동안에 엄마가 차를 들고 나타났다.

"자, 어서 들어요."

뚜껑 덮인 찻잔을 얹은 접시를 내려놓는다. 손님용 이마리 자기다. 이 찻잔을 보는 건 오랜만이다. 엄마가 아끼는 물건으로, 특별한 날 밖에는 사용하지 않는다.

"고맙습니다. 아, 이건 선물입니다."

고타로가 상자를 건넨다. 무춤 치하루의 몸이 굳는다.

"어머, 쿠키네요. 고마워요. 좋아하는 거예요."

엄마가 웃으며 받는다.

"아시다 씨, 공인회계사 시험에 합격했다고."

아버지가 몸을 앞으로 내밀며 물었다.

"네, 좀 돌아왔지만 이번에 통과했습니다."

"어렵지 않나. 합격하기 쉽지 않았을 텐데. 게다가 취직한 곳도 유명한 외국계 펀드 회사라고?"

"때마침 함께 일하자고 말해 온 사람이 있어서요."

"아무리 그래도 그것만으론 입사하기 어렵지."

"행운이 있었죠. 하지만 능력주의 회사라 마음 놓을 수 없습니다. 증권 애널리스트 공부도 시작해야 하고요."

"오, 대단하군."

감탄하는 아버지 곁에서 엄마도 고개를 끄덕인다. 그래도 치하루는 긴장을 풀 수 없었다. 치켜세웠다가도 단숨에 비난한다. 엄마라면 충분히 그럴 수 있다.

"오늘은 부탁드릴 게 있어서 찾아뵈었습니다."

고타로가 드디어 말을 꺼냈다. 아버지와 엄마가 자세를 고친다. 고타로는 방석에서 내려와 바닥에 손을 짚었다.

"어리지만, 치하루 씨와 결혼하고 싶습니다. 허락해 주십시오."

저녁에는 도쿄로 돌아갈 예정이었다. 하지만 엄마는 이미 저녁식사를 위해 초밥을 주문했다. 테이블에는 차 대신 맥주가 놓이고 엄마가 손수 만든 음식이 차려졌다. 동생 히로카즈도 함께 잔을 기울이면서 때로 웃고 때로 열심히 대화를 나누었다. 집안 분위기가 활기를 띤다.

치하루는 빈 접시를 부엌으로 가져갔다. 엄마는 맑은국을 준비하고 있었다. 개수대에 접시를 내려놓고 수도꼭지를 틀었다.

"그냥 둬. 나중에 엄마가 할 테니."

"아, 네."

"그런데 너 굉장한 사람을 잡았어."

부엌을 나가려던 치하루가 흥분한 엄마의 목소리에 고개를 돌려 엄마를 바라본다.

"아버지한테 얘길 들을 때까진 전혀 몰랐어. 공인회계사가 굉장히 어려운 시험이란걸. 그 자격만 있으면 평생 굶지는 않을 거야. 게다가 이건 히로카즈한테 들은 건데, 그 펀드 회사라는 곳도 세계 각지에 있는 엄청 유명한 회사라고 하던데. 들으면 들을수록 놀랄 일이다."

아니, 놀란 것은 치하루다. 엄마한테 그런 말을 들을 줄은 상상도 하지 못했다.

"너는 어릴 적부터 멍청하다고 해야 할지 둔하다고 해야 할지 항상 짜증만 나게 했는데, 할 때는 하는구나. 저렇게 훌륭한 사람을 데리고 오다니, 이번에 다시 봤어."

등에 소름이 돋고 온몸이 뜨거워졌다. 이윽고 마음속에서 보글보글 기쁨이 용솟음치는 게 느껴졌다.

"친척이나 근처 사람에게도 체면이 서겠어. 이제 실컷 자랑할 생각이야."

현관에서 부르는 소리가 들렸다. 주문한 초밥이 도착한 모양이다. 엄마가 앞치마에 손을 닦고 "네~" 하고 서둘러 복도를 달려간다.

이겼다.

치하루는 흥분으로 몸이 떨려 개수대 가장자리를 움켜잡았다.

그토록 나를 얕잡아 보고 바보라며 함부로 대하던 엄마를 드디어
이겼다.

6

아사코

지금에서야 엄마가 한 말이 맞는다고 아사코는 생각한다.

처음부터 조건이 맞는 상대와 사귀는 게 이토록 마음 편하다는 것을. 이 사람은 언젠가 고향으로 돌아간다, 엄마의 존재를 이해해 줄까 하는 고민 따윈 더 이상 하지 않아도 된다. 열렬한 사랑은 아니지만, 그만큼 마음이 혼란스럽지 않아서 좋다. 무엇보다 다바타는 친절하고 엄마를 소중히 여긴다. 그것만으로도 충분하지 않을까.

다바타의 아파트는 구가야마에 있었다. 첫 섹스는 그의 방에서였다.

점심을 먹고 엄마와 헤어져 그의 아파트로 향했다. 세 번째 방문이었다. 꽤 낡은 2K* 구조로 6.6제곱미터 남짓한 거실에 9.9제곱미터의

---

* 2K : 방 2개에 부엌으로 이루어진 주택 구조.

일하는 방과 침실로 이루어졌다. 컴퓨터 기재로 곳곳이 너저분했다.

그날은 들어설 때부터 서로를 의식하고 있었다. 지난번에는 키스를 했다. 다음 단계로 나아가는 것은 당연했다.

이야기가 끊긴 시점에 다바타는 아사코를 끌어당겼다. 입술이 겹치고, 잠시 서로의 혀를 감았다. 다바타가 말했다.

"옆방으로 갈까?"

"네."

다바타도 오늘은 그럴 생각이었던 것이다. 침대 시트에서는 막 세탁을 마친 듯 산뜻한 세제 냄새가 났다.

침대 끄트머리에 걸터앉아 다시 키스를 했다. 물론 두근거렸다. 다바타도 분명 그럴 것이다. 쑥스럽기도 하고 긴장도 되었다.

다바타는 아사코의 블라우스 단추를 하나씩 풀었다. 그 손가락 끝이 긴장으로 떨렸다. 마지막 단추까지 풀었지만 브래지어 후크에서 시간이 걸렸다. 다바타가 초조해했다. 아사코가 등으로 손을 뻗어 그를 대신해 벗겨 주었다.

둘은 알몸으로 서로를 안았다. 다바타가 가슴을 만지고 입술로 아사코를 훑는다. 그 손가락을 사타구니 쪽으로 뻗는다. 아직은 서로 어색하지만 처음이니 어쩔 수 없다. 이윽고 다바타는 아사코의 다리를 벌리고 발기한 그것을 삽입한다. 몸속으로 이물이 들어오는 감촉을 아사코는 오랜만에 맛봤다.

"괜찮아?"

다바타가 갑자기 물었다. 아사코는 잠자코 고개를 끄덕였다.

"진짜 괜찮아?"

다바타는 말해 주길 원하는 것 같았다.

"너무 좋아."

아사코가 대답했다. 드디어 안심한 듯 그는 온 힘을 다했다.

긴장한 탓도 있었을 것이다. 어설픔이 느껴지기는 했어도 전형적인 섹스였다. 다바타는 여자 경험이 많지 않아 보였다. 그것이 오히려 아사코를 안심시켰다. 성실함을 말해 주는 것 같았다. 그들은 신체로 맺어지는 관계를 원하는 것이 아니다. 바라는 것은 인생을 함께할 반려자를 찾는 것이다.

최근에는 주말이 아니어도 다바타가 아사코의 맨션에 종종 들렀다.

이미 12월에 접어들며 거리에는 분주함이 가득 했다. 연말이 다가올 때마다 늘 가슴을 공허하게 하던 고독감도 올해는 없다. 장래를 약속한 대상이 있다. 그것이 이토록 마음을 안정시켜 주다니 정말 놀라웠다.

그날 밤, 셋은 아사코의 집에서 저녁을 먹었다. 엄마는 다바타를 위해 늘 심플하면서도 정성이 가득 담긴 요리를 냈다. 맛국물이 일품인 생선 요리, 아침부터 뭉근하게 끓여 낸 스튜, 뿌리채소를 푹 삶은 것 등. 그날은 양배추롤이었다.

식사를 마치고 커피를 마시면서 다바타가 말을 꺼냈다.

"슬슬 이 근처에 집을 빌릴까 합니다."

아사코는 영문을 몰라 다바타의 얼굴을 쳐다봤다.

"하지만 제 월급으로 그리 넓은 집을 빌리기는 어려울 것 같아요."

엄마가 천천히 잔을 내려놓았다.

"두 사람이 살 수 있는 크기라면 충분해. 근처에 산다면 언제든지 오갈 수 있으니까."

"그럼 지금부터 찾아보겠습니다."

다바타가 아사코에게 얼굴을 돌리며 "그래도 되지?"라고 물었다.

당황한 아사코를 보고 엄마가 작게 숨을 내쉬었다.

"저기 다바타 씨. 부끄럽긴 하겠지만, 아사코에게도 편하게 말해 주지 않을래?"

다바타가 쑥스러운 듯 어깨를 으쓱해 보이더니 자세를 바로잡고 아사코를 향해 고쳐 앉았다.

"아사코 씨, 나랑 결혼해 주세요."

느닷없는 청혼에 말이 바로 나오지 않았다.

"어떠니, 아사코?"

엄마의 재촉에 아사코는 정신이 돌아왔다.

"아, 네. 잘 부탁해요."

엄마의 얼굴에 웃음이 가득 번졌다.

"축하한다. 이것으로 나도 어깨의 짐을 내려놨어. 자, 일단 축배를 들까?"

엄마의 목소리가 들떠 있었다. 몸을 일으켜 냉장고로 다가갔다. 시원해진 캔맥주를 꺼내 와 테이블 위의 잔에 따르기 시작했다.

"건배!"

잔이 쟁쟁 울렸다. 아사코와 다바타의 약혼이 성립된 순간이었다.

어딘지 모르게 분주한 날들이 이어지고 있습니다.

최근에는 딸아이와 함께 자주 부엌에 서고 있습니다. 맛국물을 내는 방법, 조미료를 사용하는 순서, 우선은 그런 기본적인 것들을 가르치고 있지요. "여기는 중불로 하는 거야? 여기서 된장을 사용해?" 등등 딸은 여전히 모르는 것들이 많습니다. 그래도 요리를 하다 보면 금세 즐거워합니다.

딸은 어린 시절 가리는 게 많았지요. 피망이나 당근은 물론, 약간이라도 향이 나는 채소라면 도무지 먹지를 않아서 잘게 썰거나 어디에 넣거나 해서 여러 방법으로 먹일 수밖에 없었죠. 딸이 먹어주면 기뻤고, 다음에는 좀 더 맛있게 먹일 수 있도록 노력했습니다. 딸은 지금도 그것을 기억하고 "내가 건강히 자란 건 엄마 덕이야."라고 말해 줍니다. 노력한 보람이 있어서 기쁘기 그지없습니다.

다바타와의 교제는 순조롭게 이어졌다.

긴자의 보석 가게에서 함께 결혼반지를 샀다. 0.35캐럿 다이아몬드다. 알은 작았지만 매우 투명해서 광채가 아름다웠다. 그것을 손가락에 끼었더니 결혼이 실감났다. 드디어 결혼이 구체적으로 진행되고 있다는 감개무량함이 밀려왔다.

연말에는 마에바시에 있는 다바타의 고향 집에 인사를 갔다. 부모님 집에 형과 누나가 모두 모였다. 시끌벅적한 식사 자리가 마련되었다. 다바타의 아버지는 이미 정년퇴직을 하고 지금은 마을 모임 일을 돕고 있었다. 어머니는 잘 웃는 사람이었다. 아사코가 긴장해 있는 것을 보고 다독여 주었다. 형님 가족에게는 개구쟁이 아들이 둘이나 있었다. 정신없이 뛰어다니는 아이들은 꾸중을 들었지만 거기에는 가족의 따스한 애정이 녹아 있었다. 모두가 이 결혼을 기뻐하고 있다는 것이 피부로 느껴졌다.

집을 나설 때였다.

"무뚝뚝한 아들이지만, 아무쪼록 잘 부탁해요."

다바타의 부모가 고개 숙여 인사했다. 아사코의 가슴이 울컥하더니 갑자기 뜨거워졌다.

"저야말로 잘 부탁드립니다."

아사코는 자기도 모르게 눈물을 글썽였다.

앞으로 예물을 교환하고 식장과 신혼집만 구하면 된다. 가능한 한 서두르는 편이 좋겠다고 다바타의 부모님도 말했다. 물론 아사코의 엄마도 같은 마음이었다. 가을에 결혼식을 올리려고 생각했는데 6월도 나쁘지 않을 것 같았다.

결혼은 착실하고 조용하게 문제없이 진행되었다.

설날에는 엄마와 함께였다. 이렇게 단둘이 지내는 설은 이번이 마지막이라는 엄마의 말도 있어서 오쿠타마에 있는 이와쿠라 온천에 방을 예약했다. 다소 사치스러운 감도 있었지만, 이제라도 오길 잘했다는 생각이 들 정도로 훌륭한 곳이었다. 집에서 전철로 두 시간 남짓한 거리인데도 도쿄라고 생각되지 않을 만큼 고요한 숲이 펼쳐져 있었다. 뜨거운 물에 몸을 녹였다가 이곳의 식재료를 이용한 요리를 먹었다. 엄마와 둘이서 느긋하게 맞이한 새해였다.

설 연휴가 끝나고 반복되는 일상으로 다시 돌아왔다.

아직도 몸과 마음은 소나무 삼림에 둘러싸여 있는 것만 같은데, 거리의 쇼윈도에는 이미 밸런타인데이 초콜릿이 진열되어 있었다.

올해 맨 처음으로 아사코가 맡은 일은 크리스마스카드와 연하장 디자인이다. 지금 막 해가 새로 바뀌었지만 이 업계는 1년 먼저 진행하는 경우가 대부분이다. 이런 일이 계속되다 보니 누구보다 빨리 나이를 먹는 것만 같다.

스케치북 앞에 앉아 이런저런 것들을 그리고 있는데 후배 도모코가 다가왔다.

"저기, 아사코 선배. 갑자기 부탁해서 미안한데, 오늘 시간 돼요?"

"무슨 일인데?"

도모코는 근처에 있던 빈 의자를 바짝 옆으로 당겨 와 앉았다.

"사실 오늘 미팅이 있는데 약속했던 사람이 갑자기 못 온다고 해서요."

도모코는 요전에 선언한 대로 부지런히 미팅을 하고 있었다. 매번 점심시간마다 결과를 들려주고 있어서 모두가 자세히 알고 있었다. 아직 상대를 발견하지 못한 것 같았다.

"여러 모로 알아봤는데 오늘 아무도 시간이 안 된다고 해서요. 그

래서 아사코 선배에게 부탁 좀 하려고요. 아, 물론 약혼한 거 알아
요. 좀 늦었지만 축하드려요. 선배야 상대도 있고 미팅 같은 건 흥미
없겠지만 약속 장소가 끝내줘요. 좀처럼 예약하기 어려운 곳이에요.
프랑스 요린데 독창적이라고 평판이 좋아서 먹는 것만으로도 만족
할 거예요. 그건 보장할게요. 그러니까 미안하지만 한 번만 부탁해
요."

도모코는 얼굴 앞에서 두 손을 모았다.

약혼한 이야기는 예물을 주고받을 때까지 덮어 두려고 했지만, 같
은 팀의 미치코에게만은 말해 두는 게 좋겠다고 판단했다. 그러자
총무부에도 말해 둬야 한다는 흐름으로 전개되어 결국 순식간에 모
두에게 알려졌다. 각오는 하고 있었지만, 역시 비밀로 하기는 어려
운 일이었다.

"결혼하면 더 이상 미팅 같은 건 못하잖아요. 독신 시절의 마지막
추억으로요, 네?"

도모코는 부탁하는 데 실력이 좋아 얼떨결에 인정에 이끌려 넘어
가고야 만다. 그녀도 그런 자신의 특기를 잘 알고 있을 것이다.

오늘 밤이라면 야근 계획은 없다. 마침 다바타와의 약속도 없다.
미팅 같은 건 오랫동안 거절해 왔다. 생각해 보니 그런 들뜬 이벤트
에는 더 이상 참석할 기회도 없을 것이다.

"그럼 가 볼까."

"됐다!"

도모코는 폴짝폴짝 뛰면서 환호성을 질렀다.

저녁 7시. 레스토랑에는 이미 멤버들이 전부 모였다.

남녀 여섯 명씩이었다. 여자들은 도모코의 친구들이었다. 모두 아사코보다 어린 것 같았다. 남자들은 서른 살 전후라고 했다.

방의 긴 테이블에 마주 앉았다. 진행자인 도모코와 남자 측 간사가 진행을 맡았다. 일단은 스파클링 와인으로 건배하면서 순서대로 간단히 자기 소개를 했다. 남자들은 모두 학창 시절 친구들로 나름 이름이 알려진 회사에 근무하고 있었다.

이런 자리는 오랜만이라 아무래도 쑥스러워서 견딜 수가 없었다. 자기소개를 한 뒤에 아사코는 오로지 먹는 데 전념했다. 분명 도모코가 말한 대로 요리는 훌륭했다. 다음에 점심을 먹으러 엄마와 다바타랑 함께 와야겠다고 생각했다.

취기가 조금씩 돌자 분위기도 슬슬 풀려 갔다. 관찰해 보니 아무래도 여자들에게 가장 인기 있는 사람은 테이블 오른쪽에서 두 번째 남자 같다. 특별히 얼굴이 잘생긴 것은 아니지만, 됨됨이가 좋고 인상이 밝아 사람을 평온하게 해 주는 무언가가 있었다. 여자들의 질문이 그에게로만 집중되는 것이 무엇보다도 확실한 증거였다.

"외국계 펀드 회사에 일하고 있다는 건 결국 장차 해외 근무도 할 수 있다는 거네요."

남자는 기분 좋은 웃음을 띠었다.

"어쩌면요."

"본사는 뉴욕이죠?"

"하지만 지사는 사막 안에도 있으니까요."

"파리나 런던은요?"

"뭐, 가능성이야……."

"우와, 멋져요."

여자들의 눈동자가 반짝반짝 빛났다. 특히 고향 집의 가업을 물려받게 될지도 모르는 도모코에게 해외 근무는 그야말로 꿈같은 기회인 것이다. 진지한 얼굴이 된 도모코는 몸을 앞으로 죽 내밀었다. 그런 여자들의 노골적인 반응에 간사를 맡은 남자가 마침내 불만의 목소리를 터뜨렸다.

"대체 다들 뭐예요? 외국계 기업이 그렇게 매력적이에요?"

여자들이 어깨를 움츠리며 서로 얼굴을 마주 보았다.

"능력주의? 그만큼 냉혹한 것도 없다고요. 실수하면 그 자리에서 바로 해고당하는 일도 수두룩해요."

다른 남자들도 고개를 끄덕였다. 하지만 여자들은 전혀 개의치 않는 듯했다. 이에 참지 못한 간사가 다시 말을 꺼냈다.

"참고로 말해 두겠는데요, 이 녀석 지금까지 제 아파트에 얹혀살았다고요."

"어머."

여자들이 뜻밖이라는 듯 놀랐다.

"지금 일하는 회사가 정해질 때까지는 내내 프리터였어요. 원래 사는 집도 없었고요. 최근 겨우 방세의 반은 냈지만 지금도 얹혀사는 건 마찬가지라고요."

"호오……."

여자들의 당혹스러운 시선이 쏟아져도 그는 전혀 신경 쓰지 않는 듯했다. 오히려 즐겁게 와인글라스를 비우고 있었다.

"또 한 가지 말하자면 이 녀석에게는 약혼자가 있어요."

다시 웅성거리는 소리가 퍼졌다. 바로 한 여자가 항의했다.

"그건 너무하잖아요. 그럴 수 있어요?"

남자 쪽 간사가 당황해서 변명을 늘어놓았다.

"그게, 아니, 도저히 인원수를 맞출 수 없을 것 같아서 어쩔 수 없이 불렀어요. 뭐, 그런 거니까 이 녀석은 무시하라고요."

"그럼 아시다 씨는 아사코 씨 옆으로 옮겨 주실래요?"라고 말한 것은 도모코다.

"왜요?"

간사가 묻는다.

"사실 저기 있는 아사코 씨도 약혼했거든요. 저분도 같은 이유로 억지로 끌려나온 거예요."

간사는 무슨 이런 경우가 있느냐는 듯이 따졌다.

"뭐예요? 그쪽도 똑같네요!"

여자들은 현실적이다. 재빨리 고타로에 대한 흥미를 지우고 새로운 대상을 물색했다. 그는 쫓겨나듯이 아사코 옆으로 옮겨 왔다.

"잘 부탁합니다."

쓴웃음을 지으며 고타로가 고개를 꾸벅 숙였다.

"저야말로요."

인사를 주고받으면서 서로 쓸쓸하게 웃었다.

"그래서 나오기 싫다고 했는데 녀석들에게 신세진 게 그동안 너무 많아서 거절할 수가 없었어요."

"저도 그래요."

"하츠토리 씨였죠? 결혼식은 언제예요?"

고타로는 허심탄회하게 물었다.

"아직 정해지지 않아서요. 가능하면 여름 전에 하려고 생각하고 있는데 좀처럼 적당한 식장을 찾지 못하겠네요. 아시다 씨는요?"

"저도 빨리 올리고 싶은데, 그전에 예물 교환이 있어서 그걸 어떻게 할지 고민 중이에요."

"고민 중이요?"

"호텔에는 예물 패키지라는 게 있잖아요. 필요한 건 모두 다 준비해 줘서 서로 몸만 가면 되는 거요. 모든 절차를 맡길 수 있어서 그게 가장 편리할 것 같아서요."

"아, 저도 그걸 이용하려고 해요. 시간도 단축돼서 확실히 편리하죠."

"그런데 약혼녀가 무슨 일이 있어도 본가에서 하고 싶다고 고집을 부려요. 말린 오징어나 흰 마麻 따위를 색실로 감는 전통 방식으로 하고 싶다면서요."

"어머, 요즘 세상에 드문 분이네요."

"평생 한 번 하는 일이니까 그 마음도 이해 못하는 건 아니지만."

와인을 곁들인 요리를 먹으면서 이야기를 이어 갔다. 같은 처지여서인지 방금 만난 사이인데도 오래전부터 알았던 것처럼 친근감마

저 들었다.

"하지만 그렇게 했다간 우리 부모님이 당일로 돌아가기 힘들죠. 할머니 건강이 안 좋아서 어머니가 집에서 간병을 하시거든요. 게다가 과수원을 해서 집을 비우기도 어렵고요."

"그런 사정을 그녀에게 말했어요?"

"물론 말했죠. 그런데도 무조건 본가에서 하고 싶다고 고집을 부리네요. 저도 가능하다면 그녀 뜻대로 해 주고 싶지만 부모님이 어떻게 나오실지 모르겠어요."

"배려심이 깊으시네요."

고타로는 쑥스러운 듯 웃었다.

"더 많이 사랑하는 사람이 약자니까요."

그 표정에서 그녀에 대한 사랑의 깊이가 전해졌다. 약혼은 했지만 슬쩍 아사코의 가슴에 질투 비슷한 것이 스쳐 지나갔다.

주말은 대개 엄마와 다바타랑 셋이서 함께 보냈다.

평일에는 둘이 한 번 정도 만나는데 다바타의 집으로 가는 것이 습관처럼 되었다.

다바타는 친절하고 성실해서 불만은 전혀 없다.

그렇게 생각하면서도 아사코는 때때로 발이 작은 돌에 걸린 듯한 기분이 들었다.

알고 있다. 지금에 와서 정열적인 섹스가 하고 싶은 것은 아니다. 다바타가 난폭하거나 서툰 것도 아니다. 오히려 소중히 대해 준다.

아사코도 부드럽게 받아 준다. 어쩌면 그것이 한층 더 마음을 무겁게 하는 원인일지도 모른다. 서로에게 의무감부터 앞서는 탓일까.

한편 엄마에게 그런 기분을 들켜서는 안 되었다. 다바타와 둘만 만난 날이면 엄마는 늘 차를 준비하고 아사코가 돌아오기를 기다린다. 구체적으로 질문하는 건 아니지만, 테이블을 사이에 두고 마주 앉아 있으면 왠지 견딜 수가 없다. 아사코는 어쩔 수 없이 "오늘은 둘이서 식장을 알아봤어."라거나 "신혼집 인테리어에 대해 얘기했어."라는 무난한 이야기를 꺼낸다.

아사코에게 섹스란 엄마가 절대 알게 하고 싶지 않은 것이다. 과거 연인과 어떤 외설스러운 시간을 보냈어도 엄마가 기다리는 집에 돌아가면 '섹스 같은 건 모른다'는 얼굴을 해야 했다. 엄마가 눈치챘는지는 알 수 없다. 그래도 그렇게 행동하는 것이 엄마에 대한 딸의 의무라고 생각했다. 하지만 지금은 모든 게 발가벗겨진 기분이다. 엄마 공인의, 엄마가 지켜보는, 엄마가 마음에 들어 하는 다바타와의 섹스. 늘 어딘가에서 엄마가 감시하는 것 같다.

오늘은 오후에 회의가 있었다. 3년 가까이나 아사코에게 캐릭터 제작을 의뢰하는 중요한 거래처와의 미팅이었다.

일을 끝내고 마루노우치에 있는 사무실을 나왔을 때는 이미 7시가 훨씬 넘었다.

완전히 파김치가 되어 역을 향해 터벅터벅 걸었다. 가는 길에 어딘가에서 잠시 숨을 돌리고 싶었다. 주변을 두리번거리다가 쉬기 적당한 카페를 발견했다. 안으로 들어가 커피를 주문했다.

오늘 거래처가 제시한 요구 사항에 맞추기 어려울 듯하다. 지금 있는 캐릭터에 다른 하나의 캐릭터를 섞어 달라는 주문이었다. 사실 이런 경우, 이미 만들어 놓은 캐릭터가 아깝게 버려지지만 그렇다고 요구 사항을 딱 잘라 거절할 수도 없는 노릇이다. 그것이 클라이언트의 힘이다.

가게 안은 다행히도 그리 붐비지 않았다. 일을 마치고 귀가하기 전에 들른 커리어우먼, 연인을 기다리는 남녀, 대각선 자리에서 컴퓨터를 골똘히 들여다보는 샐러리맨. 유리창 너머에는 무엇엔가 쫓기듯 발걸음을 재촉하는 사람들이 지나갔다.

커피를 절반쯤 마셨을 때, 뚫어져라 화면을 보고 있던 샐러리맨이 컴퓨터를 닫는 동작이 눈에 띄어 무심결에 쳐다보았다. 그때 서로의 시선이 마주쳤다. 순간 앗, 하고 소리를 질렀다.

"요전에……."

"안녕하세요."

아사코는 반갑게 인사했다. 뜻밖에도 며칠 전 미팅에서 만났던 고타로였다.

"직장이 이 근처에요?"

"아니요, 오늘은 회의가 있어서. 아시다 씨는요?"

"저는 근처에요."라고 말하더니 "잠시 그쪽으로 가도 될까요?"라고 물었다.

고타로가 컴퓨터와 커피잔을 손에 들고 이쪽으로 옮겨 왔다. 인상

울지 않는 새는 하늘에 빠진다

이 이전과 조금 달라 보였다. 카페 분위기 탓일까, 아니면 조명 탓일까.

"전에 했던 얘긴데요."

"네?"

"그 예물 교환이요."

"아아."

"역시 밀어붙이지 못하고 그녀의 본가로 가서 하게 됐어요."

"그래요?"

아사코는 커피를 한 모금 들이마셨다.

"혹시 양보해 줄까 기대했는데……."

"틀림없이 그것만은 양보할 수 없었을 거예요. 누구라도 하나쯤은 끝까지 자신의 뜻대로 밀어붙이고 싶은 게 있는 법이죠. 대신 그만큼 다른 데서 아시다 씨의 의견을 존중해 주지 않아요?"

아사코는 어휘를 신중하게 선택했다. 고타로의 신부를 비판할 생각은 전혀 없다.

"그럼 좋겠지만요. 그녀가 부잣집 아가씨라 조금 제멋대로인 데가 있어요."

난처한 듯 얼굴을 찡그리면서도 고타로의 눈은 웃고 있다. 맞지 않는 부분이 있어도 결국 그 부잣집 아가씨의 제멋대로인 성격에까지 홀딱 반한 게 틀림없다.

"결혼하게 되면 지금까지 보이지 않던 부분도 보이겠죠. 나도 그녀의 성격은 거의 다 안다고 생각했는데, 최근 깜짝깜짝 놀라는 일도 더러 있더군요. 의외로 완고하고 고집스럽더라고요. 하츠토리 씨는 어때요?"

"글쎄요……."

아사코는 며칠 전 피로연에 관해서 다바타와 이야기를 나눴을 때의 일을 떠올렸다.

"그 사람은 늘 뭐든지 좋다고 해서요. 뭘 물어도 저한테 맡기겠다거나 잘 모르겠단 대답만 해요. 그래서 아직 아무것도 정하지 못했죠. 이거 너무 우유부단한 거 아니에요? 그것 때문에 조금 화가 나기도 하고요."

고타로가 어깨를 한 번 으쓱했다.

"분명 남자는 그런 구석이 있죠. 우유부단이라기보다 애초에 귀찮은 거죠. 게다가 결혼식은 원래 여자가 주인공이잖아요. 남자가 어디까지 의견을 내놔야 좋을지 모르는 것도 있고요."

"그런 걸까요?"

"그런 걸 테죠. 그 사람과는 오래 사귀었어요?"

아사코는 잠시 뜸을 들였다.

"만난 지 얼마 안 됐어요. 우린 선 비슷하게 만난 거라서."

"네에."

뭔가 거북했다. 선이란 말은 하지 않는 게 나았을지 모르겠다.

"어떻게 만났든지 서로 결혼할 마음이 생겼다는 게 중요하죠. 궁합이 좋단 거잖아요."

고타로는 좋은 게 좋다는 식으로 마무리하더니 한마디 덧붙였다.

"그게 혹시 결혼 전 우울증일 수도 있죠."

"네?"

"나도 알 것 같아요. 굉장히 행복한데 왠지 한편으론 우울한 기분도 들곤 하니까요."

익살스러운 말투 속에 아사코를 생각해 주는 깊고 따뜻한 마음이 느껴졌다. 왠지 모르게 마음이 놓인 아사코는 살며시 웃었다. 유별나게 자신만 그런 게 아니다. 분명 결혼 전에는 모두 똑같다.

그와 이런저런 이야기를 계속 나눴다. 남자와 이렇게 기분 좋게 대화를 나누는 일은 정말 오랜만이었다. 이것도 서로에게 결혼 상대가 있기에 가능한 일일 것이다. 눈앞의 상대에게 아무런 기대도 하지 않는다. 아무것도 바라지 않는다. 그것이 이리도 마음을 홀가분하게 해 주다니 뜻밖의 새로운 발견이었다.

7

치하루

예물 교환을 본가에서 하고 싶다는 치하루의 바람을 고타로는 들어주었다.

과수원 일과 할머니 간병까지 맡고 있는 고타로의 부모님에게는 미안한 일이지만 무엇보다도 엄마가 그것을 원했기 때문에 어쩔 수 없었다.

"결혼식은 도쿄에서 해도 좋으니까 예물 교환 정도는 이곳에서 해. 엄마, 네 결혼 상대가 저렇게 훌륭하단 걸 이웃이랑 친척들에게 자랑해야겠어. 응? 알았지? 부탁해."

수화기 너머로 엄마의 알랑거리는 목소리가 들렸다. 엄마가 이런 식으로 부탁하는 건 처음이었다. 거절할 이유는 없었다. 고타로의 집안 사정보다도 엄마가 바라는 대로 들어주는 자신의 모습이 더욱 뿌듯하고 자랑스러웠다.

예물 교환을 위해 이틀 동안 휴가를 냈다. 엄마가 전화를 걸어서 "혼례 준비도 조금씩 해야지. 모처럼 같이 백화점이라도 둘러보자." 라고 했기 때문이다.

고타로와의 결혼이 정해지고 나서 엄마는 달라졌다. 그 변화된 모습이 거북할 정도다. 이전에는 무슨 말을 건네든 돌아오는 것은 언제나 비난과 비웃음이었는데 지금은 눈치까지 살피는 것 같다.

그런 엄마를 발견할 때마다 지난날 그토록 무시하던 사람이 '이제 와서 뭐람?' 하고 비위가 뒤틀리다가 이내 머쓱해진다. 그렇다고 마냥 싫은 것만도 아니다. 엄마에게 인정받는 자신의 모습에 저절로 미소가 지어졌다.

고향으로 돌아간 날, 평소처럼 이층 방으로 가려고 계단을 오르려는데 엄마가 뒤에서 불러 세웠다.

"손님방에서 자."

발걸음을 멈추고 치하루가 엄마를 돌아봤다.

"네 방은 완전 창고잖니. 그런 곳에선 편히 쉴 수 없잖아. 이부자리도 햇볕에 다 말려 놨어."

치하루는 엄마를 빤히 쳐다봤다.

"오늘 저녁엔 네가 좋아하는 토란꼬치를 만들 거야."

토란꼬치 같은 건 눈곱만큼도 좋아하지 않는다. 엄마가 왜 그런 착각을 하게 되었는지 모르겠지만 어쨌든 신경 쓰고 있는 것은 알 수 있었다.

치하루는 손님방으로 들어가서 짐을 부리다가 무심코 툇마루 너머의 정원으로 눈길이 쏠렸다. 이상하게도 손님방에서는 보이지 않았다. 치하루에게 있어 이 집 그 자체였던 어둡고 축축하고 곰팡내 나는 그 광이.

"미하루."

치하루가 살며시 불렀다.

"여기서 자는 거 처음이지? 뭔가 기분이 이상해."

'진짜.'

"오히려 마음이 불안해."

'마음껏 젠체해도 돼. 이제 엄마는 네 말에 꼼짝 못할 테니까.'

"흥, 그렇겠지?"

가족이 다 모인 저녁식사는 비교적 요란하게 시작되었다. 식탁에는 회와 튀김, 조림이 올라왔고 큰 냄비에는 토란꼬치가 가득 담겨 있었다.

"이렇게 넷이서 밥을 먹다니, 정말 오랜만이네."

엄마가 기쁜 듯 말했다.

"넌 옛날부터 늘 혼자 먼저 먹고선 얼굴 마주칠 새도 없이 네 방으로 바로 올라가 버렸잖니."

"그랬나요?"

"그래. 아무리 불러도 내려오지도 않고. 넌 어릴 때부터 까다로운데가 있었어. 사춘기 때는 말도 안했으니까. 어떻게 다뤄야 할지 엄마는 늘 골치를 썩였다니까."

치하루는 엄마의 얼굴을 찬찬히 바라봤다. 진심으로 말하는 걸까. 식사 때마다 엄마는 동생만 신경 쓰고, 치하루에게는 젓가락 놓는 위치가 틀렸다, 된장국 마시는 게 품위 없다는 둥 잔소리만 늘어놓았다. 그것을 배기지 못해 혼자서 먹는 수밖에 없었던 것이다. 말을 걸어온 기억도 없다. 늘 방에 틀어박혀 아래층에서 들려오는 세 사람의 행복 넘치는 웃음소리에 귀 기울이고 있었을 뿐이다.

"도쿄에 간 뒤론 부르지 않으면 내려오지도 않고 전화해도 늘 퉁명스럽게 받고. 애교라고는 털끝만큼도 없어서 얼마나 힘들었는지 아니?"

아니다, 아니다, 절대 아니다. 치하루는 가슴 깊은 곳에서부터 강한 반발심이 솟구친다. 엄마는 기억마저도 제멋대로다. 치하루를 부정하고 밀어낸 것은 엄마 본인 아니었던가.

"치하루는 분명 어릴 적부터 완고한 데가 있었지."

아버지가 앞에 놓인 잔에 맥주를 따랐다.

"아무리 혼내도 울지도 않았잖아? 엄마가 광에 가뒀을 때도 항상 아무렇지 않게 버티고."

아버지는 대체 또 무슨 말을 하는 걸까. 펑펑 울면서 잘못했다고 빌었던 사실을 모르고 있는 것이 놀랍다. 왜 울지 않았느냐고 묻는다면, "운다고 용서받을 수 있을 거라 생각하지 마."라는 엄마의 말에 겁을 먹었기 때문이라고 답할 수밖에 없다. 차가운 습기가 온몸을 파고드는 어두컴컴한 광에 들어가는 게 얼마나 무서웠는지 아무도 모른다. 그때 엄마는 끝내 용서하지 않았고 치하루는 밤새 그곳에 갇혀 있었다.

이번에는 동생 히로카즈가 배턴을 이어받았다.

"아빠도 엄마도 누나의 응석이라면 다 받아 줬잖아. 난 누나보다 열 배는 더 많이 광에 던져졌는걸."

치하루는 히로카즈의 눈을 빤히 응시했다.

'응석을 부렸다고? 농담이 심한 거 아냐?'

히로카즈가 자신도 광에 갇혔다고 말하지만 엄마는 동생이라면 언제나 금방 꺼내 줬다.

'누나의 열 배라니, 착각을 해도 너무 심하게 하는 거 아냐? 내 쪽이 백 배는 더 갇혔다고!'

"게다가 나도 누나처럼 도쿄에 있는 대학에 가고 싶었는데 결국 여기서 학교를 다녔어."

기억이란 원래 이토록 왜곡되는 것이었던가. 치하루는 말을 잃었다. 그저 당혹스러울 따름이었다. 장남이라는 이유로 히로카즈를 얼마나 편애했던가. 동생에게는 채광 좋은 이층 방 두 칸을 내주었다. 그곳은 게임기나 장난감으로 발 디딜 틈조차 없었다. 기타도 스테레오도 원하는 것이라면 뭐든지 즉시 사 주었다. 그뿐만이 아니었다. 식탁에는 치하루가 손댈 수 없는 반찬이 반드시 한 가지는 올랐다.

"그렇지 않아요."

치하루는 떨리는 마음을 간신히 억누르고 천천히 입을 뗐다.

"계속 생각했어요. 나 따위 이 집에 없는 편이 낫지 않을까 하고."

엄마가 쏟아 냈던 여러 가지 말들이 또다시 떠오르며 아물지 않은 가슴의 상처를 또다시 후비고 지나갔다. 그때의 치하루는 처참했고 죽고 싶었다.

염치를 모른다, 느리다, 도움 되지 않는다, 넌 태어나지 않는 게 나았다, 이런 숱한 모욕된 말들에.

"바보, 당연히 그럴 리 없지."

엄마가 아무것도 모른다는 얼굴로 쾌활하게 웃었다.

"쌍둥이 미하루가 태어나지 못했던 것도 내 탓이고."

"아아, 미하루. 그 아인 정말 안됐지만, 그건 그 아이의 운명이었어. 네 탓일 리가 없잖아."

"하지만……."

치하루는 흥분에 가슴이 뛰었다.

'엄마, 엄마가 그렇게 말했잖아!'

엄마는 분명 "얼마나 무서운 아이니. 미하루도 너 때문에 죽은 거야. 네가 죽였어!"라고 말했었다.

"아아, 그렇게 말한 적이 있었던 것 같기도 하고. 앤 너무 나쁜 쪽으로만 생각한달까. 그런 걸 뭐라 하더라……."

"부정적 사고."

히로카즈가 웃으면서 맞장구쳤다.

"그래그래, 그거."

"누굴 닮았는지."

아버지가 다시 맥주를 홀짝댔다.

"난 절대 아니에요."

엄마는 누구보다 완강히 부인했다.

"틀림없이 할머니야. 할머니가 괴짜 같은 데가 꽤 있었잖아. 왜 마지막에는 완전히 치매에 걸려서 도둑이 지갑을 훔쳐 갔다느니 모두가 당신을 욕한다면서 피해망상까지 보였잖아. 분명 누나는 할머니를 닮은 거야, 격세유전으로."

얼핏 논리 정연한 듯 들리는 히로카즈의 유전학적 정리. 엄마와 아버지, 동생의 경멸에 찬 비웃음으로 이야기는 마무리되었다.

그들 셋은 서로 거북함을 느끼지 않는다. 그 모습을 지켜보고 있던 치하루는 다시금 혼란에 빠졌다.

'대체 모두가 무슨 착각에 빠져서 그런 이야기를 지어낼 수 있는 걸까. 엄마도 아버지도 동생도 내가 어떤 취급을 받고 어떻게 상처 입었는지, 어마어마한 위축과 긴장 속에서 어떻게 생활했는지 전혀 눈치채지 못했단 말인가. 그걸 모두 나 혼자의 피해망상으로 치부해 버려야 비로소 만족하는 건가.'

억울했다. 피가 거꾸로 솟는 듯했다. 하지만 치하루는 아무 말도 하지 못했다. 만일 지금 여기서 치하루가 반발한다면 모처럼의 단란함도 물거품이 되어 버릴 것이다. 아니, 어쩌면 세 사람의 태도가 급변해서 옛날처럼 심하게 몰아세울 수도 있다. 치하루는 그것을 견딜 만큼 강하지 않다. 지금까지 그랬듯이 틀림없이 무너지고 너덜너덜해져서 움츠러들고야 말 것이다. 그 상상만으로도 치하루는 두려움에 떨었다.

다음 날, 엄마와 단둘이서 백화점에 갔다.

"신혼집은 어디로 정했어?"

"고타로의 회사에서 사택을 준비해 줄 거래."

"역시 큰 회사는 달라도 달라."

치하루는 나카바야시를 떠올렸다. 이제 슬슬 말해야 하는 줄 안다. 하지만 아직 사택이 확실히 결정된 게 아니라서 말을 꺼내지 못하고 있다.

백화점을 돌면서 엄마와 함께 부엌 용품과 리넨 상품 등을 골랐다.

"이거 좋지 않니? 이걸로 해."

엄마는 들떠서 이것저것 집어 든다. 한참을 그러다가 겨우 다 고른 엄마가 물건 값을 계산하고 점원에게 택배로 보내달라고 부탁했다.

지하에도 내려가 보기로 했다. 반찬 코너를 돌 무렵이었다. 앞치마 차림의 점원이 반가운 듯 이쪽으로 달려왔다.

"어머, 역시 치하루구나. 혹시나 했는데……. 정말 오랜만이다."

"삿친."

중학교 때의 친구 사치에였다.

"요전에 역에서 가스미와 만났다며? 들었어."

"응, 그랬지."

"올 것 같았으면 미리 연락 좀 주지 그랬어. 우린 아직도 네 얘기 자주해. 보고 싶다고."

사치에는 즐거운 듯 이야기하다가 엄마를 발견하고는 고개를 꾸벅 숙였다.

"아주머니, 오랜만이에요."

"정말 그러네. 완전 어른이 돼서 몰라보겠다."

엄마도 밝은 목소리로 기분 좋게 답했다.

"다음번엔 꼭 연락 줘. 기다리고 있을게. 그럼 아주머니, 먼저 실례하겠습니다."

사치에는 쾌활하게 인사하고 매장으로 돌아갔다.

"저 아이, 누구였더라?"

"중학교 때 친구였던 삿친."

"집에 온 적도 있니?"

"한두 번쯤."

집에 친구를 데리고 오는 일은 드물었다. 엄마가 싫어했고, 치하루도 무시당하는 자신의 모습을 남에게 보이고 싶지 않았다.

"품위가 없구나."

엄마는 눈살을 찌푸렸다.

"머리카락을 저렇게 갈색으로 물들이고, 화장도 너무 짙고. 불량해 보이잖니. 너, 저런 아이와 친구였던 거니?"

"딱히 그런 건 아니지만."

"반찬 코너에서 아르바이트하는 아이야. 괜히 동네에 소문난다. 우리 집과는 격이 맞지 않아."

엄마는 불쾌한 듯 툭 내뱉고는 에스컬레이터로 향했다.

예물 교환 전날, 예물품 가게 사장이 찾아왔다. 치하루가 묵고 있

울지 않는 새는 하늘에 빠진다

는 손님방에 아름다운 색실로 싸인 물건들이 놓였다.

엄마는 몇 번이고 그 방을 찾아 만족스러운 듯 바라보았다.

예물 교환 당일 아침부터 엄마와 둘이 미용실에 가서 머리를 만지고 기모노를 입었다. 치하루가 입은 기모노는 엄마가 예전에 입던 것이다.

"네가 성인식에 안 가겠다고 하는 바람에 후리소데*를 안 만들었지."

엄마가 옅은 자주색 옷을 입으면서 말했다.

"이제 후리소데 입을 나이는 지났으니까요."

"그렇긴 하지."

성인식에 참석하지 않았던 것은 가능한 한 본가에 돌아오고 싶지 않았기 때문이다. 하지만 후리소데 이야기는 다르다. 그때 엄마는 이렇게 말했다.

"다행이구나. 괜한 데 돈 쓰지 않아도 되고."

기억의 애매함은 어디까지일까. 치하루는 그때 그일 이후로 내내 생각해 보았다. 엄마만이 아니다. 아버지도 히로카즈도 마찬가지였다. 모두 자기 좋을 대로 기억을 다시 재구성한다. 오로지 치하루의 기억만이 망상으로 치부된다. 그 터무니없는 모함에 화가 나지만 얼굴을 똑바로 쳐다보고 그건 아니라고 밝힐 용기는 없다.

정오 가까이가 되어서 고타로가 부모님을 모시고 왔다. 아버지와

---

* 振袖 : 긴 소매가 달린 미혼 여성의 예복.

엄마는 시종 상냥하게 행동했다.

예물금은 100만 엔. 약혼반지는 고타로와 함께 고른 하프 캐럿 다이아몬드. 예물금은 고타로의 부모님이 준비했고 반지는 고타로가 대출을 받아서 마련했다.

절차는 비교적 빨리 끝났다. 모두들 이 마을에서 가장 유명한 역 앞 호텔로 자리를 옮겼다. 그곳에서 식사하기를 가장 원했던 사람은 아버지였다.

식사를 하러 들어간 치하루는 눈이 휘둥그레졌다. 타원형 테이블이 여섯 개나 놓여 있었고 마치 피로연을 여는 듯한 회장이었다. 엄마도 멋쩍었는지 결혼식 날 도쿄까지 오지 못하는 친척도 있기 때문이라고 변명을 늘어놓았다.

아버지는 여전했다. 화려한 걸 좋아하는 성격인지라 이런 자리에서도 중심이 되려고 애쓴다. "우리 집에 이런 훌륭한 사위가 왔어." 하고 고타로의 경력을 내세우며 자랑했다. 사위가 아닌 양자라도 맞아들이는 듯 의기양양했다.

평소에는 끝자리에 앉아 있던 치하루가 오늘은 주인공이다. 고타로와 함께 아버지 옆에 나란히 앉았다. 아버지 옆에는 엄마가, 고타로의 옆에는 그의 부모님이 앉아 있다. 엄마의 얼굴 가득 웃음을 지으며 친척들과 이야기를 나누고 있다. 고타로의 부모님도 이렇게 거창한 자리라고는 생각지 못한 듯 당황하고 있다.

건배가 끝나고 연회도 중반에 접어들었다. 기분 좋게 취한 아버지는 고타로를 이끌고 친척이 앉은 테이블마다 돌기 시작했다.

치하루에게 한 친척 아주머니가 다가왔다.

"축하한다, 치하루. 정말 훌륭한 남편감이구나. 역시 너야."

"고맙습니다."

치하루는 예의바르게 인사했다.

"결혼식은 도쿄라고 들었는데 식장은 결정됐니?"

그 물음에 답한 것은 엄마다.

"그게 아직 정해지지 않았어요. 최대한 빨리 식을 올리려고 하는데, 고타로 씨의 일이 너무 바빠서 이제부터 정해야 해요."

"정말 기대돼요."

"가급적 서두르는 게 좋겠지만 그렇다고 해서 아무데서나 하는 건아니죠. 여하튼 신경이 쓰이잖아요. 만일 여의치 않으면 이쪽에서식을 올리는 방법도 생각하고 있어요. 이 호텔이라면 애 아버지가언제든 시간을 만들 수 있으니까요."

엄마의 목소리는 고타로의 부모님에게도 들렸고, 두 분은 난감해하는 것 같았다. 예물 교환은 무리해서 이곳까지 오시게 했으니 결혼식은 고타로 가족의 상황을 우선시해야 하는데도 엄마는 전혀 신경 쓰지 않는다.

치하루가 대화에 끼어들었다.

"식장은 도쿄에서 찾을 거예요."

"정말로 괜찮겠니? 이 아이, 예전부터 느긋한 데가 있어서 곤란하다니까요. 부족한 딸아이지만 모쪼록 잘 부탁드립니다."

엄마가 고타로의 부모님을 향해 머리를 숙였다. 엄마는 딸을 내어 주는 엄마라는 역할 놀이에 만족하는 듯했다.

"치하루, 잠깐만."

아버지가 불렀다. 치하루는 자리에서 일어나 아버지와 고타로에게 다가갔다.

"지금 고타로 군과 신혼집 얘기를 하는 중인데."

"그건 사택이 있으니 괜찮아요."

치하루가 대답하자 고타로가 말을 받는다.

"사실 여기 오기 전에 총무부에서 연락을 받았는데, 지금 사택이 빈 곳이 없대. 비는 데 반년 쯤 걸릴 것 같다고."

"아아……."

"그 말씀을 아버님께 드리던 참이었어. 그동안에 내가 어떻게든 해야 하는데, 그 정도 기간이라면 빌리고 얼마 되지 않아서 다시 해약해야 하는 데다 이사까지 하면 절차가 복잡해질 것 같아서. 어쩌면 해외로 전근할지도 모르고."

고타로는 다시금 아버지를 향해 고쳐 앉는다.

"그래서 말입니다만, 정말 염치없는 부탁인 줄 알지만 허락해 주신다면 사택이 빌 때까지 치하루 씨의 맨션에서 살게 해 주십시오."

아버지가 어리둥절하여 눈을 깜박인다.

"사실 지금 저는 친구네 아파트에 얹혀살고 있습니다. 취직하고부터는 방세의 절반은 내고 있지만 역시 더 이상 폐를 끼칠 수 없어서 조만간 나올 생각입니다. 회사에서 보조금으로 나오는 게 조금 있습니다. 이걸로 맨션 임대료는 지불하겠습니다. 결혼 전에 죄송하지만

울지 않는 새는 하늘에 빠진다

부탁드릴 수 있을까요?"

"음, 그런 시대니까. 결혼 전이라도 예물 교환도 끝났겠다, 함께 살아도 어쩔 수 없지. 나는 특별히 상관없네."

아버지는 기분 좋게 끄덕였다.

"정말이세요? 아, 잘됐네요. 고맙습니다. 살았습니다."

"내게 고맙다고 할 건 없지."

"그래도 아버님이 빌려주신 맨션이니까요."

심장 두근거리는 소리가 밖에까지 들리는 것 같다.

"무슨 말인가? 치하루, 분명 친구 맨션을 싸게 빌렸다고 하지 않았어? 전에 분명 그렇게 말했지?"

아버지의 말에 고타로가 의아한 듯 쳐다봤다.

"그런 거였어요? 전 아버님이 빌려주신 걸로 알아서."

두 사람의 대화를 듣고 있던 치하루는 가슴이 진정되지 않았다. 간신히 마음을 부여잡고 대답했다.

"그건 고타로와 상의할게요."

치하루는 고타로를 아버지한테서 떼어놓듯이 회장 구석으로 데리고 갔다.

"미안, 설명이 부족했어. 아버지라고 말한 건 사실 내 아버지가 아니라 친구 아버지였어. 사실 그 친구가 살 예정이었는데 갑자기 결혼하는 바람에 오사카로 이사 가게 됐거든. 마침 살 곳을 정하지 못한 내가 친구 아버지의 배려로 살게 된 거야. 내게는 도쿄의 아버지 같은 분이시거든. 여러 가지로 도움을 많이 주셔."

치하루는 생각나는 대로 거짓말을 늘어놓았다.

"그럼, 집세는? 그런 집이면 상당할 텐데."

"얼마 안 돼."

"얼마?"

"……십만 엔쯤."

"그런 금액에 빌려줬고? 그 정도면 두 배는 더 받아야 될 텐데."

"친구네가 굉장히 부자인데다 나를 믿거든."

"흐음."

고타로가 고개를 갸웃거린다. 만났을 때의 대화를 다시금 떠올려 보고 있을 것이다. 치하루도 아버지가 빌려준 거라는 자신의 말을 분명히 기억한다. 하지만 그때 둘 다 취해 있었다. 잘못 들었거나 잘못 말했다고 무조건 우길 생각이다.

"그 이야기는 돌아가서 다시 하자."

치하루는 화제를 돌렸다.

"그보다 와인 안 마셔? 꽤 좋은 거 같은데."

"응? 어."

"그럼 자리로 가 있어. 가지고 갈게."

치하루는 카운터로 향했다. 심장 박동이 멈추지 않는다. 사택을 이용하지 못할 거라고는 생각지도 못했다. 심지어 고타로가 맨션으로 이사를 오겠다니. 그 말을 듣는 순간 가슴이 철렁 내려앉았다. 어쨌든 그 맨션에서는 살 수 없다.

치하루의 마음을 비추기라도 하듯 잔에 담긴 화이트 와인이 다운

라이트 빛에 불안정하게 흔들린다.

　어떻게 말하면 고타로를 잘 납득시킬 수 있을까.

　예물 교환으로 들떴던 마음이 한순간에 사그라들었다.

8

아사코

　여전히 추운 날이 계속되고 있습니다만, 바람 속에 봄기운이 살짝 느껴집니다.

　며칠 전 산겐자야에 있는 이탈리안 레스토랑에서 점심을 먹었습니다. 봄나물 바냐카우다였습니다. 소스는 앤초비, 마늘, 올리브 오일. 향이 식욕을 자극하더군요. 본래는 겨울철 요리라고 하는데, 계절과는 그다지 상관없는 것 같았습니다. 맛있으면 그게 최고죠.

　나온 채소로는 유채, 콜리플라워, 땅두릅, 쑥갓, 버섯이 있었습니다. 그야말로 이탈리아와 일본의 합작이었습니다.

　올해, 저희 집에 큰 변화가 있을 듯합니다. 마치 제 일처럼 가슴이 두근거립니다.

2월에 접어들어도 신혼집으로 정할 맨션을 찾는 일이 좀처럼 진행되지 않았다.

둘이서 생활하니까 1LDK나 2DK*로 충분하지만 지금 엄마와 살고 있는 집 근처에서 집을 구하려면 임대료가 상당히 높다. 그동안 임대료를 내지 않고 생활해 왔기 때문인지, 매월 이만큼의 돈이 사라진다고 생각하니 아까운 마음이 앞섰다. 엄마와 멀리 떨어져 살더라도 조금 싼 집을 구하는 게 좋지 않을까 생각했다.

주말에 평소처럼 셋이서 점심을 먹고 있을 때였다. 그 이야기를 하자 "그게 말이지……."라며 엄마가 조심스레 말을 꺼냈다.

"나도 전부터 생각해 봤는데, 임대료는 내면 낼수록 자기 게 되기는커녕 그냥 버리는 거나 마찬가지잖아. 그럼 굳이 그렇게 살 필요가 있을까? 장래를 생각해서 다른 방법을 찾아보는 것도 좋지 않을까 해서."

오늘 고른 가게는 미타카에 있는 일식집이다. 엄마가 오고 싶어 했던 곳이다. 생선이 신선하고 향기롭다. 1인당 1,600엔이면 괜찮은 편이다.

"다른 방법이라니?"

"우리 맨션을 팔면 제법 목돈이 될 거야. 그걸 보증금으로 교외에 있는 단독주택을 사는 건 어떨까 하고. 그럼 아이가 생겨도 내가 보살펴 주기도 좋고. 둘이 일하면 대출도 그리 부담스럽진 않을 거 같

---

* 2DK : 방 2개에 식당과 부엌을 한 공간에 배치한 주택 구조.

고."

엄마의 말은 확실히 현실감이 있었다. 언젠가는 함께 살 테니까 괜히 미룰 필요도 없지 않을까. 아사코도 그렇게 생각했다.

"다바타 씨는 어때?"

엄마가 물었다.

"어머님이 괜찮으시다면 저는 상관없습니다."

그 말이 묘하게 마음에 걸렸다. 어머님이?

"그렇게 말해 주니 다행이야. 아사코는 어때?"

아내가, 라고 말해야 하지 않나?

아사코는 정신이 들었다. 확실히 좋은 방법일지 모른다. 경제적인 면에서 쓸데없는 지출을 피할 수 있고, 생활 면에서도 엄마의 도움을 받을 수 있다. 다만 그렇게 되면 죽는 그날까지 엄마와 단 한 번도 떨어지지 않고 살아가게 된다. 왠지 저항감이 든다. 나만의 생활이라는 걸 해 보고 싶다. 엄마가 권하는 사람과 결혼하고 엄마의 제안대로 함께 살고 아이도 엄마가 키운다…… 마치 자신의 존재가 엄마의 일부가 된 것 같은 생각이 든다.

아사코가 잠자코 있자 엄마는 된장국을 마시며 "앞으로 천천히 생각해 보자." 하는 말로 대화를 마무리했다.

점심을 마치고 엄마와 역에서 헤어져 다바타와 함께 시나가와의 결혼식장으로 향했다. 벌써 여섯 번째 식장이다. 여기는 나름대로 이름이 알려진 호텔로, 예산에도 얼추 맞고 예물 교환도 세트로 구성되어 있다. 단지 교통 접근성이 별로 좋지 않은 것과 연회장이 평범한 것이 단점이지만 음식은 맛있다. 성대한 피로연을 바라는 마음은 없다. 친척도 많지 않고 어릴 적부터 오붓하게 올리는 식이 좋았다.

로비에 들어섰을 때 아사코는 문득 발걸음을 멈췄다. 생각지도 못한 인물이 눈에 들어왔기 때문이다. 고타로다. 함께 있는 여성은 약혼자일까. 다들 생각하는 식장은 비슷한가 보다. 고타로도 아사코를 알아보고 서로 가벼운 인사를 나눴다. 고타로의 약혼자는 상상 이상으로 미인이었다. 저런 외모라면 고타로가 그녀의 뜻을 우선시하는 것도 당연하겠어.

그날은 식장 담당자에게 일련의 설명을 듣고 다바타의 아파트로 돌아왔다. 둘이서 팸플릿을 펼쳐 놓고 다시금 검토했다.

"전에 봤던 다섯 곳과 비교하면 어때요?"

"글쎄."

"역시 음식이 중요해요. 풀코스를 평소에 먹을 수 있는 것도 아니고, 이왕이면 여기가 좋겠어요."

"응, 그런가? 그럼 여기로 하지 뭐."

아사코는 순순히 받아들이는 다바타를 보고 조용히 한숨을 내쉬었다. 다바타는 어느 식장이든 크게 다르지 않다고 생각할 것이다. 하지만 결혼식은 평생 한 번뿐이다. 거기서 거기인 줄 알기에 세밀한 부분을 더욱 신중하게 선택하고 싶다.

"그럼 여기는 후보로 두고, 레스토랑 웨딩과 기념 회관도 리스트에 올려요. 그곳도 보고 싶은데 컴퓨터 좀 써도 돼요?"

"응."

다바타가 옆방에서 노트북을 가져왔다. 아사코는 인터넷 홈페이지를 열었다.

"여기가 아자부에 있는 레스토랑 웨딩. 여기도 음식은 기대할 만해요."

"흐음."

"인테리어도 멋지고 지하철역도 가까워서 편리하고 나쁘지 않아요."

다른 홈페이지도 열었다.

"이쪽은 기념 회관. 정원이 넓어서 날씨가 좋으면 가든파티도 할 수 있대요."

"흐음."

"어때요?"

"어떠냐고 물어도……."

"일단 보러 갈래요?"

"그래……."라고 대답한 뒤 다바타는 잠시 생각하고 나서 "당신에게 맡길게."라고 말을 바꿨다.

"나는 어디든 좋아."

그 말은 스스로도 놀랄 만큼 아사코의 신경을 자극했다. 언제 무엇을 하든 다바타는 이 말로 어떻게든 빠져나간다.

"어디라도 좋다니 대체 뭐예요?"

목소리가 험악해졌을까. 다바타는 놀란 듯이 아사코를 응시했다.

"난 당신의 의견을 묻는 거예요."

"의견이라 해 봤자……."

"어차피 이 두 곳을 더 본들 당신은 어느 쪽도 상관없다 말할 거잖아요?"

다바타는 잠자코 눈을 감았다. 당황한 눈치였다.

"결혼을 나 혼자 하는 거예요? 왜 나한테만 미루는 거예요? 나만 안달복달 난 바보가 된 기분이에요."

다바타가 잠시 뜸을 들였다.

"우리 싸우지 말자."

"싸운다고요? 이게 싸우는 거예요? 난 내 생각을 말했을 뿐이라고요. 가슴속에 담아 두면 불만만 쌓이잖아요. 의견은 원래 안 맞는 거아니에요? 다른 게 당연하니까. 중요한 건 서로가 어떻게 다가가는가가 아닐까요?"

다바타는 잠시 말을 삼켰다. 어떤 대답을 할까, 아사코는 기다렸다. 다바타가 드디어 입을 열었다.

"나, 잠깐 역 앞 서점에 다녀올게."

예상 밖의 대답에 아사코는 눈을 깜박였다.

"일에 필요한 자료가 있어서."

다바타는 황급히 집을 나갔다. 문이 닫히고 아사코는 망연자실했다. 다바타가 도망치는 것이 한눈에 보였다. 우리 문제를 마주하려들지 않다니……. 온몸에서 힘이 쑥 빠졌다.

이런 사람과 결혼해도 되는 걸까. 앞으로 무슨 문제가 일어날 때마다 이렇게 도망쳐 버리는 게 아닐까? 그런 남자라면 너무 한심하다.

이때 불현듯 고타로의 말이 떠올랐다.

"결혼식은 원래 여자가 주인공이잖아요. 남자가 어디까지 의견을 내놔야 좋을지 모르는 것도 있고요."

분명 그렇게 말했었다. 이 사람도 그런 걸까. 스스로 결정하기 어려워서 내 마음을 우선하는 것일 수도 있다. 세상에는 강하게 자신의 의견을 주장하고 힘으로 모든 것을 복종시키는 남편도 있다. 우유부단한 데가 있어도 다바타는 근본이 착한 사람이다. 짧은 만남이었지만 그것만큼은 잘 안다. 어쩌면 무작정 몰아세운 자신이 나빴을지도 모른다.

생각이 여기까지 이르자 화가 사르르 녹으며 마음이 차분해졌다. 하지만 한참을 기다려도 다바타는 돌아오지 않는다. 하는 수 없이 아사코는 내키는 대로 컴퓨터에서 식장을 검색했다. 궁금한 곳을 바로 클릭해서 창을 키웠다가 닫고, 페이지를 뒤로 보냈다가 앞으로 끌어오기를 수차례 반복했다.

그렇게 한참 키보드를 두드리고 있을 때였다. 갑자기 화면에 소녀가 나타났다.

"어?"

눈앞에 펼쳐진 모습에 아사코는 숨을 삼켰다.

열 살쯤 되어 보이는 소녀의 상반신은 알몸이었다. 화면을 클릭하자 이번에는 초등학교 저학년부터 중학생 정도 되는 소녀들이 줄줄이 나타났다. 가슴을 가리거나 흰 셔츠를 입었지만 대부분 전라다.

"뭐지, 이게……."

클릭하는 손가락이 가늘게 떨렸다.

9

치하루

예물 교환을 끝내고 도쿄로 돌아오니 갑자기 분주해졌다.

맨션 건은 아직 정해진 바가 없다. 무엇보다 지금은 결혼식장을 찾는 게 먼저였다. 고타로도 일이 바쁜 와중에 함께 다녀 주었지만 좀처럼 결심이 서지 않았다.

"어떤 식장일지, 엄마 기대하고 있어."

엄마의 말이 머릿속에 남아 있다. 어떻게 해서든 엄마가 만족할 만한 결혼식이 되지 않으면 안 된다. 그것이 치하루를 주저하게 했다.

식장뿐만이 아니다. 음식이나 답례품도 결정하기가 망설여진다. '보잘 것 없는 코스네.' '센스가 없구나.' …… 엄마의 말이 머릿속을 맴돌고, 어느 것을 선택하면 좋을지 종잡을 수가 없다.

웨딩드레스도 마찬가지다. 베어톱으로 하면 '어깨를 훤히 드러내

울지 않는 새는 하늘에 빠진다

는 업소 아가씨 같다', 심플한 디자인으로 하면 '노티 난다', 시폰 소재의 화려한 드레스로 하면 '유치하다', 티아라를 쓰면 '어느 나라 왕비라도 되는 줄 안다', 그런 식의 말을 들을 것만 같다. 그러는 가운데 점점 알 수 없게 된다. 자신이 어떤 디자인을 좋아하고 어떤 드레스를 입고 싶은지. 늘 등 뒤에 있는 엄마의 따가운 시선이 느끼며 지쳐 버리고 말았다.

엄마에게 이겼다고 생각했다. 엄마의 저주에서 해방되었다고 자신했다. 이제 더 이상 엄마를 위협으로 여기지 않아도 된다고 치하루는 자신을 위로했다. 하지만 그 존재는 지금까지도 등뒤에 착 들러붙어 있다.

로비에 당도했을 때 고타로의 발길이 멈췄다.

자동문으로 들어오는 한 커플에 시선이 향한다. 상대 여성도 알아차린 듯 가볍게 머리를 숙인다. 고타로가 답례한다. 여성은 치하루에게도 친절한 웃음을 보냈다. 치하루도 똑같이 미소로 답했다. 상대편 남자는 무신경한지 아무것도 알아차리지 못했다.

미인이라고 할 수는 없고, 남자도 지극히 평범한 샐러리맨이라는 인상이다.

커플이 로비를 가로질러 사라지는 것을 확인하고 나서 "아는 사람?" 하고 물었다.

"응."

"회사 사람이야?"

"뭐 비슷해. 저쪽도 결혼이 정해져서 식장을 찾고 있는 것 같아. 돌아보는 건 거의 비슷하네."

시나가와에 있는 호텔이다. 비용도 예산 범위 내고 음식도 꽤 훌륭하다. 답례품 카탈로그도 호텔답게 멋스러운 디자인이다. 하지만 아까 그 커플도 여기서 결혼식을 올린다고 생각하니 어딘가 조금 불만스러웠다.

돌아오는 길에 스타벅스에 들어갔다.

"괜찮지 않아? 저 호텔."

"그렇긴 한데."

"어디 마음에 안 드는 데라도 있어?"

분명 나쁜 건 아니지만, 치하루는 역시 생각한다. 엄마는 뭐라고 말할까. 일단 로비가 그리 넓지 않다. 홀에 장식된 꽃이 조화인 것도 마음에 걸린다. 호텔리어의 제복도 평범하다.

"아무래도 다른 곳을 좀 더 보고 결정해야겠어."

"대체 몇 군데나 더 볼 생각이야? 모두 거기서 거기일 거야."

고타로가 질린 듯이 말했다.

"아직 가 보고 싶은 데가 더 있어. 평생에 한 번 하는 결혼식인데 신중히 고르고 싶어."

"그렇다고 도쿄에 있는 호텔을 전부 돌 생각은 아니지? 어느 정도로 타협해야지."

"알아."

"이런 일로 시간을 쓰는 건 낭비야."

치하루는 종이컵을 손에 든 채 입을 다물었다.

"나는 일이 바빠서 날마다 함께할 수 없어. 중요한 건 식장을 어디로 하는지가 아니라, 어떤 식을 올리느냐는 거야. 지금 우리에게 어울리는 식이면 좋지 않을까?"

"말은 그렇지만……."

"괜한 허세 부릴 필요 없어."

갑자기 분노 비슷한 충동이 스쳐 지났다.

"당신은 아무것도 몰라."

치하루의 반응에 고타로는 당황했다.

"실수하면 용서받지 못해. 이상한 결혼식장이라도 골랐다간 엄마에게 무슨 소리를 들을지 몰라. 반드시 엄마를 만족시켜야 해."

"엄마라니……. 결혼하는 건 나와 치하루라고."

"당신처럼 온화한 부모님 밑에서 자란 사람은 몰라. 나는 어릴 때부터 엄마가 쌀쌀맞았다고. 그건 그냥 쌀쌀맞은 게 아니라, 학대였어. 그렇게밖에 말할 수 없을 만큼 심했다고. 그런 엄마가 당신과 결혼한다니까 겨우 나를 인정했어. 그런데 식장을 잘못 고르기라도 해봐. 엄마는 틀림없이 나를 멸시할걸. 역시 한심한 딸이었다고, 바보라고 할 게 뻔해. 무슨 일이 있어도 그런 건 싫어."

고타로는 눈을 깜박이면서 잠시 치하루를 응시했다. 이윽고 작게 숨을 내쉬었다.

"그렇게까지 말한다면 치하루의 마음이 풀릴 때까지 해 봐."

하지만 신혼집에 대해서는 주장을 굽히지 않았다.

"여러 가지로 생각해 봤는데 역시나 잠시 치하루의 맨션에서 사는 게 제일 좋을 것 같아. 그러니 그 친구네 아버지라는 분에게 부탁드려 봐."

치하루는 낭패감이 드러나지 않도록 신중하게 말을 골랐다.

"원래 혼자 살기로 하고 빌린 거라서, 둘이서 생활하게 되면 나가라고 할 거야. 어디 적당한 집을 찾아보자."

"그것도 충분히 알겠는데, 안 되더라도 일단 부탁이라도 해 보자. 도저히 안 된다면 그때 찾아봐도 되니까. 치하루 맨션, 교통도 편리하고 위치도 최고고, 마음에 들어. 방세는 앞으로 시세대로 지불하는 것으로 하고 일단 한 번 말씀이나 드려 봐 줘."

알고 있다. 고타로에게 다른 뜻은 없다. 그저 단순히 사택이 빌 때까지 맨션에 살았으면 좋겠다고 생각할 따름이란 것을.

나카바야시와 만난 것은 오랜만이다.

기오이초에 있는 일식 레스토랑에서 얼굴을 마주했다. 눈앞에는 아름답게 장식된 오늘의 요리와 섬세한 흰살생선 요리가 나란히 놓여 있다. 하지만 치하루로서는 맛을 즐길 여유는 없어 잠시 퉁명스레 세상 돌아가는 이야기를 나눴다. 본론을 꺼낸 것은 식사가 중반에 접어들 무렵이었다.

"저기, 당신에게 할 얘기가 있어요."

나카바야시가 찬술을 들이키다가 멈췄다.

"뭐야, 할 얘기란 게."

"저기, 실은……, 저, 결혼하려고요."

역시 나카바야시는 놀란 것 같았다.

"엇, 그래?"

치하루가 살그머니 고개를 끄덕였다.

"그런 기색, 전혀 없었잖아. 언제 그렇게 된 거야?"

"느닷없이 얘기가 그렇게 진행돼서……. 미안해요. 좀 더 일찍 말했어야 했는데 좀처럼 입이 떨어지지 않아서요."

"네 입장에서는 꺼내기 어려운 말일 테지……. 상대와는 언제부터 사귄 거야?"

나카바야시의 어조에 짙은 의심이 담겨 있었다. 치하루는 신중하게 입을 열었다.

"사귀었다기보다, 부모님이 독신인 저를 너무 걱정하셔서 주변에 혼처를 알아보셨어요. 저도 굉장히 망설였어요. 근데 최근엔 당신과 만나는 횟수도 줄고 어쩌면 제가 당신의 짐이 되는 건 아닌지 걱정도 되고. 왜 전에 당신이 결혼 안 하느냐고 물은 적 있죠? 그때부터 죽 생각했어요. 언제까지 당신의 도움을 받을 수만은 없다고. 마침 그때 집으로 혼담이 들어왔어요. 진짜 결혼할 생각은 없었는데 너무 강하게 밀어붙여서 그대로 받아들였어요……."

'어쩔 수 없이' 하는 결혼이란 걸 강조한다. 나카바야시의 원조를 받으면서 다른 남자와 사귀고 있었다는 말은 입이 찢어져도 할 수 없다.

"부모라면 다 그렇지."

그 말투가 충분히 납득했다는 듯이 들려서 가슴을 쓸어내렸다. 나카바야시와 아버지는 나이가 같다.

"그래서 상대는 어떤 남자야?"

"평범한 샐러리맨이요."

"업종은?"

"금융 관계요."

"안정된 회사인가?"

"네."

"그래……. 결혼하는 건가."

나카바야시는 치하루를 물끄러미 바라봤다. 그리고 입을 다물었다. 긴 침묵이 둘 사이를 휘감았다. 무얼 생각하는 걸까. 얼굴에는 드러나지 않지만, 분명 기분이 좋지는 않을 것이다.

새로운 손님이 들어왔다. 화려한 여자를 동반한 남자 손님이다. 카바레나 클럽으로 함께 출근이라도 하려는 걸까.

"실은 식도암이래."

생각지도 못한 말에 치하루는 순간 무슨 말을 하면 좋을지 알 수 없었다.

"네?"

"반년 전에."

"그런 일이……. 농담이신 거죠?"

"나도 그랬으면 좋겠군."

"굉장히 건강했잖아요."

떠올려 보니 나카바야시와는 오래전부터 섹스를 하지 않았다.

"2기래."

그것이 어느 정도로 심각한 건지 치하루는 모른다.

"왜 바로 말해 주지 않았어요?"

"가족밖에 몰라. 사실 치하루에게 말할 생각은 없었어."

"왜요?"

"말해도 곤란하겠지."

분명 그럴지도 모른다.

"낫기는 하는 거죠?"

"지금은 화학방사선 요법으로 상태를 지켜보는 단계야. 곧 수술하겠지."

치하루는 멍하니 나카바야시의 얼굴을 응시했다.

"그런 얼굴 하지 마."

어렴풋이 웃는 나카바야시의 눈가에 주름이 깊게 팼다.

"말기가 아니니까 금방 죽지는 않을 거야. 다만 나도 이제 남은 인생을 어떻게 살아야 할지 고민할 시기가 온 거지. 너에 대해서 여러 가지로 생각해 봤어. 헤어지는 수밖에 없다는 건 알지만 좀처럼 결심이 서지 않아서 차일피일 미루고 있었지. 그래서 지금 치하루한테 결혼 이야기를 들으니 한편으론 쓸쓸하고 한편으론 마음이 놓이기도 해."

치하루는 무릎으로 시선을 떨군다. 사랑 같은 것으로 시작된 관계는 아니지만, 나름의 정은 들었다.

"좋은 타이밍에 말해 줬다는 거야."

안쪽 테이블에서 날카로운 웃음소리가 들렸다. 좀 전의 화려한 여자였다.

"여하튼 축배를 들지. 분명 샴페인이 있을 거야."

"술, 마셔도 돼요?"

"약간은 괜찮아. 이런 재미도 없으면 사는 보람도 없지."

나카바야시가 웨이터를 부르려고 하자 치하루가 말렸다.

"잠깐만요."

"어?"

"이런 때에 뭣하지만……. 부탁이 있어요."

"뭐야, 결혼 축하 선물 얘긴가?"

"아니요, 지금 맨션 말인데요."

"아아."

"이런 부탁하는 거 너무 뻔뻔하지만 조금 더 살게 해 주세요. 당분간만요."

역시 '둘이서'라는 말은 꺼낼 수 없었다.

"얼마나?"

"반년쯤."

"결혼은 반년 뒤인가?"

"네에."

"그렇군."

그렇게 말하고 나서 또 나카바야시는 입을 다물었다. 전보다 더 길고 무거운 침묵이었다. 치하루는 어찌 할 바를 몰랐다.

"미안해요. 그런 부탁은 하지 말았어야 했는데……. 방금 한 말은 잊어요."

"치하루를 지금 당장 쫓아낼 생각은 없어. 어차피 결혼할 사람은 이미 집에 들어와 있겠지?"

"그럴 리가요."

아마 눈치챘을 것이다. 나카바야시는 세상을 잘 알고 머리도 좋은 남자다. 틀림없이 치하루의 말 뒤에 숨은 의도를 읽었을 것이다. 방 분위기가 달라졌다. 그의 말이 뇌리를 스친다.

"반년 정도라면 상관없어. 다만 한 가지 조건이 있어."

"조건이요?"

"그 사람과 만나게 해 줘."

치하루는 얼굴을 들고 눈을 깜박였다.

"진심이에요?"

"치하루가 결혼할 사람이 어떤 남자인지, 내 눈으로 직접 보고 싶어. 그렇다고 너무 걱정 마. 그 사람이 알아채지 못하게 할 테니. 그저 나의 마지막 오만 같은 거야. 그 정도는 들어줘."

거절할 수 없었다. '마지막 오만'이라는 말을 듣고 어떻게 거절할 수 있을까. 게다가 들어주지 않으면 그 집에서 나와야 한다.

"네."

"그럼 이제 건배할까?"

나카바야시는 기분 좋게 샴페인을 주문했다.

10

아사코

오늘 한 가지 말씀드릴 게 있습니다.

실은 딸아이의 결혼이 결정됐습니다.

딸은 어차피 결혼하면 남의 집 사람이 되니까 키우는 보람이 없다는 말을 들은 적이 있습니다. 우리 집도 그럴 거라는 생각에 단단히 각오는 하고 있었지요. 그런데 반대였습니다. 오히려 아들이 하나 생겼습니다. 전혀 예상하지 못했던 기쁨입니다.

최근 행복을 뼈저리게 느낍니다.

14년 전, 남편을 먼저 저세상으로 보냈을 때만 해도 딸과 둘이서 앞으로 어떻게 살아가면 좋을지 몰라 앞이 캄캄했습니다. 의지할 사람도 없고 오로지 제가 직접 일해서 필사적으로 딸을 키우는 나날이 이어졌습니다. 그래도 그 무렵의 고생은 결코 헛수고가 아니었지요.

생각지도 못했는데 딸네와 함께 살게 될 것 같아요.

요즘 시대에 자식과 함께 사는 일이 흔하진 않지만 역시나 기쁩니다.

지금은 그저 두 사람의 배려에 고마울 따름입니다.

아사코는 엄마의 블로그를 닫았다.

엄마는 혼자 앞서가고 있다. 같이 살다니, 그에 관해선 아직 정해진 바가 없다. 지금부터 천천히 생각해 보자, 지금은 이 단계일 것이다.

그날부터 계속 동요하고 있었다.

남자라면 성인 사이트쯤은 볼 수도 있다. 인터넷에는 포르노 영상이 널려 있다. 아사코도 어린아이가 아니다. 그런 것에 관심을 가졌다고 해서 과잉 반응을 보일 생각은 없다.

그러나 대상이 소녀라면 이야기는 다르다. 설마 그럴 리는 없겠지만, 다바타에게 그런 성벽이 있다면…….

그날부터 아사코는 일을 핑계로 다바타와 만나지 않도록 피해 다녔다. 살림집과 결혼식장을 찾는 일도 미뤘다. 당장은 얼굴을 마주할 기분도 아니었고 그럴 용기도 나지 않았다. 그런데 속도 모르고 엄마는 불만을 터뜨렸다.

"이번 주에는 어쩔 셈이야?"

아침에 출근하는데 엄마가 다짜고짜 물었다.

아사코　　　　175

"뭐가?"

"다바타 씨랑 주말 점심 먹는 거. 아사코, 지난 주말에는 휴일 근무여서 못 갔지? 이번 주는 괜찮은 거지?"

지난주에는 일을 일부러 만들어 했다.

"신혼집은 어떻게 할 거니? 식장도 찾아야지?"

"요새 일이 너무 바빠서."

"바쁜 건 알겠는데 그걸 어떻게든 조정하는 게 네 할 일이잖아. 정해야 할 일도 많고, 지금은 뭐가 가장 중요한지 알았으면 좋겠구나."

"알았어요."

"정말 알고 있니?"

"안다니까요."

딱딱한 말투로 대답하고 아사코는 집을 나섰다.

좀처럼 일에 집중이 되지 않고, 데생하는 손도 멈추기 일쑤다.

문구 업체에서 의뢰 받은 새로운 캐릭터는 아직 정해지지 않았다. 이틀 뒤에 열리는 보고 회의에 후보 다섯 점을 내놓아야 하는데 진척되지 않는다.

점심시간이 다 될 무렵 도모코가 말을 걸어왔다.

"저기 아사코 선배한테도 왔어요?"

아사코는 데생에서 눈을 떼고 얼굴을 들었다.

"무슨 얘기야?"

"언젠가 미팅에서 만났죠? 약혼했는데 참석했던 아시다라는 사람이 있었잖아요. 기억나죠? 아사코 선배랑 계속 얘기했던 사람요."

"아, 그 사람."

우연히 만난 적이 있다는 말은 하지 않았다.

"지금 영업 메일을 하나 보내 왔어요. 소액 주식 투자가 있는데 어떠냐고요?"

"그래?"

입사한 지 얼마 되지 않았으므로 그는 어떤 작은 거래라도 성사하고 싶을 것이다.

"아직 메일 안 봤어."

"아사코 선배한테도 분명 왔을 거예요. 명함 교환한 상대에겐 전부 보낸 것 같아요."

"투자할 거야?"

"설마요. 얼마 되지도 않는 월급으로 그럴 여유가 있을 리 없잖아요. 혹시나 그 사람이 약혼하지 않았다면 무리를 해서라도 투자하겠지만요. 조건으로는 최곤데……. 아아, 진짜 아쉬워요."

도모코는 땅이 꺼질 듯 한숨을 내뱉는다. 진심이 그대로 느껴져서 아사코는 조금 쓴웃음이 났다.

"그 후로 미팅은 어떻게 되고 있어?"

"건질 만한 게 없어요. 하지만 끝까지 힘낼 거예요. 목숨을 걸고서라도."

"힘내."

"물론이죠."라고 힘차게 말하고 도모코는 성큼성큼 자기 자리로 돌아갔다.

컴퓨터를 열었더니 정말로 고타로에게서 메일이 들어와 있었다. 도모코가 말한 대로 메일은 주식 투자 광고였다. 그런데 마지막에 이런 말이 덧붙여져 있었다.

'요전에는 깜짝 놀랐습니다. 약혼자가 착실한 사람 같더군요. 잘 어울립니다. 식장은 정했나요? 전 여하튼 예물 교환은 끝났어요. 그런데 결혼이란 게 정말 힘든 거군요. 요즘 실감하고 있습니다. 그녀의 마음을 도통 모르겠어요. 당신은 어떤가요? 또 근처에 올 예정이 있으면 전화로든 메일로든 연락 주세요. 차라도 한잔 해요.'

고타로의 글을 보고 있으니 신기하게도 걱정이 사그라들고 긴장이 풀렸다. 아사코는 편한 마음으로 답장을 보냈다.

'투자는 어려울 것 같아요. 그리고 그때는 정말 우연이었어요. 참, 아시다 씨의 약혼자가 너무나도 아름다워서 깜짝 놀랐어요. 왜 푹 빠졌는지 알 만하더군요. 결혼이 어렵단 이야기에는 저도 동감이에요. 저도 일이 좀 있어서 약간 우울합니다. 내일모레 회의가 있어서 근처에 가는데 시간 있으세요?'

이틀 뒤, 전과 같은 카페에서 아사코는 고타로와 마주 앉았다.

저녁 8시. 손님은 많지 않았다. 창 너머에는 일을 마친 사람들이 거리를 부산스럽게 오갔다.

전에 만났을 때보다 고타로는 한층 더 정장 차림이 잘 어울렸다. 누가 봐도 마루노우치의 비즈니스맨다운 풍모였다. 업무상 자유분

방한 스타일에 익숙한 아사코에게는 눈부셔 보였다.

"예물 교환은 결국 그녀의 본가에서 했는데 지금 돌이켜 보면 그러길 잘했어요. 그쪽 부모님과 친척분들이 굉장히 기뻐해 주셨거든요. 저희 부모님은 이웃집에 과수원 일을 부탁하고 할머니까지 간병 서비스에 맡기느라 큰일이었지만요."

고타로가 엷게 웃으며 커피잔을 입으로 가져갔다.

"식장은 정해졌어요?"

"그건 아직. 벌써 스무 곳 가까이 돌아봤는데 약혼녀가 여기도 아니고, 저기도 아니라면서 트집만 잡는 바람에 정하지 못했어요. 어디든 다 똑같아 보이는데…… 그녀 말이 절대로 실수해선 안 된다고 하네요."

"의욕이 엄청난데요."

"그게 사실 어떻게 하고 싶다는 강한 의지가 있는 것도 아니에요. 그저 어느 식장을 골라야 엄마를 만족시킬 수 있을까, 그것만 생각하는 것 같아요. 나도 조금 놀랐지만, 엄마를 굉장히 신경 쓰더라고요."

"그래요?"

"그래서 꼭 물어보고 싶은 게 있는데요, 딸은 원래 엄마가 그리도 마음 쓰이나요?"

아사코는 잠시 생각에 빠졌다.

"사람에 따라 다르겠지만, 대개는 그런 편이죠. 약혼녀가 분명 엄마랑 사이가 굉장히 좋을 거예요."

고타로는 으음, 하고 신음했다.

"저도 처음에는 사이가 좋아서 신경 쓰는 거라고 생각했죠. 실제로 예물 교환 때도 화기애애한 분위기였거든요. 그런데 그것도 아닌 거 같아요. 요전에 식장을 보러 갔다가 조금 실랑이가 있었어요. 돌연 화를 내며 자기는 엄마에게 학대를 받고 자랐다고, 이상한 식장을 고르면 엄마가 얕잡아 볼 거라고 해서 정말 당황했어요."

아사코는 놀라서 고타로의 얼굴을 뚫어져라 쳐다봤다.

"그럼 무시하면 되지 않느냐고 했지만 엄마를 실망시키는 것만큼은 절대 하기 싫다고 하더라고요. 나로선 전혀 이해가 안 돼요."

아사코는 커피잔을 손에 들었다. 고타로 약혼자의 마음을 조금은 이해할 것 같았다. 엄마와 딸의 사이에는 너무 가까워도 너무 멀어도 가슴속에 잦아들지 않는 갈등이 있다. 사랑하고 싶지만 벗어나고 싶다. 그 상반하는 감정은 마음속 깊은 곳에서 동시에 연결되어 나타난다. 특히 엄마에 대한 부정적인 감정에는 늘 죄악감이 따른다. 내가 잘못된 걸까. 나쁜 건 나일까.

"여하튼 앞으로 식장을 정하면 신혼집을 찾아야 해요. 원래 사택에 들어가기로 했는데 빈 곳이 없어서 약혼녀 맨션에서 더 살았으면 해요. 그래서 맨션을 빌려주신 분에게 잠시 더 살게 해 달라고 부탁하기로 했어요. 조만간 그 사람과 만나기로 약속도 잡았고요."

잠자코 있는 아사코가 신경 쓰였는지 고타로가 화제를 바꿔 물었다.

"미안해요. 제 얘기만 했죠? 그쪽은 순조로워요?"

"저흰 아직 아무것도 확정된 건 없지만, 형식적인 일은 전부 생략해도 될 것 같아요. 결국 마음의 문제니까요. 혼인신고만 해도 되지 않을까 해요."

"그런데 무슨 일 있어요? 왠지 힘이 없어 보여요. 그러고 보니 메일로 우울하다고 했는데, 무슨 일 있는 거예요?"

고타로에게 말하고 싶은 강한 충동을 느꼈다. 그렇게 하면 마음이 조금은 밝아질지도 모른다. 역시 이런 일은 남자가 답을 알고 있을 것이다.

"저기, 제 일은 아니고 친구한테 문제가 좀 생겨서요. 뭐라고 말해 주면 좋을지 몰라서 고민 중이었어요. 가능하면 남자의 생각이 듣고 싶어요."

역시 자신의 일이라고는 차마 말할 수 없었다.

"좋아요. 내가 답할 수 있는 거라면 뭐든."

고타로는 괜히 긴장했다는 듯 목소리가 밝아졌다.

"사실은 그 친구의 남자친구가 인터넷으로 야한 사진을 보는 것 같아요."

고타로는 쓴웃음을 지었다.

"아, 그런 거였어요. 그 정도는 남자라면 누구나 경험이 있죠."

"근데 그게 소녀의 알몸 사진이었대요. 아동 포르노라고 하는 거요."

"흐음."

"저도 호기심으로 봤을 뿐일 거라고 말해 주었는데, 그래도 마음

한구석이 계속 찜찜한가 봐요. 롤리타 콤플렉스나 소아성애증이 아닐까 걱정하는 것 같아요. 보기에는 멀쩡해도 왜 그런 사람 있잖아요. 어린 여자아이를 유괴하는 사건도 있었고요."

"이상하게 들릴지 모르겠지만, 그 남자는 그 친구와 그걸 잘하고 있나요?"

"네, 그건 괜찮은 거 같아요."

"그렇다면 흥미라고 해야 할까, 호기심에 살짝 봤을 거예요. 진짜 롤리타 콤플렉스였다면 성인 여자하고는 못하잖아요. 솔직히 말하면 나도 재미삼아 그런 사이트 본 적 있어요."

"그래요?"

"대개 그런 사진은 동안인 성인물 여배우가 어린애 차림을 하고 있어요. 아동 포르노는 규제가 굉장히 심하니까요. 판매업자도 잘 아니까 그리 간단히는 손에 넣을 수 없어요."

"잘 아시네요."

고타로는 황급히 얼굴 앞에서 손을 휘저었다.

"아니에요. 나는 그런 쪽으로 전혀 흥미 없어요. 일반론으로 들은 것뿐이에요."

"물론 알죠."

"어린애처럼 보여도 보는 사람도 연기하는 사람도 서로 알아요. 남자는 원래 야한 걸 좋아하니까 그 정도는 너그러이 봐 주면 좋지 않을까요."

자세히 보지는 못했다. 어쩌면 아사코가 본 아이의 사진도 어른이 연기한 것일지도 모른다 .

"그럼 대수롭지 않은 거겠죠?"

"대개는 그렇죠. 다만 그게 진짜 어린아이가 나오는 거라면 불법 사이트에서 입수한 게 돼요. 그렇게까지 했다면 조금 위험할지도 몰라요. 그런 녀석은 불법적으로 입수하거나 애호가끼리 파일을 교환하기도 하니까요. 그렇게 되면 범죄죠. 그건 잘 알아보는 게 좋을 거 같아요. 그 남자친구란 사람, 그것 말고도 여러 가지 더 갖고 있는 것 같아요?"

아사코는 고개를 가로저었다.

"아뇨, 컴퓨터에서 몇 장만 봤대요."

"그렇다면 크게 마음 쓰지 말라고 전해 줘요."

며칠 뒤 주말, 셋이 점심을 먹으러 갔다.

엄마의 재촉도 있었지만 고타로와 이야기를 나누고 나서 마음이 차분히 가라앉은 덕분이기도 했다. 노키자와의 중화요리점에서 밥을 먹으면서 이야기를 하는 사람은 엄마뿐이다.

"조금 서두르는 감이 있긴 한데 부동산 사무실에 가서 지금 맨션을 감정받았어. 지은 지 꽤 오래돼서 기대했던 만큼은 아니지만 꽤 괜찮은 값에 팔 수 있을 것 같아. 도심까지 한 시간가량 걸리는 데라면 165제곱미터 정도의 땅은 살 수 있어."

"굉장하네요."

다바타가 맞장구친다.

"땅은 어떻게든 마련할 수 있을 거 같아. 중고 집이 딸린 물건도 있지만, 집만 짓는 것이라면 둘이 대출을 받아도 상환하는 게 그리 어려운 일은 아닐 거야."

"그렇지만 어머니께 그렇게나 받으면 죄송하죠."

"아니, 뭘 사양하고 그래. 이제 가족이잖아. 가족끼리 당연한 일이지."

엄마는 완전히 마음을 굳힌 것 같았다.

2시가 지나서 엄마와 헤어졌다. 다바타와 함께 메구로에 있는 결혼식장을 보러 갔다. 직원은 열심히 설명해 주었지만 다바타는 여전히 무관심했고 아사코도 별로 내키지 않았다. 해가 저물기 전에 다바타의 아파트로 향했다.

완전히 지쳐 버린 둘 앞에서 텔레비전만 혼자 떠들었다. 다바타가 커피를 내리려다가 원두가 떨어진 걸 알고 "잠시 편의점에 다녀올게."라며 밖으로 나갔다.

혼자 남겨진 아사코의 눈에 컴퓨터가 들어왔다. 고타로의 말이 떠올랐다. 남자라면 누구나 호기심으로 볼 수 있다. 그것을 확인하고 싶었다.

아사코는 전원 버튼을 누르고 인터넷에 접속하여 열람 이력을 클릭했다.

어제, 그제, 3일 전, 4일 전. 며칠 전에 봤던 사이트는 보이지 않았다. 어깨에서 순식간에 힘이 쭉 빠졌다. 고타로의 말마따나 그 정도였다. 억측으로 혼자만의 결론으로 내달렸던 자신의 모습이 우스웠

울지 않는 새는 하늘에 빠진다

다.

아사코가 어깨를 으쓱하면서 전원을 끄려는 찰나, USB 메모리가
눈에 뜨였다. 용량이 꽤 커 보였다.

아사코는 파일을 불러냈다. 좌르륵. 순간 눈앞에 셀 수 없이 많은
사진들이 가지런히 펼쳐졌다. 떨리는 손으로 하나를 클릭했다. 소녀
였다. 누가 보아도 어른이 소녀로 가장한 것 같진 않았다. 분명히 초
등학생으로 보이는 천진난만한 여자아이였다. 동영상도 있었다. 망
설임 없이 파일을 눌렀다. 초등학생 여자아이가 수영장 탈의실에서
옷을 갈아입고 있었다. 몰카였다. 마우스를 쥔 손가락이 차가워진
다. 몸이 부들부들 떨린다. 훨씬 더 끔찍한 영상은 성인 남성이 겁에
질려 우는 소녀의 몸을 만지는 동영상이었다.

잔뜩 굳은 얼굴로 전원을 끄고 가방을 들고 아사코는 아파트를 나
왔다. 편의점에서 돌아오는 다바타와 마주치지 않도록 멀리 돌아서
역으로 향했다. 머리카락을 흔드는 미적지근한 바람이 불쾌했다. 관
자놀이가 충혈되고, 불규칙적으로 구토가 치밀었다.

역에 들어섰을 때 휴대전화가 울렸다. 다바타의 이름이 화면에 떴
다. 전원을 끄고 아사코는 그대로 개찰구를 빠져나가 전차를 탔다.

그로부터 일주일이 지났다. 다바타에게서 오는 연락은 아예 받지
않았다.

'갑자기 돌아가 버리고, 무슨 일 있어?', '왜 전화를 안 받아?', '무
슨 화나는 일 있어?', '식장은 좀 생각해 보고 결정하자.', '여하튼 만

아사코

나서 얘기해.'

메일도 여러 번 보내 왔다. 이대로 만나지 않고 끝낼 수 없다는 건 알고 있다. 단지 아사코에게도 시간이 필요했다. 그런 사진과 동영상을 본 이상 그와 냉정하게 이야기를 나눌 수가 없다.

"늦었구나."

잔업을 하고 10시가 넘어서 들어갔더니 엄마가 부엌에서 잡지를 읽고 있었다.

"다녀왔어."

두 세대가 함께 사는 주택이 소개된 카탈로그였다. 엄마는 요즘 들어 그런 종류의 잡지만 보고 있다. 아사코는 눈을 피하고 방으로 들어가려 했다.

"다바타와는 싸웠니?"

문손잡이에 얹은 손이 멈췄다. 돌아보지 않은 채 아사코는 물었다.

"왜?"

"오늘 다바타한테서 연락이 왔어. 요즘 전화도 안 받고 메일을 보내도 답장이 없다고. 아픈 건 아닌지 걱정하더라."

"그래요."

"무슨 일 있니?"

"별로."

"싸움도 좋지만 다 큰 어른이잖니. 삐치고 고집부리는 어린애 같은 짓은 그만둬."

대답할 말을 찾지 못했다.

"이제 슬슬 예물 교환도 하고 결혼식 날짜도 잡아야 하잖아. 엄마도 준비할 시간이 필요해. 부동산 사무실에 가서 이 맨션을 살 사람도 알아봐야 하고."

잠자코 아사코는 자기 방으로 들어갔다.

이대로 있어 봤자 아무것도 해결되지 않는다. 그건 잘 안다. 그럼 어떡해야 좋을까. 시간이 흐르면서 아사코도 조금은 차분히 생각할 수 있게 되었다.

사실 답은 정해져 있다. 저런 역겨운 성벽을 가진 남자와 결혼할 수는 없다. 그런데 한편으론 뭔가 잘못 알았기를 바라는 마음도 남아 있다.

'만일 다바타가 나를 설득할 만한 이유가 있다면…….'

점심시간. 드디어 다바타에게 연락할 마음이 생겼다. 밖으로 나가서 역까지 걸어갔다. 지하철 출구 앞 작은 광장에 모인 사람들은 하나같이 휴대전화를 귀에 바싹 대고 통화하는 중이었다. 다른 사람의 대화 따위에 신경 쓰는 사람은 하나도 없다.

"아, 이제 연락했네."

다바타의 안도하는 목소리가 귀에 닿았다.

"엄마한테 전화했었죠?"

"당연하지. 집에서 갑자기 사라지고 나서 일주일 넘게 연락을 받지 않으니까. 무슨 일이 있는 건 아닌지 걱정했어. 대체 무슨 일이야?"

구름이 흘러가고 태양이 눈부시게 쏟아지고, 발아래 옅은 그림자
가 생겼다.

"할 얘기가 있어요. 오늘 밤에 시간 돼요?"

아사코는 그림자로 시선을 떨궜다.

"오늘 밤? 응, 어떻게든 해 볼게."

아사코는 둘이서 두 번 정도 갔던 시부야의 카페를 알려줬다.

"알았어, 그럼 거기서 봐."

전화를 끊자 뭐라 말할 수 없는 흥분이 밀려온다. 나는 지금 인생
의 기로에 서 있다. 앞으로 어떻게 할까. 원점으로 되돌려야 하나.
답답함이 밀려온다.

순간 아사코는 고타로에게 연락했다.

"갑자기 전화해서 미안해요."

아사코가 빠른 어조로 말했다. 고타로가 놀라고 있다.

"무슨 일이에요?"

"요전에 했던 얘기요."

"요전?"

"친구의 남자친구가 아동 포르노 사이트를 보고 있었다는 얘기
요."

"아아, 그거요."

"당신이 말한 대로 알아봤어요. 그랬더니 그 밖에도 많은 걸 가지
고 있었어요. USB 메모리에 사진이랑 동영상이 저장되어 있었고요.
아무리 봐도 어른이 연출한 성인물이 아니었어요. 진짜 어린애였어

요."

고타로는 아무 말이 없다.

"미안해요. 말하지 못했는데, 그거 친구의 남자친구가 아니에요. 제 약혼자예요."

"그랬군요."

고타로의 목소리는 차분했다.

"어쩌면 그럴지도 모른다고 생각했어요."

"이런 말 하면 난처해하실 거 잘 알아요. 하지만 누군가에게 묻고 싶었어요."

그 마음을 아사코 자신도 잘 설명할 수 없었다. 고타로에게 말해도 해결되는 건 하나도 없다. 그러기는커녕 부끄러울 따름이다. 하지만 혼자서 짊어지기에는 너무 버겁다.

"알아요. 그래서 어떻게 하기로 했어요?"

"오늘 밤 만나서 이야기해 보려고요."

"그래요. 오해라는 것도 있으니 너무 몰아붙이지는 마세요."

"네."

"어느 쪽으로 결말이 나든 얘기가 끝나면 연락 줘요. 아무래도 걱정되니까요."

다바타와 마주 앉는 순간 목구멍에 단단한 무언가가 막혀 있는 것 같았다. 그 사진이 플래시백한다. 그것을 들여다보는 다바타의 모습이 생생하게 머릿속에 그려져 아사코는 무심코 시선을 피했다.

"정말 미안해. 내가 나빴어. 반성하고 있어."

돌연 다바타가 머리를 숙였다. 아사코는 다바타를 똑바로 바라보았다.

"뭘 사과하는 거죠?"

"그 뒤로 죽 생각해 봤어. 분명 내가 여러 가지를 당신에게 떠맡겼더라고. 진심으로 아무래도 좋다고 생각했던 건 절대 아니야. 그저 그런 일에 익숙지가 않아서 진지함이 부족했던 것 같아. 앞으로는 잘하도록 노력할게. 요전에 갔던 메구로 결혼식장, 이번 휴일에 다시 한번 가 보지 않을래. 분위기도 좋고 예물 교환도 세트로 잘 구성되어 있고 꽤 괜찮은 것 같아."

아사코는 다바타의 착각을 일깨웠다.

"아니에요. 그런 게."

"응?"

아사코는 감정적이 되지 않도록 자신을 차분히 가라앉혔다.

"내가 듣고 싶은 건 컴퓨터에 들어 있던 영상에 대해서예요."

다바타의 얼굴이 굳었다. 밖에서 갑자기 클랙슨 소리가 크게 울리고, 한순간 손님들의 시선이 창밖으로 쏠린다.

"뭐 말이야?"

굳은 어조로 다바타가 물었다.

"컴퓨터를 멋대로 열어 본 건 미안해요. 결혼식장을 알아보려고 인터넷에 접속했는데…… 여자아이의 사진이 나왔어요."

다바타의 입술 끝이 떨리면서 어색한 미소가 올라왔다.

"아, 그거? 별거 아니야. 호기심이 좀 생겨서 가끔 사이트를 봤을 뿐이야. 그런 거 여자로서는 용납되지 않는 행동이라고 생각하지만, 남자라면 누구나 보는 거야. 날 정당화하려는 건 아닌데 정말로 재미 삼아서 본 거야. 어쨌든 언짢게 해서 미안해. 두 번 다신 보지 않을게."

"가끔이라고요?"

"물론이지."

"그럼 UBS 메모리에 저장된 것은요?"

다바타가 마른 침을 삼켰다. 부자연스러울 정도로 크게 목젖이 위아래로 움직였다.

"그것도 설명해 줘요."

"그건……, 그건, 내 게 아니라 친구가 멋대로 놓고 간 거야. 난 그런 취미 전혀 없어. 일단 있는 거라 연결해 봤을 뿐이야."

"저장된 것은 모두 진짜 소녀들이었어요. 몰래 촬영한 것도 있었다고요. 더 심한 것도. 이건 범죄 아닌가요? 분명해요. 친구 거라면 그 친구를 경찰에 신고해요."

다바타는 한순간 입을 다물었다.

"못해요?"

"그렇게 정색하지 않아도 바로 친구에게 돌려줄 거야. 앞으로 조심할게."

"당신 게 맞죠?"

평온함을 유지하면서 자신을 애써 누르고 아사코가 물었다.

"당신이 좋아서 보는 거죠?

"아니야."

다바타가 부인했다.

"그럼 내가 경찰에 신고할게요. 그래도 돼요?"

다바타의 눈동자가 초점을 잃고 이리저리 떠돈다. 관자놀이가 상기되어 있다. 이윽고 단념한 듯이 무겁게 입을 뗐다.

"이해해 줘. 그건 현실이 아니야. 전부 판타지의 세계에서 벌어진 일들이라고. 실생활과는 분명히 구분해서 생각했으면 해. 실제로 어린 여자애에게 무슨 짓을 하는 건 아니라고. 그런 범죄를 저지를 만큼 나는 어리석지 않아."

아사코는 발밑이 꺼지는 듯한 허탈감에 휩싸였다. 탈의실에서 옷을 갈아입는 소녀들, 어른이 소녀의 몸을 강제로 만지는 그런 것은 가상의 일이 아니잖아. 분명 현실에서 일어나고 있는 일이다. 그걸 보고 혐오감을 느끼기는커녕 성적 쾌락을 즐기는 것을 이해할 수는 없다!

"그래요. 당신에게는 그 정도의 것밖에 안 되는군요. 하지만 난 안 돼요. 본능적으로 받아들일 수가 없어요."

"날 소아성애자로 단정 짓지 마. 너랑도 할 수 있잖아. 난 평범하게 가정을 이루고 싶어. 부모님도 안심시키고 회사에서 신용도 얻고 싶어."

실망을 넘어서 화가 폭발했다.

"당신의 체면 때문에 날 이용할 생각이에요?"

"이용하는 게 아냐. 난 진심으로 널……."

"나는 못해요."

"다시는 안 본다고 약속할게. 전부 처분할게."

성적 취향이란 건 억압할 수 있는 게 아니다. 과연 본능에 관한 것을 컨트롤할 수 있을까. 억누르려고 할수록 더 어둠속으로 도망칠 뿐이다. 머리를 쥐어짜도 답은 나오지 않는다. 오직 한 가지, 이것만은 분명하다.

"당신은 몰라요. 여자가 본능적으로 받아들일 수 없다고 느끼는 것이 얼마나 결정적인지를. 분명히 말할게요. 난 이제 당신과 섹스할 수 없어요."

다바타는 말을 삼켰다.

"결혼은 없던 걸로 해요."

아사코는 가방에서 지갑을 꺼내 자신의 커피값을 테이블에 올려놓았다. 다바타는 경직된 듯 미동도 하지 않았다.

카페를 나와 잰걸음으로 역을 향했다. 다바타가 따라오는 건 아닌지 불현듯 무서워서 뒤돌아봤다. 다행히 그의 모습은 없다. 한숨을 깊게 한 번 내쉬고 가방 속의 휴대전화에 손을 뻗었다.

"저예요."

"네, 어떻게 됐어요?"

"헤어지고 오는 길이에요."

말한 순간 눈물이 왈칵 쏟아질 것만 같아 입술을 깨물었다.

"그렇군요. 큰일했어요."

고타로는 조심스레 대답했다.

"괜찮으면 지금 만나지 않을래요?"

11

치하루

나카바야시와 고타로의 대면은 히로오에 있는 요정에서 이루어졌다.

나카바야시는 "결혼 축하하네."라는 축하 인사와 함께 "맨션은 둘이 사용해도 괜찮네."라는 말을 동시에 건넸다. 역시 처음부터 둘이 사는 걸 눈치채고 있었던 것이다. 그런 생각이 들자 온몸이 오그라들었다.

"도와주셔서 감사합니다."

음식이 나오고 식사가 시작되었지만 치하루의 마음은 진정되지 않았다. 전혀 식욕이 나지 않았다.

나카바야시는 어른의 자세로 고타로와 일에 관한 대화를 나눴다.

고급 요정에서 아버지뻘 되는 나카바야시를 앞에 두고 아무래도 위축되었을 것이다. 고타로는 평소와 달리 긴장한 듯했다.

두 시간 가까이 이어졌던 식사가 끝나고 택시를 탄 나카바야시를 배웅하는 치하루의 어깨에서 겨우 힘이 빠졌다.

"나카바야시 씨, 좋은 사람이지?"

"아, 그러네."

"맨션도 흔쾌히 빌려주고."

"으응."

대답하는 고타로의 목소리가 어딘지 석연치 않다. 아직 긴장이 남아 있는 탓일까.

"이제부터 어떻게 할까? 어디서 좀 더 마실까?"

"아니, 회사로 돌아가 봐야 해."

"뭐야……. 그럼 내일 연락해. 주말에 식장도 찾아봐야 하고."

"알았어."

역 앞에서 헤어진 치하루는 혼자 맨션으로 돌아갔다.

주말에 결혼식장을 찾아보려고 고타로에게 전화를 걸었더니 갈 수 없다는 대답이 돌아왔다.

"일이 생겨서."

"휴일인데?"

"지금 좀 큰일을 맡고 있어서 시간 내기 어려워."

"이사는 어떻게 할 거야?"

"그것도 지금 일을 끝내면 할 생각이야."

"흐음."

"그럼, 회의가 시작돼서."

서둘러 고타로는 전화를 끊었다.

일이라면 어쩔 수 없다. 입사한 지도 얼마 되지 않았으니 상사에게 인정받기 위해서라도 열심히 해야 할 것이다. 그건 이해하지만 결혼도 중요한 일 아닌가. 결혼 준비를 미루는 고타로가 납득되지 않았다.

엄마한테 전화가 걸려 온 건 그날 밤이었다.

"어때, 식장은 정했어?"

늘 그렇지만 엄마의 목소리는 치하루를 불안하게 만든다. 그저 듣기만 하는데도 마치 꾸중을 듣고 있는 것 같다.

"아직요."

"뭐야, 아직도 못 정한 거야? 친척들이 날짜하고 장소를 자꾸 묻는데 뭘 자꾸 꾸물거려?"

"고타로가 바빠서 시간을 낼 수 없어요."

"어쩔 수 없구나."

"그래도 후보를 세 곳으로 좁혀서 그리 시간이 걸리진 않을 거예요."

잠시 정적이 흐른 뒤, 돌연 "그럼 내가 가마." 하고 엄마가 말했다.

"내일 거기로 갈게. 아침에 이른 전차를 타면 점심 전에는 도착할 거다. 내일 오후와, 하룻밤 자고 다음날 그 세 곳을 같이 보자."

"하지만……."

"이런 일은 어른이 나서야 일이 원활히 진행되는 거야. 도착 시간 정해지면 다시 연락하마."

엄마가 들뜬 목소리로 말했다.

전화를 끊고 나서 치하루가 맨 처음 한 일은 방 청소였다. 쌓아 둔 잡지를 쓰레기장에 내놓고, 흩어져 있는 옷을 옷장에 쑤셔 넣었다.

엄마가 집에 오는 건 치하루가 도쿄에 올라오고 나서 처음 있는 일이다. 대학교 입학식에도 졸업식에도 엄마는 오지 않았다. 사람이 많은 장소는 피곤하다는 게 그 이유였는데, 엄마로서 딸을 위해 시간을 내는 건 무의미한 듯했다. 물론 치하루도 와 주기를 바라지 않았다.

꼼꼼하게 구석구석 청소기를 돌리고 바닥은 종이 물걸레로 닦았다. 물걸레가 모자라 24시간 드러그스토어까지 달려갔다. 침대 패드 커버와 시트를 새것으로 바꾸고 부엌 수도꼭지와 싱크대의 얼룩도 닦았다. 욕실 문의 패킹과 배수구의 검은 때는 표백제로 싹싹 지웠다. 고타로가 왔을 때도, 나카바야시를 위해서도 이렇게 한 적이 없다. 하지만 엄마는 다르다. "뭐니? 더럽게."라며 눈살을 찌푸리게 하고 싶지 않았다. "오, 깨끗하구나."라고 놀라게 하고 싶었다.

다음 날 오전 11시가 넘어 도쿄 역 야에스 중앙 출구에 서 있는 엄마를 발견한 순간, 치하루는 울음이 터질 것만 같았다.

그날 일이 생각났기 때문이다.

초등학교 6학년 때, 2박3일의 수학여행이 있었다. 돌아오는 날에는 역에 보호자가 마중 나오도록 약속이 되어 있었다. 도착했을 때 아이들의 엄마나 할머니, 할아버지들이 이미 역 앞에서 기다리고 있었다. 사정이 안 되는 보호자는 친구 어머니에게 부탁하기도 했다. 아이들이 한 사람, 또 한 사람 계속 줄어들었다. "그럼 안녕!" 하고 친구들에게 손을 흔들며 치하루는 점차 불안해졌다. 아침에 집을 나서면서 엄마에게 확인했다. "마중 나올 수 있어요?" "아, 알아." 하고 엄마가 대답했다. 학교에서 나눠 준 인쇄물도 냉장고에 붙이고 나왔다. 그런데도 엄마는 나타나지 않는다. 시간이 흐르고 드디어 마지막으로 혼자 남았다. 휴대전화도 없던 시절이었다. "집으로 전화해 보자."라는 담임 선생님의 말에 치하루는 공중전화로 집에 전화를 걸었다. 하지만 받지 않는 벨소리만 애타게 울릴 뿐이었다. 전화를 받지 않는다고 알리자 "틀림없이 이쪽으로 오고 계시는 중일 거야."라며 선생님이 위로했다. 하지만 10분이 지나고, 20분이 지나도 엄마는 나타나지 않았다. 이윽고 얼굴에 차가운 것이 똑똑 떨어지기 시작했다. 비였다. 옆에 선 담임의 짜증이 느껴졌다. 빗물이 튈 때마다 운동화 색이 점차 바뀌어 갔다. 손가락 끝이 축축하게 젖었다. 서늘한 감촉이 전신으로 퍼져 갔다.

결국 담임이 치하루를 집까지 데려다 주었다. 선생님도 더 이상 기다리는 데 지쳤을 것이다. 현관문을 열고 나온 엄마가 담임이 데리고 온 치하루를 보고 점차 표정이 험악해졌다.

"마중 나오라는 말은 못 들었어요. 너 그런 말 한 마디도 안 했잖니?"

치하루는 굳이 대꾸하지 않았다. 약속했는데 마중 나오지 않았다, 라는 것보다 엄마에게 말하는 걸 잊어버렸다고 믿게 하는 게 더 낫다고 생각했기 때문이었다.

"폐를 끼쳐서 죄송합니다. 어머, 전화도 하셨어요? 마침 장 보러 나갔을 때였나 봐요. 얘가 좀 멍청한 데가 있어서 뭐든 곧 잊어버려요. 나중에 제가 혼을 내 줄게요."

엄마는 문 앞에서 몇 번이나 머리를 숙이며 웃는 낯으로 선생님을 배웅했다. 선생님이 저 멀리 사라지자 치하루를 돌아보고 순식간에 표정을 바꾸었다. "창피를 줘도 분수가 있지." 하고는 쌩하니 집 안으로 들어가 버렸다.

개찰구를 나오며 엄마가 입을 열었다.

"아, 여기는 뜨겁구나."

"죄송해요. 오늘은 좀 덥네요."

"이상한 애네. 왜 사과하는 거야?"

"아아, 그렇죠."

치하루는 힘없이 웃었다. 내 탓이 아니다. 그런데도 엄마가 언짢아하면 왠지 자기 자신에게 원인이 있는 것처럼 느껴진다.

"그래서 오늘 일정은 어떻게 되니?"

"좀 이르긴 한데 어디서 점심 먼저 먹고 나서 식장 세 곳을 돌아볼까 하는데……"

"하는데? 그러고는?"

"그래도 될까요?"

"좋지도 나쁘지도 않아. 엄마가 도쿄를 알 리가 없잖아. 네게 맡기는 수밖에."

이런 말투에는 이미 익숙하다. 익숙한데 다시금 상처 받는 자신에게 화가 난다.

점심을 먹으러 역에서 연결된 백화점 식당가로 들어갔다. 엄마가 소바 집을 골랐다. 이른 시간이라 그런지 혼잡하지 않아서 곧장 자리로 안내되었다.

"오늘 고타로는?"

"출근했어요."

어젯밤 전화로 고타로에게 엄마가 오늘 올라온다고 이야기했다. 잠시 나올 수 있는지 물었지만 빠져나올 수 없다고 했다. 오늘 아침에 메일을 다시 보냈지만 대답은 같았다.

엄마가 못마땅해했다.

"모처럼 왔는데 얼굴도 비치지 않고."

엄마는 무시당하는 것을 세상에서 가장 견디지 못한다.

"갑자기 오셔서 도저히 빠져나올 수 없었나 봐요. 신입 사원에게는 좀처럼 맡기지 않는 중요한 일을 맡았대요."

물론 지어낸 말이다. 그런 말은 들어 본 적도 없다. 하지만 그 정도의 핑계는 되어야 엄마가 납득할 것이다.

"식장 말인데요."

치하루는 화제를 바꿔 가방에서 팸플릿을 꺼냈다.

"이건 히비야, 이건 분쿄구의 호텔. 그리고 시로카네의 레스토랑 웨딩. 요금은 어느 식장이든 큰 차이는 없어요. 분위기만 고르면 될 것 같아요."

"손님은 몇 명 정도 부를 생각이니?"

"서로 스무 명 정도라 다 하면 마흔 명 정도가 될 거예요."

"우리 쪽은 좀 많아질 것 같구나. 오고 싶다는 친척이 꽤 있어서. 이참에 도쿄 구경이라도 할 작정인가 봐."

"인원은 추가하면 되겠지만, 너무 많으면 넓은 회장으로 바꿔야 하니까 빨리 정해서 말씀해 주세요."

"무슨 말을 하는 거니. 너희가 식장을 정하지 않아서 나도 손님을 못 정하는 거잖아."

"아, 그렇죠……."

"넌 친구는 몇 명 부를 건데? 도쿄 생활도 오래됐으니 친구도 많겠지?"

그건 치하루도 고민 중이었다. 대체 누구를 초대해야 할까. 회사의 상사와 동료, 학창 시절의 동급생, 스포츠센터에서 만난 친구 등. 선택할 수 없는 건 아니지만 친구라 부를 만한 친한 사람을 떠올리기가 쉽지 않았다.

치하루가 친구라 부를 수 있는 사람은 어린 시절부터 늘 곁에 있어 준 미하루뿐이다. 미하루만 있으면 그걸로 충분했다. 하지만 친구가 없다고는 입이 찢어져도 엄마에게 말할 수 없다.

"아직 결정하진 않았는데 두세 명 될 것 같아요."

"그것밖에 안 돼? 여전히 친구가 없구나. 하긴 넌 예전부터 그랬어. 친구를 데려오는 일도 거의 없었고."

그건 엄마 탓이다. 치하루가 친구를 데려오는 걸 그토록 싫어하지 않았던가. 시끄러운 건 질색이라며 마당까지는 몰라도 집 안에는 거의 들이려고 하지 않았다. 반면에 남동생 친구는 간식과 주스까지 내며 환대했다. 엄마의 핑계는 이랬다.

"너와 달리 히로카즈는 가업을 이을 거라 교우 관계가 중요해."

비록 어린 친구 관계라도 주고받는 게 있는 법이다. 상대방의 집에 놀러가기만 하는 관계가 부담스러지면서 이내 친구들과 묘한 거리감이 생겼다. 중고등학교를 졸업하고 도쿄에 온 뒤로도 상황은 달라지지 않았다.

지금도 사람들과 친밀하게 관계를 맺을 수 없다. 그럭저럭 분위기를 맞출 수는 있어도 집에 초대할 만큼 친해지지 않는다. 상대의 진심이 보이지 않기 때문이다. 물론 상대에게도 자신을 내보이지 않는다. 특히 여자끼리 이야기를 나누는 상황은 질색이다.

"없을 리 없잖아요. 그냥 이 친구를 부르면 저 친구도 불러야 하는 게 꺼려져서요. 나중에 결혼식과 별개로 파티라도 따로 할까 생각 중이에요."

물론 그런 계획은 없다.

"흐음. 일단 식장을 정하자."

말하는 사이에 튀김 소바가 나왔다. 엄마가 말을 중단하고 서둘러 젓가락을 들었다.

엄마가 마음에 들어 한 곳은 두 번째로 갔던 분쿄구에 있는 호텔이었다. 넓은 로비 중앙에는 꽃이 호화롭게 장식되어 있고 정원은 숲처럼 넓었다.

피로연장은 천장이 매우 높고 정원이 한눈에 들어오는 구조였다.

"아, 여기가 좋겠구나. 여기로 하자."

엄마의 두 볼에 홍조가 물들었다.

"여기라면 누가 와도 부끄럽지 않겠어."

"모처럼 왔으니 마지막 한 곳도 가 보는 게 어때요? 거기도 굉장히 멋져요."

"이제 됐어. 쓸데없이 여기저기 보러 다니니까 주저하는 거야. 그냥 여기로 해. 망설일 필요가 뭐 있어."

엄마는 뒤도 돌아보지 않고 기세 좋게 예약실로 발걸음을 옮겼다.

담당자를 불러 음식, 답례품, 예약 상황 등에 대해 물었다. 사실 예약자에 한해서만 둘러볼 수 있는 웨딩드레스룸도 엄마가 고집을 부려서 결국 보게 되었다.

"우린 손님이야. 마다할 이유가 없지."

살롱 안의 피팅룸에는 200벌이 넘는 드레스가 전시되어 있었다. 그 속에 있는 것만으로도 압도당했다. 이 안에서 한 벌을 고르기란 우동이나 소바냐를 고르기보다 수십 배 더 어려운 일일 것이다. 하지만 엄마는 거리낌 없이 드레스를 이리저리 들춰 보았다. 치하루는 그런 엄마를 내버려 두고 직원과 이야기를 나눴다.

"최근 인기 있는 디자인은 어떤 거죠?"

"이건 아무래도 젊은 애들한테 어울리겠죠?"

이것저것을 자세히 물었다. 한 시간 가까이 걸려서 엄마가 고른 것은 새틴 원단에 눈부시게 아름다운 자수와 진주가 장식된 드레스였다.

"이거 좋지 않니? 이걸로 하자."

스탠드칼라가 꽃잎 모양으로 달려 있고 뒤에 리본이 달린 스커트는 크게 양쪽으로 펼쳐져 있었다.

"앗, 이거요?"

치하루가 상상했던 디자인과는 전혀 달랐다.

"마음에 안 들어?"

"그렇진 않지만……."

"그렇진 않은데, 뭐?"

엄마가 다시 말꼬리를 잡았다.

"조금 아닌 것 같아서요."

"어떻게 아닌데?"

"말로 표현하긴 어려운데 저한테는 안 어울릴 것 같아요."

"그럼, 어떤 게 좋겠니?"

막상 그런 말을 들으니 어떤 것을 고르면 좋을지 알 수 없었다. 계속 웨딩 잡지 사진을 들여다보며 여러 가지를 머릿속에 그려 왔다. 그럼에도 아직까지 구체적인 형태가 떠오르지 않았다.

"어느 거니? 어서 골라. 속 터진다, 진짜."

등이 갑자기 뜨거워졌다. 손바닥이 땀으로 축축해졌다.

'빨리 결정해야 해. 대체 어떤 걸 골라야 하지? 아, 전혀 모르겠어. 원래 어떤 드레스가 입고 싶었더라……. 레이스? 시폰? 라인은? 장식은?'

초조함이 전신에 번졌다.

"아아, 넌 바보도 아니고, 정말. 내가 어려운 질문을 한 것도 아니잖아. 어느 드레스가 좋은지, 그뿐이잖니. 짜증나게 좀 하지 마."

치하루가 우두커니 서 있자 이를 불안한 듯 지켜보던 직원이 끼어들었다.

"너무 많으면 고르기 힘들지요. 다들 그러세요. 보는 것과 입어 보는 건 다르니 우선 어머님이 선택하신 드레스부터 입어 보시는 건 어떠세요?"

직원의 재촉에 치하루는 피팅룸으로 들어갔다. 경직되어 잘 움직이지 않는 손으로 옷을 천천히 벗었다. 직원의 도움을 빌려 엄마가 고른 드레스에 팔을 겨우 넣고 등 쪽 지퍼를 올렸다.

거울에 비친 자신을 보니 역시 어울리지 않는다. 누가 봐도 촌스럽다. 그래도 일단 엄마에게 보여야 했다. 옷매무새를 정리한 직원이 커튼을 걷었다.

모습을 드러낸 치하루를 본 순간 엄마는 "어마나!" 하고 기이한 소리를 내질렀다.

"너 꼭 광대 같아."

혼자서 깔깔거리며 큰 소리로 웃었다. 직원이 어색하게 시선을 피했다. 치하루의 얼굴이 새빨갛게 달아올랐다. 이 상황에서 한시라도 빨리 벗어나고 싶었다.

예약실을 나와 로비까지 걸어가는 동안에도 엄마의 잔소리는 쉬지 않고 이어졌다.

"왜 좀 더 입어 보지 않았어? 다른 것도 많았는데."

직원들 앞에서 엄마의 웃음거리로 전락한 자신을 더 이상 보이고 싶지 않았다.

"오늘은 원래 그럴 계획이 없었으니까 다음에요."

"다음이라니, 어차피 넌 혼자서 아무것도 결정 못하잖아. 일부러 여기까지 왔으니 이참에 서둘러 정하면 좋잖니. 식장도 가계약이라도 해 두면 좋았을걸."

"고타로와 상의해야 해요."

"그 고타로가 바쁘니까 우리가 정하는 수밖에 없잖니. 이러다간 영원히 못 정해."

"조만간 어떻게든 할게요."

"아아, 결국 다시 제자리구나. 아무것도 못하니까 이렇게 내가 온 거잖아. 진짜 넌 늘 말뿐이야. 어릴 적부터 죽 그랬어. 꾸짖어도 그 자리에서 훌쩍이며 잘못했단 말만 그럴싸하게 했지. 그 말만 하면 어떻게든 되는 줄 알았겠지. 마음속으론 혀를 날름거리면서. 엄마가 모를 줄 알았니?"

엄마의 말버릇이 귓가에서 되살아났다.

'운다고 용서받을 수 있을 거라 생각하지 마.'

치하루는 입을 굳게 다물었다. 위 안쪽에서 가늘게 경련이 일기 시작한다.

"저런 걸 내 속으로 낳다니. 정말 지긋지긋해."

목구멍 안에서 욕지기가 치밀어 오른다. 쿵쾅쿵쾅 울리는 심장 박동이 밖에까지 들린다.

"너 고타로 조건이 좀 좋다고 해서 요즘 어딘가 모르게 잘난 척이나 하고. 우쭐해할 거 없어."

마당의 광에서 풍기는 곰팡내와 함께 축축한 습기, 발아래로 다가오는 기분 나쁜 벌레들이 차례로 머릿속에 떠올랐다.

"도쿄에 있는 대학에 가겠다고 해서 보내도 주고, 계속 돈도 주고, 요전 예물 교환도 그렇게 호화롭게 해 줬는데, 넌 부모에게 고마워하는 마음도 없니? 정말 한심해서 봐 줄 수가 없네."

엄마는 기분이 이끄는 대로 말을 뱉어 내더니 흥분이 한층 고조되었다.

머릿속에 부글부글 거품이 끓어오른다. 거품은 계속 부풀어 올라 머리를 가득 채운다. 등은 불 같고 흘러내리는 땀은 얼음 같다.

"잠자코 있지 말고 뭐라고 말 좀 해 봐."

치하루는 발을 세웠다. 엄마도 멈춰 서더니 뒤를 돌아보았다. 둘의 눈이 일직선으로 마주쳤다.

"뭐야, 그 눈은. 아, 정말 싫다, 히로카즈가 말했던 대로야. 그 눈매가 할머니랑 똑같아. 기분 나빠서, 원."

"적당히 하세요!"

치하루가 소리쳤다. 몸이 터질 것 같은 큰 소리였다.

로비에 화려하게 장식된 꽃들 앞이었다. 깜짝 놀란 주위 사람들이 발걸음을 멈췄다. 엄마가 치하루를 보며 눈을 끔벅였다.

"이젠 싫다고요. 정말 지긋지긋해요. 이건 내 결혼이에요. 엄마와는 상관없어요. 식장도 드레스도 내가 정해요. 그러니 참견은 그만둬요. 그게 싫다면 돌아가세요. 누가 와 달라고 부탁했어요? 엄마 멋대로 와서 혼자서 소란 떠는 거잖아요. 민폐예요. 쓸데없는 참견이라고요!"

주위에서 웅성거리던 소리가 사라졌다. 사람들의 시선이 둘에게 집중되는 것 같았다. 하지만 그런 것쯤은 아무래도 좋았다.

"너, 엄마에게 버릇없이 그런 말을……."

엄마의 입술이 일그러졌다.

"엄마는 잘도 엄마라고 말하네요. 그게 엄마가 할 짓이에요? 어릴 때부터 바보다, 멍청하다, 계속 날 헐뜯어 온 주제에. 무슨 일이든 나쁜 건 나죠. 무시하고 비난하고 기분 나쁠 땐 화풀이하고. 그게 당연하다는 듯이 말예요. 어차피 난 이리저리 걷어차도 상관없는 존재였죠? 그건 훈육도 뭐도 아녜요! 학대라고요! 지금 경찰에 신고해도 이상할 게 없어요. 체포당해도 당연해요. 당신은 엄마란 이름의 범죄자라고요!"

"치하루……. 너, 무슨 말을 하는 거니……."

엄마의 볼에서 경련이 일어났다.

"지금 내가 엄마를 어떻게 생각하는지 알아요?"

엄마가 현기증이 난 듯 휘청거렸다.

"마음속 깊이 증오해요."

엄마의 얼굴은 핏기가 가셨다. 무언가를 말하려는 듯 입술을 움직이지만, 결국 말이 되어 입 밖으로 나오지는 못했다. 엄마는 등을 돌리고 잰걸음으로 현관문으로 향했다. 다리가 꼬여 넘어질 것 같았다 도어맨이 문을 열어 주었고 엄마는 택시 승차장 쪽으로 사라졌다.

치하루는 잠시 동안 화려한 꽃 앞에 우두커니 서 있었다. 호흡이 거칠고 어깨가 위아래로 들썩인다. 주위의 호기심 어린 눈들이 조금씩 옅어졌다. 사람들이 거의 흩어졌을 때, 소리가 들렸다.

'해냈구나.'

옆에 미하루가 있었다.

치하루는 무심코 물었다.

"나, 잘한 걸까? 잘못한 건 아니겠지?"

'물론 잘했지. 봤어? 엄마의 당황한 얼굴. 가엾게도 불면 쓰러질 것 같더라. 치하루한테 그런 말 들을 거라고는 생각지도 못했을 거야. 아아, 너무 기분 좋다.'

미하루의 말에 저절로 미소가 떠올랐다. 가슴에 깊이 박혔던 응어리가 말끔히 뽑혀 있었다.

"흐흐흐. 진짜 말했어. 드디어 말했다고."

치하루는 새어나오는 웃음을 억누를 수 없었다.

그날 이후 치하루는 자신의 변화에 스스로도 깜짝 놀랐다.

자유로워진 몸과 마음이 상쾌했다. 밤에는 잠도 잘 잤고 밥도 맛있

울지 않는 새는 하늘에 빠진다

었다. 매일 즐거워서 실실 웃는 일도 많아졌다. 회사에서는 "무슨 좋은 일 있어?"라고 물을 정도였다. 에스테틱숍에서는 "피부가 좋아졌네요."라는 말까지 들었다. 스포츠센터에서도 평소의 3킬로미터가 아닌 5킬로미터를 달릴 수 있게 되었다.

드디어 엄마를 버렸다.

치하루는 저주가 끝났음을 실감했다. 무슨 일을 하든지 엄마가 어떻게 생각할지, 엄마에게 무슨 소리를 들을지에 사로잡힌 날들이었다. 하지만 이제는 더 이상 신경 쓰지 않아도 된다. 자유란 이런 것이겠지. 이번에야말로 진정한 자신을 되찾았다.

오랜만에 고타로와 만났다.

도도로키 역 근처 조용한 경양식집의 바 테이블에 나란히 앉았다. 고타로는 조금 지친 표정으로 생맥주를 주문했다. 치하루는 모히토와 몇 가지 요리를 골랐다.

"요전엔 미안했어. 어머니가 올라오셨는데 뵙지도 못하고."

"뭐, 괜찮아."

쿨한 대답에 고타로가 조금 놀랐다.

"화난 거 아니야?"

"왜 화를 내?"

"그게, 늘 엄마를 굉장히 신경 쓰는 거 같아서 그럴 거라고 생각했지."

"아아, 전엔 그랬지. 이젠 안 그래."

마실 것이 먼저 나왔다. 가볍게 건배를 하고 목을 축였다.

"나 그 사람과는 이제 관계없으니까."

"관계없다니, 그게 무슨 말이야?"

치하루가 웃고 나서 대답한다.

"요전에 엄마가 올라왔을 때 지금까지 쌓였던 것들을 모두 쏟아 냈어. 어린 시절에 내가 얼마나 심한 일을 당했는지도. 그걸로 인연 은 끝났어."

"어……."

고타로가 눈을 깜박인다.

"설명해도 모르겠지만, 여하튼 이젠 괜찮아. 그 사람은 무시해도 돼. 결혼식 날짜도 장소도 우리가 좋을 대로 정하자."

"정말 그래도 돼?"

"물론. 그보다 언제 이사 올 거야?"

"그게 말인데……."

고타로가 쭈뼛거렸다.

"기숙사가 비어 있어서 일단 그곳으로 들어갈까 해."

치하루는 무심코 고타로를 쳐다봤다.

"그게 무슨 말이야? 모처럼 나카바야시 씨가 빌려주겠다고 했는 데. 그럼 뭣 때문에 부탁한 건데? 말을 꺼낸 건 고타로잖아."

"알아. 그건 미안하게 생각해. 하지만 뭔가 개운치가 않아."

"개운치 않다고?"

고타로는 맥주를 꿀꺽 삼켰다. 잠시 뜸을 들이더니 치하루를 향해 고쳐 앉았다.

"묻겠는데 치하루, 나카바야시 씨는 대학 시절 친구의 아버지라고 말했지?"

그래, 치하루가 끄덕인다.

"그 친구가 오사카로 시집을 가서 대신 맨션을 빌렸다고. 치하루에게는 도쿄의 아버지 같은 분이라고 분명 그렇게 말했어."

확인하듯이 묻는다. 치하루는 잔을 내려놓고 고타로의 얼굴을 마주했다.

"그래, 그게 어쨌다는 거야?"

"거짓말이지?"

"뭐?"

"나카바야시에게 딸은 없어. 아들만 둘 있을 뿐이야."

"무슨 말을 하는 거야?"

치하루의 귓불이 빨개진다.

"명함을 받았어. 거기 나온 SNS계정으로 들어가 봤어. 가족사진이 있더라고. 하지만 거기에 딸은 없었어. '아이는 아들 둘이라 재미가 없다'는 글도 있었고."

"바보처럼 왜 그래? 고타로는 그런 거 믿어? SNS에는 엉터리가 천지야. 나 진짜 엄청 불쾌해. 뒤에서 그런 거나 알아보고 다니고. 날 믿지 않는다는 거야?"

"나도 그런 내가 너무 한심했어. 하지만 그때……."

고타로가 말을 끊었다.

"기억할지 모르겠지만, 나카바야시가 당신을 치하루라고 불렀어. 그전까지 내내 치하루 씨라고 불렀는데 술에 취하니까 무심코 '치하루'라고."

"그건 날 딸처럼 여겨서 그런 거지."

"아니, 그런 느낌이 아니었어. 적어도 내게는 다른 뉘앙스로 들렸다고. 거기다 둘만 통하는 대화나 분위기, 아무리 둔한 나라도 눈치챌 수밖에 없어."

"설마 나와 나카바야시 씨한테 뭐가 있다는 거야? 웃긴다, 정말. 그럴 리 없잖아. 우리 아버지랑 나이가 같은 분이야."

"나카바야시에게 딸이 없다는 건 사실이야."

"아니, 있어. 그녀와는 계속 친구로 지내고 있어."

"그럼 지금 여기서 그 친구에게 전화해 봐. 나카바야시 딸이란 걸 분명히 증명해 줘. 그러면 나도 오해가 풀릴 것 같아."

치하루는 얼음이 녹아 묽어진 모히토를 손에 들고 있다. 대체 어떻게 하는 게 좋을까. 지인 중에 대역을 부탁할까. 친구 전화번호가 바뀌었다고 할까. 아니면 전화가 고장 났다고 할까.

"결국 고타로는 나보다 SNS를 믿는 거구나."

"전화, 할 수 없지?"

"나 지금 굉장히 상처 받았어. 왜 이런 말을 당신에게 들어야 하는지."

"그 침대에서 치하루와 나카바야시가……. 그런 생각에 견딜 수가 없어. 도저히 거기서 살 수 없다고. 아무리 나라도 그렇게까지 무

울지 않는 새는 하늘에 빠진다

신경할 수는 없어."

"멋대로 생각하지 마."

"그럼 빨리 전화해."

고타로의 말투가 굳었다.

"고타로, 결혼해 달라고 부탁한 건 당신이야. 내 생활에 억지로 들어와서 멋대로 집에 눌러앉았던 걸 잊은 거야? 반드시 행복하게 해주겠다고 프러포즈도 했어. 그런데 왜 이러는 거야? 왜 날 믿지 않는거지?"

"나도 그렇게 생각해. 내가 마음 좁은 남자라는 거 인정해. 단지난 지금 가슴에 걸린 것을 말끔히 없애고 싶어. 이런 기분으로는 결혼 같은 거 할 수 없어."

이전의 나라면 얼마나 허둥댔을까. 필사적으로 변명을 생각하고어떻게 해서든 의심을 풀려고 열심히 핑곗거리를 궁리했을 것이 틀림없다.

하지만 지금 나는 다르다. 누구에게도 비난 따위는 받고 싶지 않아. 책망당하기 싫다. 나는 자유다. 아무것도 두렵지 않다.

"그럼, 결혼 그만두자."

고타로의 온몸이 경직되는 것이 느껴졌다.

"난 상관없어. 날 믿지 못하는 사람과 결혼해도 잘될 리 없을 테고."

"치하루……."

"갈게."

치하루는 가방을 들고 자리에서 일어섰다. 뒤돌아보지 않았다. 그러면 지는 것이다. 밖으로 나오자 생각지도 못한 뿌듯함이 온몸을 채웠다.

나는 이런 일도 할 수 있다.

이렇게 결단을 내린 자신이 자랑스러웠다. 앞으로는 엄마뿐만 아니라 어느 누구에게도 절대로 눈치를 살피거나 비굴하게 굴지 않을 것이다. 예전의 자신으로 두 번 다시 돌아가지 않는다.

동생인 히로카즈에게서 연락이 온 것은 그로부터 얼마 지나지 않아서였다.

"누나."

평소와 달리 목소리가 심하게 떨렸다.

직접 말하기 멋쩍은 엄마 대신 용서를 구하려는 것이 틀림없다. 하지만 나는 절대 용서하지 않을 것이다. 무릎을 꿇고 애원해도 용서하지 않을 것이다. 엄마에게 당한 일은 그 정도로 원래 상태로 되돌릴 수는 없다.

"왜?"

"엄마가 쓰러졌어."

12

아사코

순간 눈을 피했지만 이미 늦었다.

"어머, 아사코."

편의점에서 나오던 아주머니가 아사코를 발견하고 말을 걸었다.
어릴 적 친구인 요코의 엄마다. 마치 지금 알아본 듯이 아사코는 상
냥하게 웃으며 인사했다.

"앗, 안녕하세요."

"이런 시간까지 야근?"

"네."

이제 곧 9시가 되려고 한다.

"결혼 정해졌다면서? 축하해."

'역시…….'

아사코는 마음이 불편했다.

"아니, 아직은요."

"쑥스러워하긴. 숨기지 않아도 돼. 엄마 블로그에서 봤어. 교외에 집 사서 함께 살 거라며? 효녀네."

엄마의 블로그는 항상 앞서 달리고 있다. 며칠 전 업데이트한 글 중에는 '새로운 집에서의 가드닝이 기대된다'는 글도 있었다.

"이사 가게 되면 아쉬워서 어떡해. 좋은 일로 가는 거긴 하지만……. 맨션에서 셋이 살기에는 아무래도 비좁지? 우린 아들네랑 같이 산다면 며느리가 신경 쓰여서 그런 건 생각도 못 할 거야. 나도 그렇게 사는 게 꿈이었는데. 우리 딸아이는 외국으로 시집가 버리고……. 좋은 딸을 둬서 엄마는 행복하겠어. 거기다 정원 딸린 단독주택이라니. 아, 부럽다."

어떻게 대답해야 할지 몰라 우물쭈물하고 있었지만 아주머니는 개의치 않았다.

"결혼식 날짜 잡히면 꼭 알려 줘. 축하 선물이라도 하게. 우리 집 아이 때도 받았으니까. 뭐가 좋을까?"

무슨 말을 해도 헛수고일 것이다.

"너무 신경 쓰지 마세요."

"대단한 걸 할 순 없겠지만 필요한 게 있으면 사양하지 말고 말해 줘."

아주머니와 헤어지고 아사코는 집을 향해 걸었다. 야근으로 늦어질 테니 저녁은 밖에서 먹고 들어간다고 말해 두었다. 하지만 엄마는 저녁을 짓고 기다리고 있을 게 틀림없다.

매일 아침 서둘러 집을 나와 밤이 늦어서야 돌아갔다. 가급적 엄마와 얼굴을 마주치지 않도록 피했다. 그렇지 않으면 결혼식은 어떻게 할 건지, 신혼집은 어디로 할 건지 물을 게 뻔했다.

맨션 앞에 서서 사층을 올려다봤다. 커튼 너머로 사람의 실루엣이 문득 비추었다. 그것을 알아차린 순간 다리가 오그라드는 것 같았다. 얼굴을 마주하는 것이 견딜 수 없이 고통스럽게 여겨졌다. 아사코는 발길을 되돌려 오던 길을 다시 걸었다.

역 앞까지 와서 아무 바에나 들어가 맥주를 시켰다. 가게 안은 적당히 복잡해서 구석 테이블에 혼자 앉아 맥주나 홀짝이는 여자에게는 아무도 관심을 기울이지 않았다. 아사코는 막힌 숨을 토해 냈다.

좀 더 일찍 엄마에게 알렸어야 했다. 하지만 아사코는 두려웠다. 엄마가 어떤 반응을 보일지. 놀랄까, 울까, 당황할까? 틀림없이 이 모두 다일 것이다. 그리고 반드시 물을 것이다. 왜 결혼을 깨느냐고. 이유에 대해 어떻게 답해야 할지 아사코는 고민스럽다. 가능한 한 말하고 싶지 않다. 상대의 성벽에 대해 엄마에게 이야기하고 싶지 않다. 하지만 어설픈 이유로 엄마는 납득하지 않을 것이다. 얼마나 마음에 들어 했던 사람인가.

아무나 붙잡고 물어보고 싶어 가슴이 터질 지경이었다. 그때 문득 고타로가 떠올랐다. 그 사람만이 모든 사정을 알고 있다. 그러면 안심하고 이야기할 수 있다. 하지만 이제는 도저히 그럴 수 없다.

아직 맥주잔을 절반밖에 비우지 않았는데 온몸에 취기가 돌았다.

아사코

다바타와의 이별을 알린 그날 밤, 시부야의 바에서 고타로와 만났다. 마음의 동요가 잦아들지 않아 아사코의 이야기는 두서가 없었다. 그래도 고타로는 끝까지 묵묵하게 들어주었다. 표현할 적당한 말을 찾아내지 못해도 재촉하지 않고 끈기 있게 기다려 주었다. 그런 고타로에게 얼마나 고마웠는지.

러브호텔로 이끈 것은 아사코였다.

취했기 때문이라면 너무 속 보이는 소리다. 단지 그때 아사코는 다바타와 했던 섹스의 기억을 완전히 지우고 싶은 마음뿐이었다. 자신의 몸에 닿았던 마지막 남자가 다바타라는 사실에 구토가 치밀었다.

"터무니없는 말이라는 거 잘 알아요. 그래도 만일 들어줄 수 있다면⋯⋯."

고타로는 깊이 침묵했다.

그 기다란 침묵이 답이라고 생각하니 순식간에 창피와 후회가 밀려왔다.

"미안해요. 나 너무 바보 같죠. 부끄럽네요⋯⋯."

아사코는 고개를 숙인 채 말끝을 흐렸다. 차마 얼굴을 들 수 없었다. 돌아가자고 말했지만 고타로는 일어서지 않았다. 참고 있던 눈물이 고여 발아래로 툭 떨어졌을 때, 고타로가 아사코의 어깨를 감쌌다.

"힘들었죠?"

귓가를 감싸는 고타로의 목소리에 눈물이 왈칵 쏟아져 나왔다.

"그게 당신이 원하는 거라면 난 상관없어요."

다바타와의 기억을 지우고 싶었던 게 확실하다. 하지만 고타로와 그렇게 되고 나서 아사코는 사무치게 깨달았다. 자신이 얼마나 고타로에게 반해 있었는지를. 그것은 섹스로 명확히 드러났다. 고타로의 숨결도, 키스도, 혀의 움직임도, 손길도, 아사코를 말로 표현할 수 없는 황홀경으로 이끌어 주었다. 시트에 얼룩이 생길 정도로 몸도 마음도 하나가 되어 고타로를 받아들였다. 최고에 다다른 순간에는 절정의 신음이 입에서 새어 나왔다.

너무나도 솔직한 몸의 반응에 스스로가 당혹스러울 정도였다. 동시에 아사코는 비로소 알게 되었다. 좋아하는 남자와의 섹스는 이리도 기분 좋은 것임을.

호텔을 나와 아사코는 애써 담담하게 "고마워요."라고 말했다. 그 말 말고는 적절한 표현을 찾을 수가 없었다.

"인사받기는 좀……."

고타로가 익살스럽게 쓴웃음을 지었다. 그것이 그 나름의 배려일 것이다.

"이제 괜찮을 거예요."

"그럼 다행이고요."

웃는 얼굴로 서로를 배웅하고 각자 택시를 탔다.

맥주는 완전히 미지근해졌다. 아사코는 다시 한숨을 내쉬었다. 그날 일로 고타로에게 무언가를 요구하거나 기대하는 마음은 전혀 없다. 그에게는 약혼자가 있다. 예물 교환도 끝났고 결혼식도 곧 올린다. 충분히 알고 있다. 그렇기 때문에 오히려 대담하게 호텔에 가자는 제안도 할 수 있었다.

그런 줄 알면서도 그날 밤 이후로 고타로가 한 번도 연락해 주지 않은 것에 상처 받은 일부분도 있었다. 사랑도 아니고 어떤 시작도 아니다. 그런데 대체 무엇에 상처 받은 것일까? 그런 자기 자신에게 아사코는 넌더리가 났다.

결국 집에는 11시가 넘어서야 들어왔다.

열쇠를 살짝 꽂고 조심히 돌리려고 했는데 '덜컹' 하는 소리와 함께 자물쇠가 열렸다. 아사코는 심장이 내려앉는 듯했다. 문을 열고 발소리를 죽여 조심스럽게 안으로 들어갔다. 거실로 살며시 얼굴을 돌렸는데 다행히 거기에 엄마는 없었다. 순간 가슴을 쓸어내리고 방으로 들어갔다.

순서를 따지자면 먼저 엄마에게 말했어야 했다. 하지만 아사코는 회사에 먼저 알렸다. 자신에게 족쇄를 채우고 싶었기 때문이다. 엄마가 무슨 말을 하든지 이 결심을 뒤엎지 않겠다는 강한 결심이었다.

'결혼 취소'라는 말을 입에 담자, 팀 디자이너인 미치코는 눈을 동그랗게 떴다.

"왜, 무슨 일이 있었던 거야?"

"소란스럽게 해서 죄송해요. 여러 가지 사정이 있어서 그렇게 됐어요."

"그래? 유감이네. 으음, 그것도 그 나름대로 좋지. 개인적인 일이니까 이러쿵저러쿵 물어볼 생각은 없어. 지금까지 일해 준 것처럼 앞으로도 열심히 해 주면 돼."

역시 자세한 사정은 묻지 않았다.

"나도 총무부에 전할게."

"잘 부탁드립니다."

아사코는 머리를 숙이고 자신의 자리로 돌아갔다.

총무과장은 아버지뻘의 나이다. 파혼은 여자에게 있어 최고의 불행이라 생각할 게 틀림없다. 이런 결과가 될 줄 알았다면 결혼에 대해 알리지 말 걸 그랬다. 후회해 봤자 이미 어쩔 수 없는 일이다.

점심에 평소처럼 회의실에 여사원들이 모였다. 파혼 이야기는 오늘 중으로 총무부에 연락이 갈 것이다. 사흘만 지나면 모두의 귀에 들어갈 것이다. 그럴 바에는 직접 알리는 편이 낫다.

점심을 먹으면서 아사코는 어떻게 말문을 열어야 할지 머리를 짜냈다. 어두운 분위기로 만들고 싶지는 않았다.

도모코는 미팅 이야기로 한창이었다. 이과계 남자는 이야기가 지루하다거나 체육계 남자는 섬세함이 없다고 말해 모두가 웃음을 터뜨렸다. 그런 도모코가 문득 아사코에게 얼굴을 돌렸다.

"좋겠어요, 아사코 선배는 여유로워서요. 결혼 날짜는 잡았어요?"

좋은 기회라고 생각했다.

"저기 그거 말인데, 사실 결혼 안 하게 됐어."

가능한 한 아무렇지 않게 말할 작정이었다. 그러나 예상했던 대로

방 안에는 순간 정적이 흘렀다.

"어······. 그게 무슨 말이에요?"

눈이 휘둥그레진 도모코가 물었다.

"부끄러운 얘긴데, 여러 가지 사정이 있어서 결국 없던 일로 됐어."

모두의 시선이 아사코에게 쏠렸다. 예상대로 놀라움이 호기심으로 변해 가고 있었다.

"왜요? 대체 무슨 일이 있었던 거예요?"

잠자코 지켜보고 있던 미치코가 나무랐다.

"도모코, 그런 걸 묻는 건 좀 그렇지 않아? 아사코 씨도 힘들게 생각해서 결정한 일인데."

"그렇지만······. 그런데 정말 모르겠어요. 그토록 행복해 보였는데."

아사코는 다시 애써 밝게 대답했다.

"선으로 만난 거라 서로를 잘 몰랐어. 무턱대고 결혼부터 약속하는 바람에 그렇게 됐어. 여러 얘기를 나누면서 겨우 실제 모습이 보였다고나 할까."

"성격 차이라는 거예요?"

"그런 셈이지."

성격 차이, 정말 편리한 말이라고 생각한다.

"그렇구나."

한숨을 내쉬면서 도모코는 의자 등받이에 기댔다.

"역시 속도전은 위험해요. 이삼 년쯤 사귄 사람이 안심된다고나 할까. 그렇게 보면 제 결혼은 아직도 먼 것 같아요."

"시간이 길다고 좋은 건 아니야. 몇 년을 사귀어도 결혼하고 나니 '이 사람 이런 성격이었어?'라고 생각하기도 하니깐. 내 친구는 학창 시절부터 십 년 넘게 사귀고 서로를 잘 안다고 생각해서 결혼했는데 겨우 반년 만에 헤어졌어."

"그럼 상대가 어떤 사람인지를 알려면 어떻게 해야 하죠?"

"그거 어려운 문제네. 뭐, 운이라고밖에는 할 수 없잖겠어?"

"운이라니. 결혼이란 게 그런 불확실한 거예요?"

"그래, 결국 그 정도의 것이지. 차라리 결혼 후에 어느 정도 서로를 이해하고 타협하는 게 현명할 거야. 아사코, 결혼 전이라 다행이야. 이게 결혼한 뒤라면 절차도 굉장히 복잡해지니까. 너무 마음 쓰지 마, 그리 드문 이야기도 아니니까. 세상에는 그런 사람 수두룩해."

아사코는 마음이 조금 가벼워졌다. 어딘가 인생 낙오자가 된 듯한 기분이었는데 위로를 받으니 안심되었다. 나는 불행한 게 아니다. 오히려 불행을 피했다고 볼 수 있다.

주말이 되었다. 엄마에게 알리기로 결심했다.

오전의 베란다에는 옅은 햇살이 비추고 있었다. 늦은 아침밥을 먹고 설거지를 마쳤다. 엄마는 부엌 식탁에서 신문을 펼쳤다. 아사코가 맞은편에 앉았다.

"엄마, 지금 잠깐 괜찮아?"

아사코의 태도에 무언가 불안을 감지했는지 엄마는 읽던 신문을 차분히 접는다.

"무슨 일이야?"

"다바타 씨 일인데."

"그래."

아사코는 호흡을 다시 가다듬었다.

"사실은 둘이서 얘기해 봤는데 결혼……, 하지 않기로 했어."

엄마의 놀라서 할 말을 잃었다.

"무슨 소릴 하는 거야. 결혼하지 않다니, 그게 무슨 말이야?"

"조금 이런저런 일이 있어서."

"이런저런 일 뭐?"

"그러니까, 이런저런……."

"그런 중요한 일을 엄마한테 한 마디 상의도 안 하고서 멋대로 결정한 거야?"

"미안해."

"대체 왜 그러니, 아사코. 다바타 씨의 어디가 불만인데?"

"불만이랄까, 서로 얘기해 본 결과 역시 서로에게 힘들 것 같아서 내린 결론이야."

"어디가 힘들어? 엄마는 전혀 이해가 안 돼. 알아듣게 설명해 봐."

말하지 않고 끝낼 수 있다면 제발 그렇게 하고 싶다. 다바타의 성벽에 대해 입에 올리는 것만으로도 끔찍하다. 주저하는 아사코에게 엄마가 참지 못하고 결국 폭발했다.

"결혼은 처음부터 완벽한 게 아니야. 서로 부족한 점이 있는 건 당연해. 그걸 둘이서 얘기해 보고 양보하면서 조금씩 부부가 돼 가는 거야."

"알아."

"아니, 넌 아무것도 몰라. 혼자 자라서 배려라는 게 몸에 배어 있질 않아. 그래도 이젠 어린아이도 아니고, 좀 더 어른으로서 책임감을 가져야지."

"나도 상대방의 작은 부분까지 트집 잡을 생각은 없어. 인내가 필요한 것도 알고. 그래도 사람에게는 무슨 일이 있어도 양보할 수 없는 부분이 있지? 이것만큼은 절대로 용서할 수 없는 거."

"그러니까, 그게 뭐냐고?"

아사코는 입을 닫고 우물거린다.

"똑바로 말하지 못해!"

엄마의 목소리가 심하게 갈라졌다. 여기까지 온 이상 아사코도 마음을 단단히 먹을 수밖에 없다.

"알았어. 그럼 말할게. 그렇지만 엄마에게도 굉장히 기분 나쁜 일일 수 있으니까 각오하고 들어야 할 거야."

"뭐야, 도대체……."

불안으로 뒤덮인 엄마의 얼굴이 파리해졌다.

"요전에 다바타 씨 아파트에 갔을 때 컴퓨터를 봤어. 거기에 여러 가지 사진이 들어 있었는데, 뭐라고 말하면 좋을까. 음란하다고밖에

할 수 없는 사진들."

"음란?"

"어린 여자아이의 포르노 사진이었어. 몰래 찍은 것도 있고 차마 눈 뜨고 볼 수 없는 심한 것도 있었고. 그런 게 셀 수 없이 저장되어 있었어. 그걸 보고 어떻게 오싹하지 않을 수가 있겠어?"

"말도 안 돼……."

"나도 처음엔 안 믿었어."

엄마는 떨리는 마음을 겨우 가라앉히고 자세를 고쳐 앉았다.

"그런 거 반쯤은 재미로 보는 거잖아? 남자라면 그런 사진에 호기심 가질 수도 있잖아?"

"엄마는 실제로 그걸 못 봐서 그런 소리 하는 거야. 어린애라고. 아직 열 살도 되지 않은 여자아이의 그런 사진을 보면서 그 사람은 흥분한다고. 그런 남자와 평생 함께 살 수 있어? 나는 싫어, 절대로."

"다바타 씨가 그런 사진을 찍은 것도 아니잖니. 단지 보는 것뿐이잖아."

"엄마, 정말……. 보는 인간이 있으니까 찍는 사람도 있는 거야! 불법 사이트에서 산 게 분명해. 그건 범죄라고. 결국 보는 사람이나 찍는 사람이나 공범인 거야."

엄마의 초점 없는 눈동자가 이리저리 헤매고 있다.

"그 다바타 씨가……. 믿을 수 없어."

"처음엔 나도 그랬어."

"뭔가 잘못 안 거 아냐?"

엄마는 얼굴을 들고 애원하듯 물었다.

"때마침 그런 사진이 보내졌다거나. 왜 그런 거 있잖아? 컴퓨터에 오는 스팸 메일 같은 거."

"그렇게 믿고 싶은 엄마 마음은 나도 알아. 나도 그랬으면 하고 바랐던 적도 있어. 하지만 실수로 보내진 정도가 아니야. 양이 엄청났어. 게다가 다바타 씨도 인정했고."

"인정했다고?"

"응. 자기에게 그런 취미가 있다고."

숨을 멈춘 듯 엄마는 잠자코 있었다. 점점 어깨가 앞으로 떨어지고 등이 둥그레졌다. 아사코보다도 엄마의 충격이 훨씬 더 깊을 것이다. 딸을 위해 선택한 결혼 상대가 실은 아동 포르노에 빠진 남자라니. 놀라움뿐만 아니라 죄의식까지 동반되어 엄마에게 지울 수 없는 상처를 남겼다.

얼마나 그러고 있었을까. 가쁜 숨을 내쉬며 엄마는 골똘히 생각에 잠겼다. 미동도 하지 않았다. 그런 엄마를 보고 있는 게 견디기 힘들었다. 엄마도 분명 아사코와 마주하는 게 참기 어려울 것이다.

"나, 잠깐 나갔다 올게."

서로에게 잠시 혼자가 될 시간이 필요하다고 판단했다. 엄마는 대답하지 않았다. 아사코는 일단 방으로 들어가서 마음을 가라앉힌 후에 다시 나왔다. 그때도 엄마는 역시 같은 자세로 넋을 빼고 앉아 있었다.

엄마를 두고 밖으로 나갔다. 납처럼 짓누르는 무거운 피로가 한꺼번에 밀려왔다.

발길 닿는 대로 가다 보니 신주쿠였다. 번화한 곳이지만 막상 갈 만한 데는 없었다. 백화점을 돌아볼 마음도 들지 않았다. 고민 끝에 영화관으로 들어갔다. 상영 시간이 제일 가까운 영화를 확인하고 티켓을 사서 10분 정도 기다렸다. 조금 있으니 관람을 마친 사람들이 하나둘씩 밖으로 나왔다. 그들을 스치며 안으로 들어갔다. 가운데쯤 되는 곳에 자리를 잡았다.

영화는 재미없었다. 아니, 그보다 스크린을 쳐다봐도 전혀 내용이 머릿속에 들어오지 않았다.

두 시간 만에 영화는 끝났다. 거리는 이미 저녁의 빛으로 완연했다. 역을 향해 걷기 시작했지만 우두커니 앉아 있던 엄마의 모습이 떠올라 발길이 무거워졌다.

'집에 돌아갔는데 엄마가 아까처럼 그대로 있으면 어쩌지……'

상상만으로도 마음에 어둠이 번졌다.

아사코는 쉽게 집으로 향하지 못하고 카페로 들어가 빈자리에 앉았다. 손님은 거의 없었다. 그나마 있는 몇 명도 모두 휴대전화로 게임을 하거나 메일을 보내고 있었다.

아사코는 문득 고타로에게 메일을 보낼지 말지 고민했다. 자신이 먼저 연락하면 부담스럽게 여기지 않을까, 오해하지는 않을까, 여러 가지 걱정이 앞섰다. 이런 걱정 자체가 그를 마음에 두고 있음을 보여 주는 것이다. 그러면 안 되는 건 잘 안다. 고타로는 곧 결혼할 사람이다.

망설이던 끝에 아사코는 자신을 억누르지 못하고 결국 휴대전화를 꺼냈다.

'보고합니다. 이제 모두 끝났어요. 이것으로 어깨의 짐을 내려놓습니다. 여러 가지로 힘이 되어 주셔서 고마워요. 진심으로 감사드립니다. 저는 이런 결말로 막을 내렸지만 당신은 꼭 행복하세요.'

메시지를 보내고 한숨 돌리는데 갑자기 전화가 울렸다. 화면에 고타로의 이름이 떴다. 너무나도 빠른 연락에 놀라기도 하면서 기쁘기도 했다.

"여보세요."

"저예요. 계속 마음 쓰였는데 제가 먼저 연락해도 될지 망설이고 있었어요. 메일 읽고 안심했습니다."

고타로도 나름대로 신경 쓰고 있었던 것이다.

"고마워요. 전 이제 괜찮아요."

"그렇군요. 그런데 이번에는 나군요."

"네?"

"그 후로 여러 가지 일이 있어서 우리 결혼도 안 될 것 같아요."

"무슨 일 있었어요?"

잠시 뜸을 들이던 고타로가 말했다.

"지금 만나지 않을래요?"

고타로와 약속한 곳은 신주쿠 역 남쪽 출구에 있는 선술집이었다.

아직 밖은 어둠이 내리지 않았지만 아사코도 선술집에서 보는 것이 마음 편했다. 서로 취하지 않고 마주하기에는 역시 어색했다.

엄마에게는 좀 늦겠다는 메일을 보냈다. 평소였다면 곧 회신이 왔지만 오늘은 답이 없다. 엄마도 아직 혼란스럽다는 의미일 것이다.

한 시간 뒤에 가게에 도착했다. 안으로 들어가니 고타로가 이미 자리를 잡고 앉아 있었다. "어서 오세요."라는 점원의 힘찬 목소리에 몇의 시선이 아사코를 향했다. 안쪽에 있던 고타로가 아사코를 발견하고는 몸을 앞으로 내밀며 손을 들었다. 이곳은 테이블마다 높고 큰 가림막이 있어서 다른 테이블의 대화가 거의 들리지 않았다. 고타로가 이 가게를 선택한 이유를 알 것 같았다.

고타로 앞에 놓인 잔에는 생맥주가 절반밖에 남아 있지 않았다.

"미안해요. 여기까지 오라고 해서."

얼굴을 마주해도 의연할 수 있는 자신의 모습에 안도하면서 아사코는 맞은편 자리에 앉았다.

"괜찮아요. 제 일 때도 시간 내줬잖아요. 그보다 결혼이 안 될 것 같다니요? 무슨 일 있어요?"

"네."

고타로가 맥없이 고개를 끄덕였다. 바로 말할 마음이 들지 않는지 맥주를 마시고 우엉간장조림을 집어 먹더니 한숨을 짓고 머리를 긁적였다.

말문을 연 것은 족히 3분은 지나서였다.

"그녀, 그 사람과 만나고 있었던 것 같아요."

울지 않는 새는 하늘에 빠진다

아사코는 입에 갖다 댄 잔을 내리고 고타로를 쳐다봤다.

"그 사람?"

"그녀에게 맨션을 빌려준 사람이요. 최근에 거기로 이사할 예정이었어요. 도도로키 계곡 공원 근처에 있는 굉장히 좋은 맨션이죠. 그녀는 친구의 아버지가 빌려줬다고 말했어요. 그런데 모두 거짓말이었어요. 결국 그 남자와 사귀고 있었던 거예요. 맨션은 두 사람이 만나서 사랑을 나누던 장소였고……."

"설마요. 진짜예요? 오해하는 거 아니고요?"

"사실 조금만 생각해 보면 알 수 있는 거였는데……. 맨션도 맨션이지만, 계약 사원인데 고급 브랜드 옷이며 백이며 다 가지고 있고, 에스테틱숍이다 네일숍이다 하면서 다니는 게 이상하잖아요. 그만큼 돈을 번다는 게 말이 안 됐던 거였는데."

새로운 손님이 들어왔다. 주방에서 진한 간장 냄새가 피어오른다. 점원이 달그락거리며 음식을 홀에 낼 준비를 한다.

"그거 어떻게 알았어요?"

"요전에 셋이서 만난 적이 있어요. 그때 뭔가 위화감이 들더라고요. 그 남자가 취하더니 약혼녀 이름을 친근하게 부르는데, 뭐라고할까, 분위기라고 해야 하나. 그 남자가 그녀를 보는 눈이나 어딘가 달콤한 어조나 둘만이 통하는 대화에서 뭔가 이상하단 낌새는 챘죠. 그래서 비겁할지도 모르지만 조금 알아봤어요. 물론 알아본다고 해도 페이스북을 조사하는 정도였어요. 제가 너무 한심하죠? 그래도 끙끙거리고 앓기보다는 분명히 해 둬야 마음이 개운해지겠다 싶었어요. 그리고 결국 알아냈어요. 그 남자에게는 딸이 없었어요. 그런데도 약혼녀는 그 남자의 딸과 대학 시절부터 친구라고 끝까지 우기는 거예요. 그럼 친구에게 전화 걸어 보라고, 그래서 진짜인지 증명해 보라고 했더니 오히려 화를 내더군요."

말을 마치고 고타로는 남은 맥주를 단숨에 들이켰다.

"자신을 믿지 않는 남자와 결혼할 수 없다고."

슬픈 눈을 짓더니 이내 점원에게 맥주를 주문했다.

"서로 이미 나이도 있고 그만큼 과거가 있을 수도 있죠. 그래도 나와 사귀고 있으면서 애인 관계를 유지하고 있었다면요? 어쩌면 그녀가 그 남자와 잤던 침대에서 나와도 그런 걸 했을 수도 있다고 생각하니 견딜 수가 없었어요."

갑자기 아사코와의 일이 생각난 듯 어색한 말투로 변명했다.

"아니, 그녀만 비난할 수도 없지만……."

아사코는 고개를 가로저었다.

"그건 당신 탓이 아니에요. 내가 나빴어요. 미안해요. 다 잊고 없었던 일로 해요."

고타로도 고개를 가로젓는다.

"내 잘못은 모르고 이런 말을 한다는 게 제멋대로라는 거 알아요. 하지만 뭔가 개운하지가 않아요. 다시 한번 시원하게 얘기라도 나누려고 전화해 봤는데 이제 아예 받지도 않아요. 메일을 보내도 답장도 없고, 완전히 무시예요."

아사코는 아무 말도 해 줄 수가 없었다. 어떻게 말하면 좋을지 감이 잡히지 않았다.

"요즘 정말 최악이에요."

지친 한숨을 내뱉으며 고타로는 어깨를 떨궜다. 주문한 맥주가 나왔지만 둘은 입을 다문 채 시간만 흘려보냈다.

그러고 나서 닷새가 지났다.

엄마와의 사이에 서먹함은 있었지만 일단 평온한 일상으로 돌아갔다. 엄마는 다바타에 대해서 한 마디도 꺼내지 않았다. 충격이 컸으리라. 엄마의 블로그에는 최근 갱신된 글이 전혀 없다.

식탁에서 나누는 대화도 현저히 줄었다. 어쩔 수 없는 일이다. 마음을 정리하는 데는 아무래도 시간이 필요하니까.

그날 밤, 고타로는 상당히 취했다. 헤어질 때는 "털어놓으니 마음이 편해졌어요."라고 말하고 돌아갔다. 아사코가 해 줄 수 있는 일이 아무것도 없다. 이제는 두 사람의 문제다.

출근하려는데 엄마가 물었다.

"몇 시쯤 돌아올 거야?"

엄마도 아사코와 계속 이렇게 지내고 싶지는 않을 것이다. 엄마는 딸과 싸운 뒤에는 꼭 아사코가 좋아하는 음식을 만들어 놓고 기다렸다. 오늘 밤도 그럴 생각인가 보다. 아사코는 이제 더 이상 이 일로 길게 끌고 싶지 않았다.

"가능한 한 일찍 올게. 일곱 시쯤 되지 않을까."

아사코도 엄마가 좋아하는 롤케이크를 사 오자고 생각했다.

야근 없이 약속한 시간에 집에 도착했다. 현관문을 열고 안으로 들어서서 신발을 벗으려는 순간 남자 구두가 눈에 띄었다. 아사코는 잠시 동작을 멈췄다. 그리고 나서 '설마' 하며 거실에 들어갔더니 익숙한 그가 소파에 앉아 있었다.

"잘 지냈어……?"

다바타는 인사를 건네고는 아사코의 시선을 피하듯 고개를 떨구었다.

"엄마, 이게 뭐야?"

"왔니?"

엄마가 대수롭지 않게 말했다.

"대체 뭐야, 왜 여기에……."

엄마의 목소리가 다소 날카로워졌다.

"이런 일은 얼굴을 맞대고 확실히 얘기하는 게 좋잖아. 오늘 다바타 씨와 여러 가지 이야기를 나누면서 서로 오해가 있다는 걸 알았어. 이대로 끝내 버리면 틀림없이 나중에 후회해. 자, 그렇게 서 있지만 말고 이쪽으로 와서 앉아 봐."

"엄마, 미안한데 저 사람 돌려보내. 이제 할 얘기 없어. 무슨 말을 들었는지는 모르겠지만 다바타 씨와는 이미 끝났어. 그렇죠, 다바타 씨? 그걸로 된 거잖아요?"

다바타는 아무 대답도 하지 않는다.

"네가 용서할 마음 없는 거 나도 알아. 나도 아주 예전에 똑같은 일이 있었어. 아빠 가방을 정리하는데 못 보던 잡지가 있어서 펼쳐

봤더니 여자들이 나체로 뒹굴고 있었어. 정말 충격이었지. 하지만 때로는 너그러울 필요도 있는 거야. 엄마도 네 얘기 듣고 내내 생각해 봤어. 틀림없이 다바타 씨에게는 큰 스트레스나 어린 시절의 트라우마 같은 원인이 있을 거라고. 그런데 알아봤더니 그건 카운슬링을 받으면 다 낫는대. 요샌 그런 방법으로도 치료가 잘된다는구나. 다바타 씨에게 한번 해 보지 않겠냐고 물었더니 흔쾌히 승낙했어. 얘기를 들어 보니 가장 힘든 사람은 아사코도 나도 아닌 바로 다바타 씨 본인이야. 그걸 엄마는 이제 알게 됐어."

아사코는 뜨겁게 달궈진 숨을 거칠게 내뱉었다. 분을 이기지 못해 어깨가 들썩였다.

"카운슬링을 받는다고? 그래, 그러면 되겠네. 하지만 난 이미 결정했어. 저 사람과 결혼 안 해!"

그게 카운슬링이건 다른 어떤 방법이건 아무리 애써 봐도 그 사진이 머릿속에서 지워지지 않는다.

"인생에는 좋을 때도 있고 나쁠 때도 있어. 이런 힘든 상황을 극복해야 좋은 부부가 될 수 있는 거야."

아사코는 어이가 없어 말을 잃었다. 동시에 두려움도 커졌다. 아직도 저 남자와 내가 결혼하길 바라는 엄마의 진심은 무엇일까.

"다바타 씨, 미안한데 돌아가 주세요."

아사코는 분을 억누르고 차분하게 말했다.

"엄마와 단둘이 할 얘기가 있어요. 부탁해요."

엄마가 급히 막아섰다.

"아사코, 무슨 실례되는 짓이야. 다바타 씨를 부른 건 엄마야. 엄마 손님이기도 해."

"그럼 내가 나갈게."

아사코는 휙 돌아섰다. 가슴속이 분노와 배신감으로 터질 듯했다. 그렇게나 싫다고 말했는데, 엄마는 그게 딸의 오만이라고 생각한다.

"아니, 제가 돌아가겠습니다."

다바타가 소파에서 일어섰다.

"하지만 다바타 씨……."

엄마가 잡아 세운다.

"죄송했습니다. 이제 어떻게 해도 아사코 씨와 원래대로 돌아갈 수 없단 거 잘 압니다. 그러면서도 여기까지 와 버린 제 자신이 부끄러울 따름입니다."

"아니, 부끄러운 건 오히려 우리 모녀예요. 다바타 씨가 이토록 용서를 구하는데 용서할 수 없다니, 우리 애가 너무 마음이 좁습니다. 아사코, 대체 너는 뭐가 그리 잘났니? 너는 결점 하나 없는 인간이라고 생각하는 거니? 건방진 것도 분수가 있어야지."

아사코는 되받아칠 적당한 말을 찾지 못하고 씩씩 숨만 몰아쉬었다.

"실례하겠습니다."

다바타가 현관으로 향했다. 이윽고 문이 닫히고 발자국 소리가 멀리 사라졌다. 아사코는 불 같은 가슴을 간신히 진정시키고 몸을 돌려 말했다.

"엄마가 뭘 기대하는지 모르겠지만 난 무슨 일이 있어도 저 사람과는 결혼하지 않을 거야."

"왜? 왜 안 되는데?"

"말도 안 되니까. 바로 저런 남자라고. 엄마야말로 왜 내 맘을 알아주지 않는 건데?"

"몰라, 난 네 맘 따위 모르겠어."

"그럼 저 사람에게 사진을 보여 달라고 해 봐. 그걸 보면 엄마도 나랑 똑같은 기분이 될 테니까."

"그러니까 그건 카운슬링으로……."

"이제 그만! 그만하라고! 하지 않는다면 안 해. 절대로 결혼 같은 거 안 한다고!"

얼굴에 핏기가 가신 엄마가 아사코를 찌를 듯이 노려봤다.

"지금까지 너만을 위해서 살았는데……. 널 키우기 위해 얼마나 힘들었는지 전부 알아줄 거라 생각했는데……."

"알아, 그건 고맙게 생각해. 그래도 이거랑 그건 다른 얘기야."

"돈이 없어도 죽을힘을 다해서 일하고 또 일해서 사년제 대학에 보내 줬어. 재혼 얘기가 있어도 네가 싫어해서 거절했어. 네가 싫다고 하면 모두 그만뒀어. 오직 너의 행복을 위해서. 난 그것만을 바라 왔는데……."

엄마가 눈물을 손등으로 훔친다. 그 동작이 너무나도 작위적이어서 아사코는 온몸에 소름이 돋았다.

"그렇게 생색내려고 날 키웠어? 이제 와서 키우는 게 힘들었다고 한들 무슨 소용이 있어. 차라리 날 시설에 버리면 좋았잖아."

"무슨 그런 말을……."

순간 말이 과하게 나갔음을 직감했다. 하지만 한번 혀를 떠난 말은 멈추지 않았다.

"결국 엄마는 여자 혼자 몸으로 딸을 키웠다는 대단한 자기 자신에 취해 있는 거야. 최선을 다하는 나, 고생하는 나, 딸을 위해 희생하는 나, 그런 자기 자신이 좋을 뿐인 거 아니야? 주위에서 훌륭한 엄마란 평가를 받기 위해."

"너 정말 너무하는구나……."

엄마가 비틀거리며 일어서더니 부엌으로 천천히 한 발씩 뗐다.

"네가 엄마를 그런 식으로 여기다니……."

어깨를 떨구고 등을 돌린 채 개수대 앞에 섰다.

"이제 다 필요 없어."

엄마는 속삭이듯 혼자 말했다.

그렇게 한참을 서 있던 엄마가 천천히 몸을 돌렸다. 얼굴은 절망으로 일그러졌고, 허공을 향해 내민 손에는 날카롭게 빛나는 물건이 들려 있었다.

'식칼!'

광경을 지켜본 아사코는 마른 숨을 삼켰다.

"이제 아무래도 좋아……."

식칼이 엄마의 왼쪽 손목으로 서서히 다가갔다. 순식간에 푸른 줄기가 엄마의 손목을 지나갔다.

"엄마!"

힘없이 축 늘어진 엄마의 손끝에서 붉은 방울이 후드득 떨어졌다.

이윽고 바닥이 새빨갛게 물들기 시작했다.

13

치하루

얼핏 죽은 사람처럼 보였다.

침대에 누운 엄마는 창백한 가죽만 남았다. 감고 있는 눈은 움푹 들어간 데다 피부는 모래처럼 까칠했다.

"누나……."

베갯머리에 앉아 있던 히로카즈가 낙심한 표정으로 일어섰다.

"뇌경색이래."

치하루는 잠자코 고개를 끄덕거렸다.

"어제 아버지가 집에 돌아왔더니 엄마가 부엌에 쓰러져 있더래. 곧 구급차를 불렀는데 쓰러진 지 꽤 오래돼서 혈전 녹이는 약을 넣어도 소용이 없었대."

"그래서 지금 상태가 어때?"

"다행히 목숨은 건졌는데 출혈 위치가 그다지 좋지 않아서 장애가 남을 가능성이 크대."

"장애라니? 어떤?"

"자세한 건 깨어나 봐야 알 수 있대."

아무 표정 없는 치하루가 엄마를 내려다봤다. 며칠 전 도쿄에 올라왔을 때만 해도 명랑했다. 튀김 소바를 다 먹고, 하고 싶은 말은 다 쏟아 내며 치하루를 비난하는 데 열을 올렸다. 그로부터 한 달도 채 지나지 않았는데 모든 상황이 이렇게 변해 버렸다.

하지만 왠지 가엾다는 생각은 조금도 들지 않는다. 그래, 이건 그때 그런 심한 말을 한 것에 대한 천벌이다. 딸을 어릴 때부터 학대해 온 대가다.

"얼마 전까지 집중 치료실에 있었는데 그나마 안정을 찾아서 개인실로 옮겼어."

"아버지는?"

"일 때문에. 이번에 역 앞에 맨션을 짓는데 분양 배당이 있어서 회의에 꼭 참석해야 하거든."

"그래."

"나도 지금부터 업자와 회의가 있어서 가야 해. 그래서 말인데 누나, 엄마 좀 부탁할게."

히로카즈는 발아래 놓여 있던 가방을 어느새 손에 들고 있었다.

"잠깐만, 부탁하다니?"

"곁에 가만히 있어 주기만 하면 돼. 무슨 일 생기면 그 호출 버튼만 눌러. 간호사가 금방 올 거야. 자, 바빠서 이만. 부탁해."

그렇게 말하고서 히로카즈는 말릴 새도 없이 잰걸음으로 병실을 빠져나갔다.

오전 10시가 조금 넘은 시각이었다. 아침에 가장 이른 신칸센을 타고 이곳 역에 도착한 후 병원으로 직행했다. 일각을 다투는 상태가 아니라는 걸 알았더라면 조금 나중에 오는 편이 나을 뻔했다.

치하루는 하는 수 없이 침대 옆 둥그런 의자에 앉았다. 엄마의 몸에는 링거 호스와 심전도 기계의 코드가 연결되어 있었다. 침대 아래에는 투명한 봉지가 매달려 있었다. 거기에는 노란 액체가 3분의 1쯤 담겨 있었다.

회사에는 엿새 동안 휴가를 냈다. 주말까지 포함해서 일주일간 쉴 수 있다. 소식을 들었을 때는 솔직히 엄마가 떠나는 건 아닐까 하는 생각도 했다. 상복이 없으니 근처 쇼핑센터에 들러 상복에 구두와 가방까지 맞춰서 사야 한다는 계획이 머릿속을 떠나지 않았다. 하지만 히로카즈의 말을 들어 보니 그럴 필요는 없을 것 같다.

여기서 할 일은 아무것도 없다. 그저 침대 옆에 우두커니 앉아 있으면 되었다. 때때로 복도에 의료용 드레싱 카트가 지나간다. 환자나 병원 직원들의 말소리도 들린다. 오직 엄마만이 죽은 듯 꿈적도 하지 않는다.

한 시간 정도 지나서 중년의 간호사가 들어왔다. 치하루는 의자에서 일어나 "수고 많으세요." 하고 고개를 숙였다.

"따님?"

"네."

간호사는 기계의 숫자를 확인하고 진료 기록 카드에 기입했다. 혼수상태에 있는 엄마에게 얼굴을 가까이 가져가 이야기를 건넸다.

"이런 훌륭하신 따님이 와 주시다니, 이젠 안심이네요."

그 말에 진짜 효녀라도 되는 듯해서 뒷맛이 썼다. 하지만 잠자코 있을 수밖에 없었다.

아버지가 나타난 것은 오후 4시가 지나서였다.

"치하루, 와 줘서 고맙다."

아버지는 불안을 숨기지 못했다. 갑자기 늙고 작아진 것 같았다.

"설마 이런 일이 있으리라고는 생각도 못했어. 어제 아침까진 평소와 다름없었는데, 돌아와 보니 이 모양이라니……. 인생, 무슨 일이 일어날지 아무도 모르는 거야."

아버지의 목소리가 여느 때와 달리 촉촉하다. 평소의 엄마, 그건 치하루로서는 떠올리고 싶지 않은 모습인데, 아버지에게는 평온한 일상의 상징이었다.

"짐도 있을 테니 너는 일단 집에 돌아가 있어. 이제 내가 지킬게."

시키는 대로 치하루는 캐리어백을 들었다.

"치하루, 식사 준비 좀 부탁하마."

오자마자 식사 준비인가. 지겨웠지만 싫다는 말은 꺼내지 못했다.

아버지한테 열쇠를 받고 집으로 돌아왔다. 치하루의 원래 방은 여전히 창고 상태였다. 다시 내려와 손님방에 짐을 풀고 편한 옷으로 갈아입었다. 한숨을 돌리고 냉장고를 열어 봤지만 먹을 만한 게 거의 들어 있지 않았다. 하는 수 없이 근처 슈퍼마켓으로 장을 보러 갔다.

카트를 밀면서 매장을 돌고 있는데 낯익은 이웃 아주머니와 마주쳤다.

"치하루, 돌아왔구나. 엄마는 어떠셔?"

이미 근처에 다 알려진 모양이다. 구급차를 불렀으니 어쩔 수 없는 일이다.

"조금 안정을 찾으셨어요."

무난한 대답을 했다.

"뇌경색이라고 들었는데, 정말이니?"

"네……."

"역시 그랬구나. 아직 그럴 나이도 아닌데."

멈춰 선 채 있으면 계속 추궁 당할 것만 같아서 "바빠서."라며 황급히 자리를 떴다.

간단히 저녁을 만들고 아버지와 히로카즈가 돌아오기를 기다렸다. 시간이 느리게 흘렀다. 집 안은 숨 막힐 듯 고요하고 째깍째깍 시계 소리만 울려퍼진다. 마치 낯선 누군가의 집에 들어와 있는 것만 같았다. 여기서 열여덟 살까지 살았다고는 전혀 믿기지 않을 정도다. 기억이 모두 지워진 건 아니다. 단지 이 집 어디에도 따스한 추억이라곤 털끝만큼도 남아 있지 않을 뿐이다.

엄마가 의식을 되찾은 건 사흘 뒤였다.

눈은 떴지만 엄마는 이미 과거의 엄마가 아니었다. 오른쪽 상반신 마비와 실어失語, 뇌혈관성치매의 후유증이 남았다. 의사에게 전해 들었을 때, 아버지는 괴로운 듯 머리를 감쌌고, 히로카즈는 훌쩍거리며 눈가를 훔쳤다. 치하루는 발아래만 물끄러미 내려다보고 있었다. 앞으로 남은 것은 약물치료와 재활 치료였다.

셋 중 어느 누구도 말을 꺼낼 생각조차 하지 않았다. 그런 상태로 집으로 돌아왔다. 서로에게 무엇을 어떻게 말하면 좋을지 몰랐다. 오는 도중에 편의점에서 산 도시락을 답답한 목구멍에 욱여넣을 뿐이었다.

"의사가 조심하라고 주의했다는데 너희 엄마는 왜 함부로……."

아버지가 불쑥 화난 듯 중얼거렸다.

"좀 더 일찍 발견했더라면 좋았을 텐데."

히로카즈가 신음하며 말했다.

무슨 원망을 해도 이미 때는 늦었다. 엄마는 원래의 엄마로 돌아오지 않는다. 재활을 계속하면 개선될 수 있다거나 아직 젊으니까 가능성은 충분하다고 의사는 말했지만, 그건 어디까지나 개선이지 완전한 회복이 아니다.

그날 밤 고타로에게서 전화가 걸려 왔다. 헤어진 날부터 여러 차례 전화와 메일이 왔지만 치하루는 무시하고 받지 않았다.

계속 울리는 벨소리에 받아야 할지 망설였다. 전화를 받는 것은 지는 것과 마찬가지다. 나는 이제 누구에게도 지기 싫다. 하지만 참을

성 없는 치하루는 끊임없이 울어 대는 전화에 진저리치며 통화 버튼을 누르고야 말았다.

"응."

"어, 나야."

목소리가 무겁다. 치하루는 잠자코 있을 뿐이다. 고타로는 사죄의 말을 기대하고 있을지도 모른다. 그러나 치하루에게 그럴 마음은 눈곱만큼도 없다.

"왜 전화 안 받았어?"

"그럴 기분이 아니어서."

"정말 이렇게 뻔뻔하게 나올 거야?"

"그렇게 들렸다면 할 수 없지."

"그런 식으로 말하는 건 아니지!"

"당신이야말로."

무의미한 말싸움이 이어진다.

"여하튼 다시 한번 얘기 나누는 게 좋지 않겠어? 이대로 아무 일도 없었던 것처럼 끝낼 순 없잖아. 이미 예물 교환도 끝났고 말이야. 파혼한다고 해도 책임이라는 게 있으니까."

그건 맞는 말이라고 치하루도 생각한다.

"내일, 시간 있어?"

"내일은 안 돼."

"그럼 내일모레는?"

"그것도 무리야. 나 지금 본가에 내려와 있어."

"어?"

고타로는 목소리를 높였다.

"왜?"

"어머니가 쓰러졌어. 뇌경색이래."

갑자기 고타로의 말문이 막혔다.

"이번 주까지는 이곳에 있을 거야."

"그런 중요한 일을 왜 먼저 말하지 않았어?"

"그게……."

"그래서 어머님은 어떠셔?"

"일단 생명에는 별 지장이 없어."

"그래."

안도의 숨소리가 치하루의 귀까지 전해진다.

"지금은 이런 상태라 여기 있을 수밖에 없어. 도쿄로 돌아가서 또 연락할게, 그럼."

"이봐, 치하루."

고타로가 부르는 소리가 멀리 들렸지만 치하루는 끝까지 듣지 않고 쌀쌀맞게 전화를 끊었다.

잠자리에 들었어도 좀처럼 잠이 오지 않았다. 치하루는 마당으로 이어지는 유리문을 열고 툇마루로 나가 걸터앉았다. 바람이 기분 좋게 불어왔다. 하늘을 올려다보니 어지간히 기운 달이 옅은 구름 속에서 흐릿한 윤곽을 드러내며 떠 있었다.

'그 엄마가 이렇게 돼 버렸네.'

미하루가 옆에 앉아 있었다.

치하루는 양 무릎에 팔꿈치를 올리고 지그시 턱을 괴었다.

풀숲 그늘에서 풀벌레 울음소리가 처량하게 새어나온다.

"정말."

'엄마 보고 어떻게 생각했어? 동정했어?'

"설마."

치하루는 단호히 대답했다.

"그런 생각을 할 리가 없잖아. 어릴 적부터 그토록 서럽게 대했는데. 게다가 엄마는 혈압이 높은 것도 혈당 수치가 나쁜 것도 다 알았대. 그런 줄 알면서도 먹는 거에 신경 안 쓰고 내키는 대로 아무거나 먹고 운동도 안 한 건 본인이잖아. 집에서도 게으름만 피우더니, 말 그대로 자업자득이야."

'냉정한 딸이네.'

"그렇게 생각해도 전혀 상관없어."

미하루가 킥킥 웃었다.

'이제 엄마는 마음대로 몸도 못 움직이고 말도 못해. 이빨 빠진 호랑이가 돼 버렸어.'

"그러네."

'그럼 지금이라면 제대로 복수할 수 있지 않을까?'

치하루는 얼굴을 돌려 미하루를 쳐다보았다.

'지금까지 당한 억울함을 갚아 줄 절호의 기회야.'

미하루의 입가에 차갑게 얼어붙은 미소가 옅게 떠돌았다.

다음 날, 생각지도 못했는데 고타로가 찾아왔다.

'지금 역에 도착했어.'라는 메일을 받고는 무심코 '어디?'라고 되물었다. 여기까지 올 거라고는 상상도 하지 못했기 때문이었다. 고타로는 점심 전에 꽃다발을 들고 병원에 나타났다. 엄마를 보고는 정중하게 고개를 숙였다.

의식이 돌아왔다고는 해도 엄마는 고타로를 알아보지 못했다. 아버지와 히로카즈, 치하루도 마찬가지였다. 섭섭해도 어쩔 수 없는 일이었다. 거의 반응이 없는 엄마의 모습에 충격을 받았는지 고타로는 시종 멍한 표정이었다.

"이렇게까지 심각한 줄 몰랐어."

"발견이 늦어서 그래."

"재활 치료 받으시면 좋아지겠지?"

"어느 정도는 그렇게 되겠지만 어떨는지……. 아마 힘들지 않을까."

고타로는 두려운 듯 눈을 돌리더니 불가사의한 표정을 지었다. 곧 치하루 옆으로 의자를 끌어와 앉았다.

한동안 둘은 아무 말도 하지 않았다. 멈춘 듯한 공기 속에서 기계음만이 유난히 두드러지게 규칙적으로 이어진다.

"뭐라 말하면 좋을지……."

드디어 고타로가 먼저 입을 뗐다.

"솔직히 말하면 여기에 오면서 역시 결혼은 그만두는 게 낫겠다고 생각했어. 이런 상태로는 불가능하니까. 그런데 막상 어머님 모습을 뵈니까 이런 어려운 시기에야말로 그런 불효를 저지를 수 없다는 생각이 들어서 마음이 복잡해. 혹시 어머니가 우리 사이를 회복시키기 위해서 이렇게 되신 건 아닐까 하는 별의별 생각도 다 들고."

"설마. 그럴 리 없어."

"그렇지만 양심에 가책이 느껴지는 건 사실이야."

고타로는 크게 한 번 숨을 들이켰다.

"생각해 보면 우리가 뭐 어린애도 아니고, 무슨 일이든 있을 수 있다고 생각해. 치하루가 말한 대로 맨션에 밀고 들어간 것도 나고 이대로 빌려서 살자고 부탁한 것도 나야. 치하루의 입장에서 보면 그 사람과 관계를 청산하기 어려웠을 거야. 그런 당신의 마음을 난 전혀 헤아리지 못했어."

고타로는 치하루에게 몸을 돌리고 결심한 듯 말했다.

"이런 어머님 앞에서 내 고민 따위는 아무것도 아닌 것 같아. 치하루, 우리 결혼하지 않을래?"

치하루가 고개를 들었을 때, 고타로는 입술을 앙다물고 있었다.

치하루는 오직 자신이 우위에 선 것이 기쁘고 만족스러웠다. 누구의 잘못에서 시작된 싸움이든 양보할 마음은 전혀 없었다. 이제는 상대가 누구든 낯빛을 살피거나 굽실거리거나 기분을 맞추는 일 따위는 하고 싶지 않았다. 원래부터 가지고 태어난 겸양의 전부를 엄마에게 이미 모두 써 버렸기 때문이다.

"고타로는 그래도 괜찮아?"

"응, 괜찮아. 아니, 그게 최선이야."

여러 가지 일들이 있었지만 고타로의 사랑은 역시 변하지 않았다.

"그럼 나도 괜찮지만."

치하루는 이겼다는 듯 조금 튕기며 대답했다.

아버지가 잠시 후에 병실로 들어왔다.

"고타로 군 아닌가. 일부러 와 주어 정말 고맙네."

아버지는 굉장히 기뻐하며 고타로의 손을 꼭 쥐었다.

"많이 놀랐습니다. 지난번에 뵀을 때는 그렇게도 건강하셨는데……."

"나도 너무 갑작스러워서 무얼 어떻게 하면 좋을지 모르겠네."

"그러시겠죠."

"미안하지만, 나도 그렇고 히로카즈도 일이 있어서 이만 회사로 돌아가야 하네. 여하튼 치하루가 돌아와서 큰 힘이 됐어."

서로 말은 많지 않았다. 이 상황에서 이런저런 이야기를 나누기도 어려울 것이다.

"이런 때에 뭣하지만, 사실 제가 노르웨이 오슬로로 전근을 가게 됐습니다."

불쑥 고타로가 말을 꺼냈다. 치하루는 당황해서 눈만 연신 깜빡였다.

"그런가?"

"네."

"왜 빨리 말하지 않았어? 놀랐잖아."

"그렇군. 전근이라……."

아버지가 침착하게 말했다.

"그럼, 빨리 식을 올려야겠군."

"그 일에 대해서 상담드릴 게 있습니다. 정말로 이런 때에 죄송합니다. 좀 더 상황이 안정된 뒤에 천천히 시간을 두고 말씀드리면 좋겠지만, 당장 전근을 가야 하는 바람에 시간이 많지 않아서요. 오늘도 저녁 신칸센으로 돌아가야 하고……. 정말 면목 없습니다."

셋은 병원 일층에 있는 식당으로 내려가 테이블에 마주 앉았다. 자동판매기에서 커피를 뽑았지만 멀건 물 같아서 마실 마음이 생기지 않았다.

"가능하다면 전근하면서 치하루도 함께 데려가고 싶습니다."

고타로가 아버지에게 정중하게 말했다.

"물론이지. 이쪽 일은 걱정하지 마. 데리고 가도록 해. 애들 엄마는 우리가 어떻게든 할 수 있으니까 자네는 신경 쓰지 않아도 돼."

고타로는 그 말에 안심하고 경직된 얼굴을 풀었다.

"그렇게 말씀해 주시니 감사합니다. 잘 부탁드립니다. 그럼 그 전에 조금이라도 도움이 돼 드리면 안 될까요?"

"그게 무슨 말인가?"

"결혼식은 도쿄가 아니라 이곳에서 올리는 건 어떨까요? 때가 때이니만큼 가족만 모여서 조촐하게 치르는 것도 괜찮을 것 같습니다."

아버지가 다행이라는 듯 가슴을 쓸어내렸다.

"아아, 그거 참 고맙네. 이 상황에서 도쿄로 가는 건 무리긴 해. 고타로 군의 가족분들도 좋다고 하시면, 그렇게 부탁함세."

"괜찮을 겁니다. 제가 잘 설명드리겠습니다."

"그럼 잘 부탁하네. 이곳에서 한다고 해도 예물 교환 때 이미 화려하게 피로연도 했으니 친척들을 또 부르지 않아도 될 거야. 가족끼리 하면 돼. 치하루도 괜찮지?"

"나는 특별히 식 같은 거 안 해도……."

"말은 그렇게 하지만, 너도 웨딩드레스 정도는 입어야지."

솔직히 엄마가 이렇게 되어 버린 지금, 결혼식장에도 드레스에도 완전히 흥미를 잃었다. 예전엔 기합이 잔뜩 들어가서 최고로 준비하려 했었다. 엄마에게 트집이라도 잡히면 안 된다는 마음으로. 하지만 이제 더 이상 허세 부릴 필요는 없다. 초대할 친구를 누구로 정할지 고민할 필요도 없다. 이렇게 되니 오히려 마음이 편해졌다.

"정말 안 해도 괜찮아요."

본래 의도와는 달리 고타로는 좋은 의미로 받아들였다.

"확실히 저런 엄마를 보고 있으면 그럴 기분이 아닐 테지."

고타로가 손에 쥐고 있던 종이컵을 테이블 위에 올렸다.

"이러면 어떨까요? 치하루도 틀림없이 전근할 때까지 어머님 곁에 있어 드리고 싶지 않을까 합니다. 그래서 아예 치하루가 이곳으로 돌아와서 떠나기 전 잠시라도 어머님과 함께 지내는 게 어떨까 합니다."

예상치 못한 전개에 치하루는 너무 놀라서 고타로를 빤히 쳐다보기만 했다.

"그렇게 해 주면 나야 좋지."

아버지의 표정이 금세 밝아졌다.

"우리 집은 히로카즈와 나 이렇게 남자들만 있는 데다 병문안 오는 데도 좀처럼 시간 내기가 어렵고. 집안일도 해야 해서 머리가 아프던 참이었네만."

"그러시겠지요."

"하필 요새 사업이 바빠져서 우리 둘만으론 애들 엄마를 보살피기가 어려울 거라고 생각했어. 게다가 사회복지사에게 들으니 지금 치료를 받고 상태가 안정되면 의료 케어가 가능한 간병 시설에 들어가야 한다는데, 그러려면 시설도 찾아야 하고. 물론 그건 나와 히로카즈가 할 테니 그때까지만 치하루가 엄마를 보살펴 주기만 해도 큰 도움이 될 거야."

듣고만 있던 치하루가 겨우 정신을 차리고 끼어들었다.

"일을 그만두고 여기로 내려오라는 거예요?"

아버지가 고개를 주억거린다.

"고타로 군이 전근하면 따라가야 하니 어차피 그만둬야지."

"그건 그렇지만……."

아버지의 목소리는 애원에 가까웠다.

"치하루, 그동안만이라도 부탁한다. 그래 주렴."

고타로까지 눈치 없이 동조한다.

울지 않는 새는 하늘에 빠진다

"나도 그래 줬으면 해. 짧은 기간이지만 적어도 그동안 어머님 곁에 있어 드리면 어떨까? 나도 쉬는 날 될 수 있는 대로 내려올게."

아마 고타로는 한시라도 빨리 치하루가 나카바야시의 맨션에서 나오기를 바랐을 것이다.

"이사 비용은 전부 아버지가 부담하마. 여기에 와 있는 동안은 지금 받는 급료만큼 돈도 주마."

순간 미하루의 말이 강하게 뇌리를 스쳤다.

'지금이라면 복수할 수 있지 않을까?'

치하루의 마음이 스르르 움직였다.

이제 겁먹을 필요도 없다. 엄마는 아무 말도 못한다. 아무것도 할 수 없다.

"음⋯⋯. 그래요, 알았어요. 그렇다면 돌아올게요."

치하루의 대답에 두 사람은 동시에 안도의 표정으로 서로를 마주 봤다.

휴가가 끝나고 회사에 나가 상사에게 사정을 설명했다. 퇴직을 신청하자 흔쾌히 승인해 주었다. 모든 절차가 일사천리로 진행되었다. 회사에서 치하루의 존재는 고작 그 정도였던 것이다. 다음 날에는 이미 파견 회사에서 젊은 여자애가 나와 있었다. 인수인계는 사흘 만에 끝났다.

나카바야시에게도 전화를 걸어 작별 인사를 했다. 어떤 반응을 보일지 여러 가지로 상상했었다. 아쉬워할까, 붙잡을까. 하지만 그의 반응은 의외로 담담했다.

"그래, 본가로 돌아가는군."

"어머니 때문에 어쩔 수 없어요."

"인생은 생각처럼 되지 않는 법이지. 내가 바로 그 예잖아. 이제 일본에 있는 동안 마지막으로 효도만 잘하면 되겠어."

"힘들게 맨션에 살도록 허락까지 해 주셨는데."

"너무 마음 쓰지 않아도 돼."

"일주일 뒤에는 나갈게요."

"이것으로 진짜 이별이군."

가슴이 약간 저릿해 온다.

"네, 그렇네요. 건강하세요."

"고마워. 치하루도 고타로 군도 행복해."

전화를 끊고 나서 잠시 멍하니 있다가 문득 고타로와 함께 만났던 날이 떠올랐다. 어쩌면 그때 나카바야시는 고타로 앞에서 일부러 '치하루'라고 다정하게 이름을 부르고, 둘이서만 아는 이야기를 꺼낸 게 아닐까. 고타로에게 명함을 건넬 때는 거기 적힌 SNS로 뒷조사할 것까지 예상했던 것이 아닐까. 아무래도 질투로 위장된 마지막 복수인 것 같았다.

그렇다고 해도 나카바야시를 원망할 마음은 없다.

예전처럼 여자들에 둘러싸여 펑펑 돈을 쓰거나 화려한 옷을 입고 거리를 활보하는 그런 나카바야시의 삶은 끝났다. 앞으로 그는 끔찍한 병과 마주해야만 한다. 고통의 날들이 연속된다. 그런 나카바야

울지 않는 새는 하늘에 빠진다

시를 더 이상 욕되게 하고 싶지 않다. 그가 지금의 치하루에게 남긴 건 작은 추억과 감상뿐이다.

맨션에 있는 짐 대부분은 처분했다. 이사 비용은 아버지가 내 준다고 해서 가장 비싼 서비스를 불렀다.

치하루는 14년간 동고동락했던 도쿄와 영원히 이별했다.

14

아사코

다급히 가까운 병원을 찾아 엄마 손목의 상처를 치료했다. 다행히도 세 바늘 정도 꿰매는 것으로 끝났다. 진정제를 맞은 탓인지 엄마는 집에 돌아왔을 때 이미 차분한 상태로 돌아와 있었다.

"미안해. 바보 같은 짓을 해서……."

엄마가 풀죽은 목소리로 말했다.

"나도 미안해. 그런 식으로 말할 건 없었는데, 너무 감정적이었어."

"아니야. 그런 기분 나쁜 사람, 거절하는 게 당연해. 그런 사람인 줄도 모르고 소개한 엄마가 나빴어. 정말 미안하다, 아사코."

"이젠 괜찮아?"

"그럼. 지금처럼 앞으로도 둘이서 잘살아 보자. 그러는 동안 틀림없이 좋은 사람이 나타날 거야."

엄마의 말에 하늘을 나는 풍선만큼 마음이 가벼워졌다. 지금은 결혼 운운하기보다 엄마와 평온한 일상으로 돌아가는 것이 그 어떤 것보다 큰 안식과 평화를 줄 것이다.

하지만 순간적 충동에 의한 발작이라고 해도 엄마가 그토록 극단적인 행동을 하다니 믿을 수가 없었다. 그 사건 이후 아사코는 엄마의 정신을 혼란스럽게 하거나 신경을 거슬리지 않도록 세심하게 주의를 기울였다. 최근에는 일을 집으로 가져오는 한이 있어도 엄마와 저녁을 같이 먹고 있다. 주말 점심에도 빠지지 않고 둘이서 외출한다. 그것이 자신의 잘못을 사죄하는 최소한의 방법이었다.

겨우 마음이 차분해졌을 무렵 마침 디자이너 팀에서 친목회가 열렸다. 최근 모임 같은 데는 얼굴을 내비치지 않았지만, 기분 전환도 할 겸 때로는 다른 사람과 화기애애한 분위기를 즐기고도 싶었다.

"오늘 밤 조금 늦을 거 같은데 괜찮아?"

"무슨 일 있니?"

"사내 친목회가 있어서."

"그래, 엄마는 괜찮으니까 천천히 놀다 와."

밝게 배웅해 줘서 안심이 되었다. 그날 밤, 오랜만에 동료들과 흥겹게 이야기를 나눴다. 흥겨운 분위기에 취해 시간 가는 줄도 모르다가 막차를 타고 집에 돌아왔다.

현관문을 열고 집에 들어오니 엄마가 거실 소파에서 가슴을 부여

잡고 몸을 잔뜩 웅크린 채 엎드려 있었다.

"엄마!"

아사코가 놀라서 달려갔다.

"아아, 아사코, 왔니? 아무것도 아니야. 조금 가슴이 아팠어. 네 얼굴을 보니 이젠 괜찮구나."

"정말 괜찮아?"

"요새 가끔씩 이런 일이 있어."

"그럼 빨리 말해 주지 그랬어."

"그게……, 네가 걱정할까 봐."

엄마가 조심스럽게 말했다.

"그럼 안 돼. 무슨 일이라도 생겼으면 어쩔 뻔했어. 일단 알았으니까, 내일 병원에 가서 검사부터 받자."

"그런데 회사는?"

"괜찮아. 휴가 내면 돼."

다음 날, 엄마를 모시고 병원에 갔다. 이왕이면 큰 병원이 안심할 수 있을 것 같아서 신주쿠에 있는 유명한 의대부속병원으로 갔다. 가슴 통증뿐만 아니라 현기증이나 두통 등 다른 증상도 있는 것 같다고 했다.

오랜 시간이 걸렸다. 세밀하게 검사했지만 이상하게도 결과는 심장도 뇌도 혈액도 모두 '이상 없음'으로 나왔다. 진단으로는 부정수소*라는 병명이 나와 안정제만 처방받았다.

"미안, 일부러 회사까지 쉬고 와 줬는데."

확실한 병명이 나오지 않는 데 대하여 엄마는 미안한 듯 말했다.

"무슨 말이야. 아무 병도 아니라는데 오히려 다행이지. 의사도 말했지만 지금은 느긋하게 쉬는 게 제일이래."

의사한테 '스트레스'라는 말을 들었을 때, 아사코의 가슴이 움찔했다. 스트레스가 있다면 원인은 단 하나밖에 없다. 아사코는 말로 엄마에게 상처 주었던 자신을 끝없이 책망했다.

그 후 매주 한 번씩 엄마는 병원에 다니며 약을 처방받았다.

병원을 계속 다녔지만 몸은 좀처럼 회복되지 않았다. 둘이서 함께 있는 동안은 비교적 안정되었지만 아사코가 저녁시간에 늦거나 주말에 출근하기만 하면 증상이 두드러졌다. 며칠 전에는 회의가 예정보다 길어져 연락하지 못했는데, 휴대전화로 전화가 걸려 왔다.

"아사코, 갑자기 가슴이……."

아사코는 새파랗게 질려 집으로 달렸다.

집에 들어갔을 무렵 엄마는 이미 어느 정도 안정을 되찾은 상태였다. 아무래도 혼자 있는 것에 과민 반응을 하는 것 같았다.

"전화해서 미안. 갑자기 불안해져서."

"괜찮아, 그럴 땐 언제든 연락해."

의사가 말한 대로 심리적인 영향이 클 것이다. 엄마를 그렇게까지 몰아세운 것이 아사코 자신이라는 생각에 형용할 수 없는 죄책감이 온몸을 뒤덮었다.

---

* 不定愁訴 : 뚜렷하게 어디가 아프거나 병이 있지도 않은데 초조감, 피로감, 불면 따위의 자각 증상을 호소하는 것.

잠시 블로그를 쉬었습니다.

최근 몸이 안 좋아서요. 어디가 나쁜 곳은 특별히 없는데 가슴이 답답하고 현기증이 나고 나른하거나 두통이 일어나곤 합니다. 건강한 저에게도 이런 일이 있네요. 역시 이젠 나이가 나이구나 실감합니다.

그런데 좋은 일도 있습니다. 딸이 제 곁에 찰싹 붙어서 간병해 주네요. 언제나 친절한 딸이지만, 이렇게까지 걱정해 주리라고는 생각지도 못했습니다. 엄마와 딸의 정이 보다 깊어진 것 같습니다.

전에 말씀드렸던 딸의 결혼은 상대가 갑자기 지방으로 전근을 가게 되어 미뤄졌습니다. 몸이 좋지 않은 저를 혼자 둘 수 없다고 딸이 말했기 때문이지요. 물론 엄마는 신경 쓰지 말라고 여러 차례 말했지만 딸은 고개를 가로저었습니다. 딸아이가 지금껏 본 적 없는 진지한 얼굴로 "엄마를 위한 게 아니면 날 위한 것도 아니야."라고 말했을 때는 움찔 놀랐습니다. 전 정말 죄 많은 엄마입니다.

그런데 말해도 듣지 않는 그 고집스러운 성격은 누구를 닮은 걸까요? 저일까요, 아니면 이미 세상을 떠난 남편일까요? 딸아이의 모습을 물끄러미 지켜보면서 이런 생각을 해 봤습니다.

고타로에게서 전화가 걸려 왔다.

"알려 줄 게 있어서요. 괜찮으면 만날래요?"

듣는 순간 두 발이 하늘 위로 붕 뜨는 듯했다. 전에 만났을 때만 해도 약혼자와 문제가 있어서 결혼이 없던 일로 될 것 같다고 말했었다. 알려 줄 게 있다면 분명 그것이리라.

들뜬 마음으로 약속 장소로 향했다.

그런 상상을 해서는 안 되는 것쯤은 물론 잘 안다. 그래도 자꾸 바라는 자신을 발견한다.

만일 그렇게 되었다면……

고타로에게 반한 마음을 이제 더 이상 부정할 생각은 없다. 그 올곧고 밝은 성격에서 얼마나 많은 구원을 받았던가. 지금 이렇게 마음을 다잡고 살 수 있는 건 모두 고타로 덕분이다.

그렇다고 지금 당장 뭘 어떻게 하고 싶다는 건 아니다. 단지 앞으로도 현재의 관계를 계속 이어 나가면서, 가끔 만나서 이야기도 나누고 한잔하길 바랄 뿐이다. 어쩌면 그렇게 자연스럽게 어울리다 보면 언젠가 그의 마음이 자신에게 향할지도 모른다. 그렇게 된다면……

그런 희망에 얼굴이 조금씩 밝아졌다.

엄마에게는 "회의로 좀 늦겠지만 열 시까지는 반드시 갈게."라고 여러 차례 연락했다. 요즘 들어 엄마도 안정을 많이 찾았다. 약이 효과를 톡톡히 발휘하는 모양이다.

전에도 만난 적 있는 신주쿠의 선술집에 들어섰다.

아사코의 얼굴을 보자마자 고타로가 미소 지으며 말했다.

"다행이네요. 건강해 보여서."

"네, 고마워요."

"어머니는 좀 어떠세요?"

"조금 언쟁이 있었는데 결국에는 이해해 줬어요."

손목을 그었다는 말은 차마 할 수 없었다.

"그럼 원만하게 해결된 셈이네요."

"덕분에요."

맥주와 몇 가지 음식을 주문했다. 점원이 가져다 준 맥주로 시원하게 건배했다. 음식은 따로 덜어먹지 않고 한 접시에서 함께 먹는다. 그게 고타로를 한층 더 가까운 존재로 느끼게 해 줬다.

"그쪽은 어때요?"

아사코는 물었다. 무심한 듯 물을 생각이었는데 긴장했는지 말끝이 조금 떨렸다.

"그게, 실은 그녀의 어머니가 쓰러지셨어요."

"어머나."

젓가락을 든 손이 무심코 멈췄다.

"그녀의 본가에 다녀왔는데 상상했던 것보다 훨씬 병세가 심각해서 정말 놀랐어요. 후유증도 남으실 것 같아요."

"그렇군요."

"그때까지만 해도 결혼 얘기는 없던 걸로 할 생각이었는데, 막상 어머니를 간병하고 있는 그녀를 보니까 뭐랄까, 굉장히 애잔한 마음이 들었다고나 할까요."

거기까지만 듣고도 이후의 말은 들을 필요도 없이 고타로가 어떤 결론을 내렸을지 바로 예상이 되었다.

"역시 내가 그녀를 행복하게 해 주지 않으면 안 될 것 같아요. 그래서 결국 그녀와 결혼하기로 했어요."

"네, 다행이네요."

반사적으로 의례적인 말이 튀어나왔다. 하지만 볼 근육이 딱딱하게 굳어 제대로 움직이지 않는 것을 느낄 수 있었다.

"당신에게는 지금까지 이런저런 불평만 늘어놓았는데 이제 와서 돌이켜 보니 부끄럽기만 해요."

"그렇지 않아요. 정말 다행이에요. 축하해요."

점입가경으로 고타로는 오슬로로 전근하게 되었다는 소식까지 알렸다. 약혼녀는 현재 도쿄 생활을 정리하고 고향에 머물면서 잠시 어머니를 간병하다가 그의 전근에 맞춰 함께 일본을 떠날 것이라고 했다.

깊은 한숨이 입에서 새어나오지 않도록 아사코는 몇 번이나 맥주잔을 입으로 가져갔다.

"그런데 이전엔 그렇게 식장이나 드레스에 집착하더니 지금은 그런 것쯤은 아무래도 좋다고 해서 놀랐어요. 사람이 변해도 저렇게 변할 수 있는 건지."

"그럼 이제 신경 쓰지 않나 보군요."

말을 내뱉는 순간 자신의 말에 박혀 있는 가시를 깨닫고 몸이 움찔했다.

"네?"

"아니, 아무것도 아니에요."

아사코는 고개를 세차게 흔든다.

"아아, 그 맨션 빌려준 사람 말이군요. 전혀 신경이 안 쓰이는 건 아니지만······."

자신의 심술이 고타로에게 전해질까 봐 안절부절못했다.

"이제 다 잊기로 했어요. 살다 보면 그런 일도 있으니까요. 이건 하나의 작은 시련일 뿐이라고 생각하기로 했어요. 이젠 과거에 집착하는 건 그만두려고요. 어차피 일본을 떠나 오슬로로 갈 거고, 앞을 향해서만 나아가자고 결심했죠."

고타로에게 주저하는 기색은 전혀 보이지 않았다.

알고 있다. 고타로를 책망할 수도 없다. 멋대로 상상하고 기대하고 가슴 뛴 것은 혼자만의 착각이었다. 그런 줄 알면서도 믿었던 사람에게 배신당한 기분이 드는 이유는 뭘까.

한 시간 만에 자리에서 일어섰다. 더 이상 고타로와 얼굴을 마주하기 힘들었다.

역에 내려서 집으로 돌아가는 길, 입에서 새어나오는 것은 땅이 꺼질 듯한 한숨뿐이었다. 무거운 절망이 발걸음마저 더디게 했다. 편의점 앞에서 요코네 아주머니를 만났을 때도 기분 좋게 웃어 보일 수가 없었다.

"어머, 아사코. 요즘 어머니 건강은 어떠셔?"

아주머니의 얼굴은 흥미와 동정이 뒤섞여 있었다. 여전히 엄마의 블로그를 열심히 읽고 있는 듯하다.

"덕분에 이젠 건강해지셨어요."

"몇 년 전에 나도 어머니와 같은 증상이 나타난 적이 있었어. 의사가 갱년기장애라고 하더라고."

"그러세요?"

"나이를 먹는 게 싫어. 이곳저곳 몸이 삐걱거리지 않는 데가 없다니까."

잠시 뜸을 들이던 아주머니가 아사코의 눈치를 살피며 말을 이었다.

"그래서 정말 결혼은 연기됐어?"

이건 또 무슨 말일까. 오히려 묻고 싶은 건 이쪽이었다.

"네에, 뭐. 다시 시작할까 해요."

거짓말이 되지 않도록 애매하게 대답했다. 결혼 취소라고 말하면 엄마의 블로그 내용과 달라질 것이다. 지금은 여하튼 엄마의 체면을 지켜 줘야 했다.

"블로그를 읽고 나 진짜 감동했잖아. 엄마 건강이 걱정돼서 전근하는 약혼자를 따라가지 않다니, 요즘 세상에 그렇게 엄마를 끔찍이 생각하는 딸이 어디 있어."

고맙게도 아주머니에게는 좋은 면이 하나 있다. 엄마의 의도대로 곧이곧대로 받아들인다는 것이다.

"저희 집은 엄마랑 딸 단둘이니까요."

"그렇다고 다 사이가 좋은 건 아니지. 우리 딸은 엄마 따윈 아무래도 좋다고 생각하는데 뭘."

그러고 나서 아주머니는 평소처럼 영국으로 시집간 딸에 대한 불만을 한 바가지 쏟아 냈다.

집으로 돌아오자 엄마가 기분 좋은 모습으로 기다리고 있었다.

"어머, 오늘 빨리 왔네."

"응, 회의가 생각보다 일찍 끝났어."

"밥은?"

"먹고 와서 괜찮아."

"그럼 차라도 줄까? 맛있는 킨츠바*를 받았어."

먹고 싶은 마음은 전혀 없다. 그렇다고 기쁘게 맞이해 주는 엄마의 성의를 무작정 거절할 수도 없는 노릇이다.

차에 곁들여 킨츠바를 먹으면서 사소한 이야기를 나눴다.

"저기, 이거 말인데."

엄마가 평소 가지고 다니는 장바구니에서 흰 봉투를 꺼냈다.

"뭐야?"

"좀 봐 볼래?"

건네받은 봉투에는 편지와 사진이 들어 있었다. 순간 뒷목이 빳빳해져 왔다. 그건 신상명세서와 인물 사진이었다.

"파트직으로 같이 일하는 친구한테서 받았어. 그 친구, 사람이 정말 좋거든. 입도 어찌나 무거운지 믿을 수 있고. 늘 여러 가지 상담도 해 줘. 그래서 이번 일을 얘기했더니, 그렇다고 자세한 것까지 다

---

* きんつば : 화과자의 일종.

울지 않는 새는 하늘에 빠진다

말한 건 아니고. 여하튼 이런 사람이 있는데 어떠냐면서 오늘 이걸 주더라. 신상명세서에도 있지만 관공서에서 근무하니까 직장은 안정적이고, 게다가 차남이래."

아사코는 두 번 다시 보지 않고 그것을 봉투에 넣었다.

"엄마, 미안한데 지금은 이런 거 볼 기분이 아니야."

말투가 다소 강했을지도 모른다. 그 일이 일어난 지 두 달도 채 지나지 않았다. 엄마는 어떻게 내게 선 볼 마음이 이렇게 빨리 생길 거라고 여기는 걸까.

아사코의 반응에 엄마의 눈썹이 작게 꿈틀거렸다.

"좀 이르다는 건 엄마도 잘 알아. 그래도 그 친구가 그러는데 이런 때일수록 기분을 바꾸는 게 방법이 될 수 있다고 했어. 나도 그래 보면 어떨까 싶었어. 널 화나게 했다면 미안한데, 이것도 다 널 생각해서 한 일이야. 그것만은 알아줬으면 좋겠다."

"응, 알겠어. 그렇지만 이 얘기는 안 들은 걸로 할게."

"그래, 그렇게 하렴."

엄마가 섭섭한 표정으로 봉투를 받아들었다.

그날 밤 잠을 이루지 못한 아사코는 멀거니 천장을 올려다보고 있었다. 파트직으로 일하는 친구가 가져왔다는 건 정말일까. 혹시 엄마가 부탁한 건 아닐까. 엄마는 블로그에 결혼 취소가 아니라 어디까지나 결혼 연기라고 적었다. 엄마에게도 체면이라는 게 있겠지만, 어쩌면 나 모르는 다른 계획을 세우고 있는 게 아닐까 미심쩍었다.

설마……. 아무리 그래도 엄마가 그렇게까지 교활한 사람은 아니다. 하지만 목구멍 안쪽에서 번지는 씁쓸함을 막을 길이 없었다.

엄마가 발작을 일으킨 건 그날 새벽 2시가 지나서였다.

"아사코……."

엄마의 신음하는 목소리를 듣고 잠에서 깼다. 방문을 열고 들어온 엄마가 그대로 바닥에 풀썩 쓰러졌다.

"엄마!"

아사코는 외치며 황급히 달려갔다.

"가슴이 아파. 심하게 두근거리고, 현기증도……."

엄마의 목소리에 아무런 힘이 없다.

'심장 아니면 뇌?'

어디가 잘못된 건지 알 수 없다.

"금방 구급차 부를게."

서둘러 휴대전화를 들었다.

"아니, 아니, 괜찮아. 부를 정도로 심하진 않아."

"하지만……."

"아아, 이제 좀 괜찮아졌어."

"정말 괜찮아?"

"응, 괜찮아졌어."

엄마를 방까지 데려다 주고 침대에 눕혔다.

"차 좀 가져올게."

"저녁 먹고 마셨어."

"그래도 마시는 게 좋지 않겠어?"

"너무 자주 마셔도 나쁘다고 의사가 그랬어."

"그래."

"아마 자기 전에 녹차를 마신 게 안 좋았던 거 같아. 녹차는 카페인이 많잖니. 엽차로 할 걸 그랬나 봐."

그날은 그 정도에서 끝났지만, 그때부터 엄마는 자주 몸 상태가 나쁘다고 호소하는 일이 많아졌다.

파트타임으로 일하는 동안은 그렇지 않은 듯하지만 저녁이 되면 정서불안의 상태가 되는 듯하다. 전화도 빈번히 걸어 왔다.

앞뒤 팽개치고 집으로 달려온 아사코에게 엄마가 사과를 했다.

"미안하구나. 폐만 끼쳐서."

전화를 받아도 도저히 일을 뿌리치고 달려가지 못할 때도 있었다. 그럴 때면 아사코는 제정신을 차릴 수가 없었다. 자신이 없는 동안에 엄마에게 혹시 무슨 일이라도 생기면 어떡하나 싶은 마음에 회의 중에도, 업체와 의견 조율을 하는 중에도 달려가고 싶은 마음뿐이었다.

이윽고 엄마는 신체 외에 사고방식도 비관적으로 되어 갔다.

최근에 아버지가 꿈에 자주 보인다, 엄마는 결국 아사코의 짐이 될 뿐이다, 혼자 있으면 왠지 눈물이 난다 등등 슬픈 말만 입에 담았다. 어쩌다가 엄마의 몸과 마음은 이렇게까지 약해진 걸까. 아사코도 점점 모든 것에 지쳐 갔다.

주말에 오사카에서 디자인박람회가 열리지만 거기에 가는 것도 주저하게 되었다. 해외에서 선보이는 작품도 많고 이름 있는 디자이너의 작품도 공개된다. 분명 신선한 자극이 될 것이다. 앞으로 하는 일에도 도움이 될 것이다. 사내 디자이너들은 모두 가기로 했다. 아사코도 무척이나 가고 싶다. 하지만 엄마를 혼자 남겨 둔다는 불안에서 벗어날 수 없었다. 무슨 일이 생길 것만 같은 불안한 생각이 머릿속을 떠나지 않았다.

그래도 아사코는 엄마에게 조심스럽게 이야기를 꺼내 보았다.

"저기, 이번 주말 말인데."

"응, 안 그래도 멋진 가게를 찾았어. 부드러운 오믈렛이 인기래. 오다이바에 있는 해안가 레스토랑이야."

"주말에 오사카에서 디자인박람회가 있어. 굉장히 공부가 될 거야. 회사 동료들도 모두 가고. 그런데 하룻밤 자고 와야 해서……. 엄마가 하필 이럴 때 내가 가도 될지 망설이고 있어."

엄마는 가까스로 미소를 짓는 듯했다.

"알았어, 다녀와. 엄마는 걱정하지 말고. 요즘 몸 상태도 좋아지고 있으니."

아사코는 안도한다.

"잘됐다. 그럼 그렇게 할게. 일요일 저녁에는 돌아오니까, 그날 밤은 어디 나가서 맛있는 거 먹자."

"그래, 그러자."

그렇게 다 끝난 이야기였는데, 당일 아침 엄마는 또다시 발작을 일으켰다.

침대 안에서 가슴을 누르며 가느다란 호흡을 반복했다. 그런 엄마를 두고 오사카에 갈 수는 없었다.

"미안, 엄마 때문에……."

엄마의 눈가가 눈물로 번졌다. 뭐라고 대답하면 좋을지 얼른 떠오르지 않았다.

"괜찮아. 박람회는 또 열리니까."

"자꾸 이러다가 엄마, 살아 있는 동안에 손주 얼굴이나 보고 죽으려나 모르겠다."

아사코가 대답을 못하자 "미안하다. 또 바보 같은 소리나 해대고." 라며 죄지은 듯이 눈을 꼬옥 감았다.

"여하튼 오늘은 푹 쉬어."

해 줄 수 있는 말은 이것밖에 없었다.

엄마의 증상은 대체 언제까지 계속될까. 아사코는 거실 소파에 몸을 맡기고 허공을 바라보면서 깊은 생각에 잠긴다. 매주 병원에 다니고 하루 두 번씩 약도 챙겨 먹는다. 그런데 병세가 나아지기는커녕 오히려 나빠지기만 하는 것 같다.

'약이 맞지 않나. 병원을 바꾸는 게 좋을까. 부정수소 증상이라고 진단받았지만 사실은 더 중대한 병에 걸려 있는 게 아닐까.'

엄마가 먹는 약을 인터넷으로 조사해 보기로 한 것은, 그런 생각이 들어서였다. 아사코는 식기장 서랍을 들췄다. 엄마는 항상 거기에 뭐든 넣어 두곤 한다. 영수증과 전단지 아래에서 흰 약봉투를 발견했다. 안에는 일주일분의 약봉지가 들어 있었다.

봉투에서 약봉지를 꺼내 들었다. 하지만 그것들은 아직 하나도 개봉되지 않은 새것이었다. 설마 받아 온 그대로일까. 약 봉투 겉면에 글자가 적혀 있었다. 순간 아사코의 목에서 날카로운 탄식이 흘러나왔다.

그것은 이미 받은 지 두 달도 넘은, 엄마와 처음 병원에 갔던 날의 날짜가 찍힌 봉투였다.

'엄마, 어째서……'

분명 일주일에 한 번은 병원에 다닌다고 했다.

점차 짙은 의심이 부풀어 오른다. 아사코는 한동안 엄마의 방문을 물끄러미 바라보았다.

15

치하루

재활한 성과가 있었는지 엄마는 체력을 회복하는 중이었다. 후유증은 남았지만 최악의 상황만큼은 면했다. 무엇보다 식욕이 돌아왔다. 부자연스러운 왼손이지만 숟가락으로 어쨌든 스스로 밥을 먹을 수 있게 되었다.

치하루의 생활도 이전과는 확연하게 달라졌다.

아침 7시에 일어나 우선은 세탁기부터 돌린다. 아버지와 동생을 위해 빵을 굽고, 커피를 내린다. 둘을 출근시키면 곧바로 설거지를 끝낸다. 그리고 세탁기에서 나온 산더미 같은 빨래를 넌다. 대부분이 병원에서 가져온 엄마의 더러워진 파자마와 타월, 속옷이다. 매일 나오는 세탁물을 자칫 귀찮다고 쌓아 두었다가는 더욱 성가셔진다. 이 모든 걸 끝내면 겨우 자신의 아침식사 차례가 온다. 방 청소는 사흘에 한 번, 욕실 청소는 매일. 아직 익숙하지 않은 데다 서툴러서 한숨 돌릴 무렵이면 이미 11시가 넘는다. 세탁한 옷가지를 봉지에 차곡차곡 담아서 엄마가 탔던 소형차에 싣는다. 익숙해진 길을 달려 도착한 곳은 언제나 병원이다.

그런 매일의 일상은 단조롭고 지루하다. 그래도 불평하면서도 어떻게든 해 나가는 자신이 치하루는 신기할 따름이다.

도쿄에 살았을 때는 자신밖에 생각하지 않았다. 자신만 쾌적하게 지낼 수 있다면 나머지 일들은 아무래도 좋았다. 자기 것 이외에는 남을 위해 세탁한 적도 없고, 가끔 요리를 만들어도 마음이 내키거나 자신이 먹고 싶은 게 있을 때뿐이었다. 누군가를 위해 무언가를 한다는 감각 따윈 잊고 산지 오래였다. 아니, 원래 갖고 있지 않았던 것 같다. 실로 오래간만의 일이기에.

치하루는 논리적으로 생각하고 있다. 아버지에게서 회사를 다닐 때만큼의 돈을 받고 있고, 낮에는 적당히 쇼핑을 즐기거나 DVD를 본다. 기본 노동은 하루 여덟 시간. 그 이상은 움직이지 않는다. 이것은 일이지 효도가 아니다.

무엇보다 저 엄마에게 이제 와서 무슨 효도를 할 것도 아니고. 그게 가능하기나 할까. 만일 그런 걸 요구한다면 치하루는 당장 도쿄로 돌아갈 생각이다.

가스미에게서 연락이 온 것은 본가로 돌아온 지 보름쯤 지나서였다.

"들었어. 어머니, 편찮으시다며?"

수화기 너머에서 가스미가 내뱉는 동정의 말이 들렸다. 대체 누구에게 들은 것일까. 좁은 동네는 이래서 싫다.

"요전에 삿친이 아르바이트하는 반찬 코너에서 만났다며? 그때는 건강하셨다는데 정말 놀랐어. 그래서 상태는 어떠셔?"

"그냥저냥."

"길어질 것 같니?"

"아마."

"그렇구나. 큰일이네. 우리도 시아버지가 장기 입원하고 계셔서 잘 알아. 매일 간병하기가 진짜 힘들어."

가스미가 말을 이었다.

"치하루는 옛날부터 노력파였어. 너무 무리하지는 마."

사실 치하루는 "뭐든 도울 일이 있으면 말해."라는 가스미의 호의가 솔직하게 받아들여지지 않았다. 입으로는 위로를 잘도 하면서 속으로는 그럴 줄 알았다고 고소해하며 웃고 있을 게 틀림없다. 옛날에도 그렇지 않았던가. 앞에선 친한 얼굴을 가장하고 뒤에서는 험담을 해댔다. 아무것도 모른다고 생각하겠지만 치하루는 다 알고 있었다.

"이번에 모두 만나서 얘기했어. 장소도 시간도 치하루에게 맞출 테니까 가끔씩 기분 전환이나 시켜 주자고."

일단 "생각해 볼게."라고 답했지만 치하루에게 그럴 마음은 눈곱만큼도 없었다. 만나면 어차피 병상에 대한 이야기를 물을 게 뻔하다. 물론 결혼 이야기도 할 마음은 전혀 없었다. 그런 정보를 주면 쓸데없는 소문만 무성해질 따름이다. 무엇보다도 그 애들에게 가엾다며 동정받을 내가 아니었다.

가스미도 그걸 알아챈 게 분명하다. 두세 차례 만나자는 메일을 보내 왔지만 한동안 연락이 끊겼다. 역시 맨 처음부터 그 정도의 마음이었던 것이다.

생각해 보면 원래 친구 따윈 없었다. 늘 혼자였다. 어릴 때부터 가족이든 친구든 누구 하나 없었다. 지금에 와서 친구라니 웃기는 소리다.

오전 11시 반이 조금 지났을 무렵에 병원에 도착했다.

주차장에 자동차를 세우고 정면 현관에서 로비를 가로질러 엘리베이터를 탔다. 외래 대합실은 여전히 혼잡했다.

엄마의 병실은 사층 개인실이다. 아버지의 허세도 있지만, 곧 의료 시설이 갖춰진 요양 시설로 들어갈 예정이라 그리 오랫동안 입원할 의향이 없는 탓도 있었다.

병실에 들어가자 침대에 등을 기댄 엄마가 창 너머를 바라보고 있었다.

늘 처음 만나면 무슨 말을 건넬지 몰라 당황스럽다. 엄마가 말하지 못한다는 걸 알지만 왠지 말을 하기 시작하면 신랄한 말을 쏟아 낼 것만 같아서 자신도 모르게 긴장하게 된다.

물론 엄마는 아무 말도 하지 않았다. 그런데 그날따라 수줍은 표정으로 치하루를 바라봤다.

이상한 낌새를 차리고 치하루는 엄마가 입었던 파자마를 살펴봤다. 면직물에 작은 꽃무늬가 흩어져 있다. 그 가슴 언저리에는 옅은 갈색의 얼룩이 군데군데 번져 있다. 또 식사 중에 흘린 것일까.

"또 더러워졌네."

엄마는 매일 이렇게 파자마를 더럽힌다. 상의뿐만 아니라 바지도 마찬가지다.

"더러워."

치하루는 주저하지 않고 간호사를 불렀다.

"무슨 일 있으세요?"

곧 간호사가 달려 왔다. 이제 갓 스물이나 되었을 법한 젊은 간호사다.

"파자마가 더러운데 옷 좀 갈아 입혀 주세요."

간호사가 순간 눈살을 찌푸리는 듯했다. 그런 일로 불렀다고 비난하는 것 같아서 치하루는 갑자기 긴장했다.

이 병원은 완전간호 방식이다. 가족이 곁에 있는 건 기본적으로 불필요하고 간병에 관해서도 간호사에게 맡기면 된다. 비교적 비싼 개인실 요금에도 그 수당이 분명 포함되어 있을 것이다.

"알겠습니다. 자, 도와드릴게요."

간호사가 미소를 지으며 치하루가 준비한 파자마로 갈아입히기 시작했다. 역시 능숙하다. 엄마는 싫어하지 않고 간호사가 하는 대로 맡기고 있다. 바지를 벗기던 중에, 간호사가 "어머나!" 하고 소리를 높였다.

"알아차렸어야 했는데 죄송해요. 기분 나쁘셨죠? 곧 갈아 입혀 드릴게요."

간호사가 기저귀를 펼치자 병실 가득 역겨운 냄새가 코를 찔렀다. 엄마는 배변한 상태였다.

치하루는 똑바로 쳐다볼 용기가 없었다. 도망치듯이 병실에서 나왔다. 엄마의 치모도 성기도, 엄마가 무방비로 다리를 벌리고 간호사에게 뒤처리를 맡기고 있는 모습도 도저히 보고 있을 수 없었다.

복도 벽에 기대고 있으니 어느새 미하루가 곁으로 다가와 있었다.

'그 엄마가 말이야……'

무얼 말하고 싶은지 이미 충분히 알고 있다. 엄마는 누구보다 자존심이 강한 사람이었다. 주위에 약점이 드러나는 걸 가장 수치스럽게 여겼다. 그런 엄마가 간호사에게 기저귀를 맡기게 되었다.

"전부 간호사더러 하라고 해도 되겠지?"

'당연하지. 그게 일인걸. 게다가 저런 일은 딸보다 생판 남이 해 주는 게 마음 편할 거야. 엄마도 이런 모습 네게 보여 주고 싶지 않을 테고.'

"그렇겠지?"

'더군다나 그런 몹쓸 엄마에게 딸이란 이유만으로 왜 이제 와서야 기저귀 뒤치다꺼리 같은 걸 해야 하는 건데.'

말한 대로다. 치하루는 미하루의 말에 전적으로 동의한다. 한 번도 상냥하게 보듬어 준 적 없던 엄마에게 어떻게 딸다운 효도를 할 수

울지 않는 새는 하늘에 빠진다

있을까.

뒤처리를 마친 간호사가 밖으로 나왔다. 그제야 비로소 치하루는 병실로 들어갔다. 개운해졌는지 엄마의 표정은 해맑고 평온했다.

조금 있으니 점심식사가 도착했다. 엄마 앞으로 좁고 긴 사이드 테이블을 옮기고 식사가 담긴 쟁반을 얹었다. 음식은 가늘고 잘게 자르거나 짓이겨져서 나왔다. 원형을 알아볼 수 없었다. 된장국이나 차는 젤리 형태였다. 잘못 삼키는 것을 막기 위해서였다.

왼손밖에 사용하지 못하는 탓으로 엄마는 숟가락을 제대로 쥐지 못했다. 음식을 떠도 입으로 가져간다기보다 얼굴 쪽으로 일단 끌어와 여기 저기 몇 차례 부딪친 후에야 간신히 입을 찾아 넣는다는 표현이 더 어울린다. 가슴 언저리로 국물이 뚝뚝 떨어졌다.

"아이, 지금 막 갈아입은 옷인데."

치하루가 무심코 눈살을 찌푸렸다. 어쩔 수 없다는 건 알지만 좀처럼 익숙해지지 않고 짜증이 났다.

엄마는 숟가락을 든 채로 치하루의 안색을 살피듯 올려다봤다. 비굴해 보이는 약한 존재였다. 어디서 많이 본 듯한 모습, 치하루에게 어릴 적 겪었던 잔혹한 기억이 되살아났다.

"엄마, 엄마도 내가 옛날에 이렇게 먹으면 엄청 화냈어. 개나 그렇게 먹는 거라면서. 그때마다 항상 내 손 때렸던 거 기억해?"

엄마가 시선을 자신의 손으로 스르르 떨군다. 말뜻은 정확히 이해하지 못해도 뉘앙스는 통할지 모른다. 급격히 풀이 죽어 있다. 하지만 아무리 그렇다고 해서 치하루가 하루아침에 호의를 갖긴 어렵다.

조금이라도 가여운 생각이 든다면 지금까지의 엄마를 용서하는 것만 같아 두려웠다.

오랜 시간에 걸친 식사를 끝내고 엄마는 그것만으로도 지쳤는지 침대에 누워 바로 눈을 감았다.

쟁반을 들고 복도로 나가 배식용 카트 위에 올려놓았다. 거기까지 마치면 딱히 이렇다 할 일이 없다. 때때로 간호사가 체온을 재거나 맥을 짚으러 오는 정도다. 치하루는 대개 일층 편의점에서 잡지를 사서 올라와 창가 둥그런 의자에 자리를 잡고 그것을 대충 넘기며 시간을 보냈다.

돌아갈 시간도 따로 정해진 것은 아니었다. 두 시간 정도만 있다가 일어날 때도 있었고, 아무런 일이 없을 때는 조금 더 오래 머물기도 했다. 오늘은 돌아가는 길에 슈퍼마켓에만 들르면 되어서 4시가 되기 조금 전에 병실을 나왔다.

세탁물이 든 봉지를 손에 들고 "그럼." 하고 엄마에게 인사했다. 엄마는 '돌아가니?'라고 말하는 듯, 어쩌면 좀 더 있다가 가라고 애원하는 듯 바라보지만 치하루는 의자에 다시 앉는 법이 없다. 오늘도 역시 돌아보지 않고 병실을 나왔다.

'어스름 석양'의 멜로디가 흘러나온 것은 주차장을 나왔을 무렵이었다. 무심코 차를 세우고 노래에 빠져들었다.

되돌리고 싶지만 되돌릴 수 없는 어린 시절. 막다른 곳에 다다라 두려워하고 외로워했던 기억만 차례로 떠올랐다.

하지만 이제 더 이상 엄마에게 겁먹지 않아도 된다. 지금 엄마는

상처 입은 작은 동물일 뿐이다. 위축된 눈으로 치하루를 올려다보는
게 고작이다.

"아하하하!"

치하루는 일부러 크게 소리 내어 웃어 본다. 엄마의 저 볼썽사나운
모습, 얼마나 한심하던지…… . 동정의 마음 따위는 들지 않는다. 모
든 고통과 슬픔은 엄마가 스스로 초래한 결과다.

그날 밤 11시가 넘었는데 고타로에게서 전화가 걸려 왔다. 대개 하
루 걸러 연락해 온다.

"어머님은 괜찮으셔?"

대화는 늘 이 질문부터 시작된다.

"응, 여전해."

"그래."

"그래도 식사는 잘하셔. 오늘도 점심은 남기지 않았어. 삼분의 일
은 흘렸지만."

"드시려는 의욕이 중요하지."

"당신은 어때?"

"응, 여기도 여전해. 노르웨이에서 부크몰어라는 언어를 사용해야
해서 공부도 해야 하고. 근데 그게 조금 어려워서 매일 사전을 옆에
끼고 살아. 거긴 여름엔 백야가 이어지고 겨울엔 태양이 뜨지 않는
대. 그곳의 생활은 어떨까?"

이런 사소한 이야기를 30분 정도 나누고 전화를 끊는다. 불을 끄

고 이부자리에 몸을 누인다. 사르르 눈이 감긴다. 오늘 하루와도 작별한다.

"나 어릴 적에 엄마가 늘 말했지. 넌 정말 도움 안 된다고. 이렇게 간병해 주는 지금도 그렇게 말할 수 있어?"

"……."

"도와준다고 했더니 방해된다고나 하고. 근데 아무것도 안 하면 또 뻔뻔하다고 했지. 대체 난 어떻게 해야 했던 거야? 지금은 어때? 도와줘야 해, 말아? 말해 봐."

"……."

"위로해 주려고 꽃을 따서 집으로 가져간 적이 있었지. 하지만 엄마는 어린애 주제에 약삭빠른 데가 있다고 비난만 했어. 맞아, 앞으로 이 병실에는 절대 꽃 장식은 하지 않을 거야."

"……."

"멍청이, 느림보, 머리가 나쁘다, 요령이 없다, 서툴다, 도움이 안 되니 저리 가라……. 그게 다 엄마가 내게 내뱉은 말들이야. 지금 내가 그렇게 한번 말해 볼까? 말해 줄까?"

치하루는 숨도 쉬지 않고 분노를 쏟아 낸다.

알아듣는지 못하는지, 엄마는 그저 흔들리는 눈동자를 이리저리 굴리며 입을 주뼛거릴 뿐이다.

주말에 고타로가 문병을 왔다. 고타로를 본 엄마는 불안한 눈길을

울지 않는 새는 하늘에 빠진다

보냈다.

"고타로야. 모르겠어?"

엄마가 불편한 듯 어찌할 바를 모르며 몸을 움츠렸다. 사실 고타로에게만 그런 게 아니라, 아버지도 동생도 치하루도 어렴풋하게만 알아보는 것 같다.

"괜찮아요. 아프시니까 어쩔 수 없죠."

고타로는 어린애 다루듯 "건강해 보이셔서 안심입니다."라며 엄마에게 웃어 보였다.

"전에 왔을 때보다 훨씬 얼굴색이 좋아지셨어요. 볼에 살도 붙으신 거 같아 다행입니다."

엄마는 긴장한 채로 작게 고개를 끄덕였다.

그날 밤 치하루와 고타로는 오랜만에 아버지와 동생과 함께 식사를 했다. 그동안 결혼식에 대해서 계속 고타로와 전화로 상황을 조율했다. 오늘 아버지에게 고민 끝에 내린 결론을 알릴 예정이다. 그때문에 고타로가 온 것이기도 하다.

"식은 올리지 않기로 했습니다."

고타로의 말에 예상대로 아버지는 상당히 놀란 듯했다.

"진심인가?"

"둘이서 얘기해 봤는데 혼인신고만 하기로 했습니다. 사실 저희집도 계속 누워 계시는 할머니 건강이 그다지 좋지 않아서 눈을 뗄수 없는 상황이거든요. 부모님도 집을 비우기가 어렵다고 하셔서 아예 형식적인 건 빼기로 했습니다."

"치하루, 넌 그래도 괜찮겠어?"

"네, 전혀 상관없어요."

"그래……. 미안하게 됐다."

아버지가 내심 미안한 듯 고개를 떨궜다. 하지만 치하루는 사실 아무렇게나 되어도 좋았다. 어차피 초대할 친구가 있는 것도 아니고, 퇴직해 버렸으니 상사를 부를 필요도 없다. 아예 이렇게 된 편이 훨씬 홀가분했다.

병원을 오가며 집안일을 하는 틈틈이 치하루는 조금씩 짐 정리를 시작했다.

이층의 자기 방은 도쿄에서 가져온 짐 때문에 더욱 창고처럼 되어갔다. 고타로의 부임지인 오슬로에는 사택이 준비되어 있다. 다행히도 가구나 전기제품이 모두 갖춰져 있어서 바로 가서 살아도 일상생활에 지장은 없을 거라고 했다. 혹시 부족한 게 있다면 현지에서 마련하면 된다. 마음에 드는 옷과 가방, 액세서리 몇 개만 골라 담아서 캐리어백 하나로 떠날 작정이다.

어느 가방을 가져갈지 고민하고 있을 무렵 미하루가 나타났다.

'이제 얼마 안 남았네. 이걸로 치하루는 완전히 엄마한테서 해방되는 거야. 거기에 가면 엄마를 돌보지 않아도 되니까 마음껏 살 수 있어.'

"그래, 진정한 자유를 얻었어."

'이번에야말로 너의 승리다.'

치하루는 미하루와 정면으로 눈이 마주쳤다. 다시 한번 확인하듯 크게 고개를 끄덕이며 말했다.

"그래. 이번에야말로 내가 엄마를 이겼어."

슈퍼마켓에서 돌아와 현관 앞 주차장에 차를 대고 있었다. 갑자기 담장 너머에서 옆집 아주머니가 말을 건넸다.

"치하루, 요새 엄마는 좀 어떠셔?"

"네, 덕분에 그럭저럭."

또다시 무난한 대답으로 둘러댄다. 아주머니는 기쁜 듯 밝은 미소를 지었다.

"그래? 다행이네. 아직 젊으셔서, 틀림없이 건강해질 거야. 무엇보다 이렇게 치하루가 돌아와서 보살펴 주니까 엄마도 역시 안심하셨을 거야."

치하루는 가방에서 열쇠를 꺼냈다.

"과연 그러실지."

"무슨 소리야. 당연히 안심하지. 역시 딸이 있어야 해. 간호사도 간병인도 고맙긴 하지만 역시 왠지 꺼려지잖아. 엄마와 딸은 서로 통하는 것도 많고. 아주 오래 전에 엄마가 건강이 안 좋아서 입원했을 때는 곁에 있어 줄 만한 사람도 없어서 분명 불안했을 거야. 그때에 비하면 지금은 안심하고 치료에 전념할 수 있으니 정말 다행이지 뭐야."

치하루는 당황하여 아주머니의 얼굴을 뚫어져라 쳐다봤다.

"엄마가 입원하다니요? 그런 일이 있었어요?"

처음 듣는 이야기였다.

"어머 기억 안 나? 그렇구나, 벌써 삼십 년 전의 일이네. 치하루가 아직 두세 살 때였지."

"그때 엄마, 어디가 안 좋았는데요?"

"나도 자세한 건 모르지만⋯⋯."

아주머니는 전제를 달고 나서 주위를 힐끗 살피더니 조금 작은 목소리로 말을 이었다.

"몸이 아니라 마음 쪽일 거야."

"마음?"

"정신적으로 견딜 수 없었던 거지. 시어머니와 여러 가지 문제가 있어서 많이 힘들어 했거든. 노이로제라고 하나? 반년 정도 입원해 있었어."

그런 일이 있었는지 전혀 생각나지 않았다. 과거에 엄마가 그런 상태였다는 것도 당연히 몰랐다. 그 잔인한 엄마가 시어머니 때문에 곤란했었다고? 치하루의 기억 속에서 늘 사람을 힘들게 하는 쪽은 엄마였다.

잠자코 있는 치하루를 보고 아주머니는 적잖이 당황했다.

"어머나, 내가 쓸데없는 소리를 한 것 같네. 옛날 일이니까 너무 마음 쓰지 마렴. 여하튼 말하고 싶었던 건 혼자였던 그때랑 달리 지금은 이렇게 치하루가 곁에 있어 주니 엄마도 편안하게 치료받을 수 있다는 거야."

아주머니는 멋쩍어하며 황급히 집으로 들어갔다.

엄마의 기저귀가 더러운 것은 진즉에 알았다. 엄마는 스멀스멀 퍼지는 역겨운 냄새에 기분이 나빠진 듯 입을 씰룩거렸다. 파자마 바지에까지 냄새가 배었다.

간호사에게 연락하려고 했다. 그런데 때마침 옆 병실 환자의 상태가 급변했는지 간호사들이 허둥대며 바삐 움직이는 모습을 보았다.

간호사를 부르기가 망설여졌다. 다른 환자의 가족들도 당연하다는 듯이 대소변을 받아 내고 있다. 계속 내버려 두면 바지까지 더러워질 것이다. 그러면 세탁도 힘들어진다. 어쩔 수 없다고 판단한 치하루는 각오를 다지고 침대 아래에 준비해 둔 종이기저귀 봉지를 향해 손을 뻗었다.

"오늘은 내가 할게."

엄마에게 말하면서 간호사가 하던 대로 케어시트와 장갑, 물티슈 등을 꺼냈다.

처음이라 긴장되었다. 우선 엄마의 몸을 옆으로 돌려야 했다. 오른쪽이 마비된 엄마를 움직이는 일이 그리 간단하지는 않았다. 엄마의 파자마 바지를 벗기는 데만도 힘에 부쳤다. 간신히 바지를 벗겨 내고 엉덩이를 조금 들어서 케어시트를 깔았다. 냄새가 피어오르는 기저귀를 열어 보니 예상했던 대로 대변으로 더러워져 있었다. 자기도 모르게 얼굴을 찡그렸다. 하지만 그대로 닫아 버릴 수도 없는 노릇이었다.

엄마의 그대로 드러난 하반신을 가까이서 본 것은 처음이었다. 마음이 혼란스러웠다. 봐서는 안 될 것을 본 것만 같아서 견딜 수가 없었다. 똑바로 쳐다보지 못하고 기저귀 봉지에 적힌 교환 방법에 시선을 고정하면서 곁눈으로만 기저귀를 확인했다. 자칫 잘못하면 대변이 사방으로 퍼질 기세였다. 조심스럽게 기저귀를 말았다. 엄마의 살갗에 묻은 것도 물티슈로 정성껏 닦아 냈다. 세심하게 닦지 않으면 남은 분비물이 피부 트러블의 원인이 된다고 적혀 있었다. 어느 정도로 닦으면 좋을지 몰라 물티슈 한 통을 거의 다 썼다. 마침내 새 기저귀를 엉덩이 아래에 펼치고 패드를 깔았다. 여미는 부분을 너무 느슨하지도 그렇다고 너무 꽉 조이지도 않게 적당한 여유를 두고 테이프로 고정했다.

모든 것이 끝났을 때는 땀범벅이 되어 있었다.

"이것으로 끝. 잘하진 못했지만."

비로소 안심한 치하루가 가쁜 숨을 내뱉었다. 그때 엄마와 눈이 마주쳤다. "아, 고……"라고 엄마가 무언가를 말하려고 했다.

'너, 정말 서툴구나.'

이런 불평을 터뜨리는 게 아닐까 걱정되어 순간 온몸이 굳었다. 엄마의 입술이 달싹달싹 움직이기 시작했다. 계속해서 입 모양을 주시했다.

치하루는 그것이 '고맙다'란 말인 것을 겨우 깨달았다.

그것을 알았을 때, 가슴이 무언가로 가득 채워져 터질 듯했다. 가슴을 채운 그것이 무엇인지 전혀 알 수 없었다. 뭐가 뭔지 도통 알 수 없는 상태였다. 다만 뜨거운 덩어리 같은 것이 가슴 안쪽부터 샘 솟아 오르고 있는 것만은 확실했다.

치하루는 엄마에게서 어색한 눈길을 떼며 더러워진 기저귀를 비닐 봉지에 담았다.

"이거 버리고 올게."

변명이라도 하듯이 병실을 뛰쳐나왔다.

중앙대로 근처의 대형 슈퍼마켓에서 장을 보고 있었다. 뜻밖에도 가스미와 마주쳤다.

"요새 엄마는 어떠셔?"

가스미는 양손에 비닐봉지를 네 개나 들고 있었다.

"여전하셔."

있는 그대로 말할 생각도 없고, 말해 줄 필요도 없다. 그녀는 진지한 얼굴로 "큰일이네."라고 말하고 나서 "미안해."라는 말을 덧붙였다.

"어, 뭐가?"

"그 뒤에 너한테 여러 번 만나자고 메일 보냈잖아. 생각해 보니 힘들 때 그런 말 들으면 좀 부담이 됐을 거 같아서. 미처 거기까지 신경 쓰지 못해서 많이 반성했어. 그래서 모두와 상의했는데, 치하루한테 연락이 올 때까지 잠시 기다려 보는 게 어떻겠느냐고. 앞으로 괜찮으면 꼭 연락 줘."

"……."

"뭔가 도움이 될 게 없을까 모두들 여러 가지로 알아보고 있어. 식이요법이나 재활 방법, 좋은 병원 같은 거. 나도 겪어 봐서 아는데 엄마 친구 분께 여쭤 봤더니 꽤 좋은 정보가 많더라고. 넌 계속 도쿄에서 살아서 이곳 사정은 잘 모르잖아. 그래서 꽤 힘들 것 같아서. 참, 역 뒤편에 있는 간호용품점에 쓸 만한 물건이 많다고 하던데, 다음에 내가 한 번 가 볼게."

치하루는 그녀의 얼굴을 빤히 들여다보았다. 그 표정에 거짓 따위는 찾아볼 수 없었다.

"괜찮아. 그렇게까지 안 해도."

"무슨 소리야, 친구잖아. 어려울 때 서로 도와야지. 나도 시아버지 간병했을 때 삿친, 구미코, 유키에게 엄청나게 도움받았거든. 역시 친구가 있어야 한다고 실감했어."

'친구'라는 말이 평소와 달리 귓가를 울렸다.

'친구 따윈 없어. 친구라니 거짓말. 친구라고 부르지 마…….'

"미안. 이렇게 마냥 서서 얘기할 때가 아닌데 깜빡했다. 지금부턴 아이들 데리러 가야 하거든. 그럼 또 보자. 그 가게에 대해선 나중에 메일로 알려 줄게."

치하루는 우두커니 선 채로 달려가는 가스미의 뒷모습을 두 눈으로 쫓았다.

16

아사코

오후 6시가 지났다. 아사코는 회사 근처 찻집에서 미치코와 마주 앉았다. 때마침 함께 나오면서 차나 한잔 하기로 한 것이다.

"어머, 그럼 미치코 씨는 자택 근무로 바꾸는 거예요?"

아사코는 커피잔을 든 채로 무심코 목소리를 높였다.

"그래. 다음 달부터 그렇게 될 것 같아."

"왜요?"

"엄마에게 치매 증상이 나타나기 시작했거든. 얼마 전에 혼자 외출했다가 길을 잃어서 경찰한테서 전화가 왔어. 최근에 말도 제대로 못할 때도 많고, 건망증도 심해서 냉장고 안에 텔레비전 리모컨을 넣어 놓기도 했거든. 안 그래도 계속 이상하다고 생각하긴 했었는데, 좀처럼 인정할 수가 없었어. 그러다가 이번에 크게 결심하고 병원에 가서 진찰받았지. 아니나 다를까, 알츠하이머병이라고 하더라고."

"그랬어요?"

예전에 미치코가 엄마와 둘이서 유럽 여행을 갈 거라고 말한 적이 있다.

"우린 엄마랑 단둘이 살잖아. 혼자 두는 게 좀 걱정이 돼서. 집에서 쓰러지기라도 하면 어떡해. 가스불 끄는 걸 잊어도 큰일이고. 무슨 일이 생기면 어떡하지 하는 생각에 불안해서 일도 손에 잡히질 않아. 그렇다고 일을 그만둘 수도 없고. 그래서 재택 근무를 신청했어. 컴퓨터 덕분에 어디서든 일할 수 있으니 얼마나 편리해."

"병원이나 시설은 생각해 보지 않았어요?"

재택 근무를 하면 정사원에서 촉탁 형태로 지위가 바뀐다. 시간은 자유로워지지만, 수당이나 보험 등 경제적인 면을 생각하면 불안감도 커질 것이다.

"그것도 생각했지. 근데 그렇게 하면 왠지 엄마한테 미안해질 것 같아. 내가 힘들 때 도와준 건 엄마였어. 그렇다면 엄마가 힘들 때 내가 도와주는 게 당연한 거 아닐까."

"그런가요."

그것이 딸로서 해야 할 바른 태도일지도 모른다.

하지만 정말 그럴까. 아사코는 곧이곧대로 받아들일 수 없었다. 어딘가에 분명 '희생'이라는 글자가 드리울 것이다.

'만일 나였다면……'

생각하자마자 한숨이 새어 나오는 것 같아 아사코는 황급히 차를 들이켰다.

엄마가 약을 먹고 있지 않은 것은 아닐까, 하는 의심이 계속 들었다.

직접 확인하면 좋겠지만 물어보기가 겁났다. 자칫 오해라도 한 것이라면 엄마가 흥분해서 다시 발작을 일으킬지도 모를 일이다.

약은 몰라도 병원에는 꾸준히 다니는 것 같다. 엄마는 저녁식사를 하면서 의사가 기분 전환을 하라거나 쉬라는 말을 했다고 아주 자세히 말해 주곤 했다. 어쨌든 최근에는 발작이 일어나지 않았다. 이대로 건강해진다면 그보다 좋은 일도 없을 것이다.

주말 저녁이었다. 엄마의 휴대전화가 계속 울려대더니 잠시 뒤에 다시 집 전화가 울렸다. 엄마가 욕실에 있는 터라 아사코가 전화를 받았다.

"핸드폰으로 연락했는데 연결이 안 돼서 집으로 했어."

엄마가 파트직으로 일하고 있는 회사의 동료였다.

"죄송합니다. 엄마 지금 씻고 계세요. 전화 주셨다고 전할게요."

그녀는 당황한 목소리로 "그럼 부탁해요." 하더니 갑자기 "네가 아사코니?"라고 물었다.

"네, 그런데요."

"요전에 말한 선, 조건 좋은 사람이었는데 유감이야."

엄마에게 그 신상명세서를 건네 준 게 이 사람이었나 보다.

"무례하게 거절해서 죄송해요."

"아니야, 마음 쓰지 마. 난 지인이 많아서 여러 소개 자리가 들어와. 또 네게 맞는 사람을 찾으면 되니까. 그런데 마침 통화가 된 김에 묻겠는데, 어떤 스타일을 원하는 거야? 장남은 안 된다는 건 물론 알고 있지만. 스포츠맨이나 문화계 쪽 사람도 괜찮아? 출신 대학을 따지나?"

다그치듯이 물어 대서 난처했다.

"아니, 그런 건 별로……."

"사양하지 말고 분명히 말해 줘. 그러는 편이 나도 고르기 쉽거든."

화제를 바꾸고 싶었다. 하지만 어떤 말을 하면 좋을지 떠오르지 않는다. 고민 끝에 엄마에 대한 이야기를 꺼냈다.

"저기, 엄마가 매주 한 번씩 반차를 쓰게 돼서 죄송해요. 일하는 다른 분들께 폐를 끼치게 됐는데 아무쪼록 잘 부탁드립니다."

"응? 무슨 얘기야?"

알아들을 수 없다는 듯 되물었다.

"저기, 반차를……."

"엄마는 한 번도 쉰 적이 없는데."

주말은 니혼바시에서 점심을 먹었다. 인기 있는 맛집이라며 엄마는 가게 곳곳을 흥미롭게 둘러봤다. 웃음이 끊이지 않았고 말도 많이 했다. 무척이나 건강해 보였다.

식사를 마치고 집으로 돌아가기 위해 지하철역으로 향하는 중이었다. 갑자기 애완동물 가게 앞에서 엄마가 멈춰 섰다. 유리창 너머에서 새끼 고양이 여러 마리가 꼬물꼬물 장난을 치고 있었다. 엄마가 넋을 놓고 바라본다.

"귀여워."

엄마가 웅크리고 앉아 목소리를 높였다.

"아사코, 우리 고양이 키우는 건 어때?"

엄마가 물었다.

"기억나니? 네가 초등학교 이학년 때 고양일 집에 데려왔잖아. 근데 하필 그 무렵에 맨션에서 애완동물을 못 키우게 해서 어쩔 수 없이 지인에게 맡겼지. 그날 아사코, 밤새도록 통곡했잖아."

"그런 일이 있었나?"

아사코의 기억에는 남아 있지 않다.

"요즘 우리 맨션도 규정이 바뀌어서 작은 애완동물 정도는 키울 수 있게 됐거든. 이층 야마키 씨, 벌써 고양일 키우기 시작했어. 같은 층 사토 씨는 토이 푸들이고. 우리도 키워 보면 어때?"

"돌보는 게 힘들지 않을까?"

"혼자면 힘들지 몰라도 우린 둘이니까 돌보는 건 그리 힘들지 않을 거야."

엄마는 아무 생각 없이 한 말일 것이다. 그러나 아사코의 등에서 식은땀이 한 줄기 흘러내렸다.

얼마 전 엄마의 직장 동료에게서 걸려 온 전화를 받은 뒤로 계속 생각했다. 어쩌면 엄마가 정말로 약을 먹지 않을지도 모른다고. 원래 엄마는 약을 싫어한다. 그런데 병원에도 다니지 않았다. 가지도 않고서 의사에게 들은 이야기라며 아사코에게 전했다.

대체 무엇 때문에.

빤하다.

엄마는 꾀병을 부려서라도 딸을 속박하려는 거다. 무슨 일이 있어도 딸을 자신의 생각대로 움직이게 할 작정이다.

"어때, 좋지? 우리 키우자."

고양이의 수명은 10년 이상. 장수하는 고양이라면 20년은 족히 살 수 있다. 그때가 되면 아사코의 나이는 이미 50에 가까워진다. 엄마의 계획에 온몸이 덜덜 떨리는 아사코. 고양이를 키우자는 제안은 앞으로 죽을 때까지 떠나 보내지 않겠다는 엄마의 확정적 선언인 것이다.

아사코에게 여러 가지 감정이 불쑥 솟구쳤다.

처음에는 혐오였다. 거기에 당혹감이 더해졌다. 짜증, 답답함, 울분, 고통, 그리고 마지막에는 공포가 엄습해 왔다.

이대로라면 나는 엄마의 성에서 벗어날 수 없다.

엄마가 생각한 대로 인생이 흘러갈 것이다.

17

치하루

치하루의 생활은 과거와 완전히 달라졌다.

집안일도 병원 통원도 고통스럽게 느껴지지 않았다. 단조로운 일상이지만 계획적으로 지내다 보니 생활 리듬이 생기고 마음에 여유도 생겼다.

엄마를 돌보는 일도 꽤 익숙해졌다. 최근에는 옷을 갈아입히고 기저귀를 갈아 주는 것뿐만 아니라 몸을 닦거나 손과 발에 크림을 발라 주기도 했다.

양치질도 그중 하나였다. 식후에는 엄마를 휠체어에 태워 세면실까지 데려갔다. 치아가 깨끗하지 않으면 충치나 치주염이 발생할 수있는 데다 무엇보다도 본인이 찝찝할 것이다. 최근에는 반드시 이일을 끝내고 나서야 집으로 돌아간다. 왼손밖에 사용하지 못하는 엄마는 양치질도 어설프게 한다. 보다 못해 결국 치하루가 "자, 아아." 하고 엄마의 입을 벌린다. 칫솔을 들고 입 안 구석구석 깨끗하게 닦아 준다.

요즘 엄마는 치하루의 말에 고분고분 따른다. 게다가 무엇을 해도 마지막에는 반드시 고맙다고 말한다. 물론 완벽하게 말하지 못해서 "고마⋯⋯."까지밖에 들리지 않지만 그것만으로도 기뻤다. 치하루가 "천만에."라고 대답한다. 엄마가 웃는다. 치하루도 웃는다. 그러면 또 엄마가 웃는다.

가스미뿐만 아니라 다른 친구들과도 자주 메일을 교환하게 되었다.

친구들은 많은 정보를 알려 주었다. 벗기기 쉬운 파자마나 왼손으로도 사용하기 편한 숟가락, 바닥에 미끄러지지 않는 쿠션 등 여러 가지를 찾아봐 주었다. 실제로 큰 도움이 되었다.

며칠 전에는 함께 모여 노래방에도 갔다. 각자 집안일을 끝내고 중앙대로 근처에 있는 노래방으로 모였다. 간단하게 씬피자와 감자튀김을 시켜서 노알코올 칵테일에 곁들였다. 흥겹게 노래를 부르고 친구의 춤을 따라 추었다. 그렇게 마음껏 웃은 게 난생처음일지도 몰랐다.

멋진 레스토랑이나 세련된 바가 아니어도, 화려하게 차려입지 않아도 이렇게 즐거울 수 있다니. 하이힐을 운동화로 바꿔 신고, 명품 가방을 튼튼한 헝겊 토트백으로 바꿔 들었다. 어깨에서 힘을 빼고 파카와 청바지 차림으로 지낼 수 있는 시간이 이토록 여유로울 줄은 상상도 못했다.

친구들이 자신을 받아 주지 않는다고만 생각했다. 하지만 이제야 비로소 알았다. 받아들이지 않으려고 했던 것은 그녀들이 아닌 바로 자기 자신이었다는 것을.

오후부터 날이 쾌청해졌다.

병실 창문에서 보이는 하늘이 투명한 유리 같았다. 치하루는 엄마를 돌아봤다.

"잠시 옥상에 가 볼까?"

엄마가 고개를 끄덕인다. 엘리베이터를 타고 옥상으로 향했다. 엄마와 밖에 나온 것은 오랜만이었다.

오늘은 목욕하는 날이 아니라서 뜨거운 타월로 얼굴과 몸을 닦았다. 머리도 단정하게 빗기고, 좀 전에 기저귀도 새로 갈았다. 깨끗해지니 엄마도 기분이 좋은 것 같았다. 지금은 이런 일들이 익숙해져서 짧은 시간 안에 모든 것을 끝낼 수 있다. 이상하게도 이젠 더럽다는 감각도 전혀 없다. 사람은 먹은 것을 당연히 밖으로 내보낸다. 지극히 자연스러운 모습이다. 그건 살아 있다는 증거이기도 하다.

옥상에 올라온 엄마가 기분이 좋은지 함박미소를 지었다. 모처럼의 나들이에서 시원한 바람과 광활하게 펼쳐진 푸른 하늘을 만났다.

"아름답네?"

엄마는 대답이 없다. 그래도 같은 것을 느끼고 있다는 것이 기운으로 전해져 온다.

이제 엄마의 얼굴에서는 과거의 모진 모습을 찾아볼 수 없다. 미간을 꽉 잡고 있던 신경질이 눈 녹듯 사라지고, 성난 입꼬리는 온화하게 내려와서 악의도 독기도 모두 사라졌다. 오직 평온함만이 얼굴에 가득했다. 그것이 후유증 탓인 줄을 잘 알면서도 이런 엄마의 얼굴을 볼 수 있다는 사실이 신기했다.

지금이라면, 치하루는 생각했다.

계속 듣고 싶었던 말, 무슨 일이 있어도 답을 듣고 싶었던 그 말, 그것을 지금이라면 들을 수 있다.

"엄마, 가르쳐 줘."

치하루는 엄마에게 말을 건넸다.

"어째서 그토록 내가 미웠던 거야?"

엄마가 고개를 가볍게 기울여 치하루를 돌아봤다. 지금 앞에 있는 사람은 엄마지만, 엄마가 아니다. 그것을 알면서도 치하루는 묻지 않고는 견딜 수 없었다.

"어릴 때부터 계속 생각했어. 뭐가 싫었던 건지. 사랑받고 싶어서 열심히 노력했지만 뭘 해도 엄마는 날 사랑해 주지 않았어. 내가 할머니를 닮아서 그랬어? 아니면 미하루를 죽여서? 히로카즈의 얼굴에 거즈를 덮어서? 응? 왜 그랬어?"

엄마는 치하루를 돌아본 채로 가만히 있었다.

"말해 봐!"

감정이 격앙되어 말투가 험악해졌다. 엄마는 난처한 얼굴로 치하루를 바라봤다.

울지 않는 새는 하늘에 빠진다

이제 아무것도 할 수 없는 엄마다. 그런 엄마를 나는 아직도 책망하려는 것인가.

치하루는 엄마를 응시했다.

그토록 증오했던 엄마다. 언제나 나에게 상처만 줬던 엄마다. 하지만 엄마는 더 이상 과거의 엄마가 아니었다. 전혀 다른 인물, 인간이라기보다 하나의 무방비한 영혼 그 자체로 변했다. 이제 그 무렵의 엄마는 어디에도 존재하지 않는다. 엄마에게는 이제 나밖에 없다.

18

아사코

고타로에게서 그간의 사정을 듣고 아사코는 바로 대답할 말이 떠오르지 않았다.

"그렇다면……."

"네, 그렇게 됐어요. 결혼은 없던 일로 하기로 했어요."

고타로의 표정은 의외로 홀가분해 보였다. 마음 정리가 끝나서일까. 그저 강한 척하는 걸까. 아사코는 판단이 서지 않는다.

여기는 마루노우치의 카페. 고타로와 재회했던 곳이다.

"그녀에게 그 말을 들었을 땐 대체 무슨 말을 하는 건지 이해가 안 됐어요. 내가 아니라 엄마를 선택하겠다고 한 거요. 그토록 엄마를 미워했는데 이제 와서 그러다니 화가 났죠."

화가 나는 게 당연하다고 아사코도 생각했다.

울지 않는 새는 하늘에 빠진다

"그런데 대화를 하면서 왠지 조금은 이해할 것 같은 기분이 들었어요. 어머니와의 관계를 다시 시작하지 않는 한 그녀는 자신의 존재를 인정할 수 없었던 거예요. 무엇보다 놀란 건 그녀의 얼굴이 이전과는 전혀 달라진 거였어요. 이전에는 완고하달까, 누구에게든 절대 약점을 보이지 않겠다고 작정한 사람 같았는데 지금은 평온해 보여서 깜짝 놀랐죠. 처음 봤어요. 그렇게 행복해 보이는 얼굴은."

"그래도 어떻게 그런 이유만으로……."

"저도 아직 의문이에요. 하지만 나 스스로에게 물어봤죠. 그녀가 무작정 나와 결혼한다고 해서 정말 행복해질 수 있을까 하고요. 아무 대답도 할 수가 없더라고요. 그게 그렇잖아요. 결혼이 능사는 아니니까. 모두가 행복하면 왜 그렇게 많은 부부가 이혼하겠어요. 그녀에게 있어 행복이 어머니와 다시 시작하는 것이라면 그대로 인정하는 수밖에요."

"정말 그래도 괜찮겠어요?"

"네, 이미 받아들였어요. 이런 상태로 결혼한다고 해도 순조롭지 않을 게 뻔하잖아요. 예물도 약혼반지도 돌려받았어요. 그녀 아버님이 굉장히 미안해하시면서 몇 번이고 고개를 숙이셨어요. 오히려 제가 몸 둘 바를 모를 정도였죠. 저희 부모님과 회사에도 알렸고요. 아무래도 부모님은 충격을 받으신 것 같아요. 그래도 억지로 결혼하는 것보단 이게 낫다고 잘 말씀드렸어요."

"그럼 오슬로에는 혼자서?"

"홀가분하게요."

아사코는 지도를 머릿속에 그려 봤다. 북극 근처, 열쇠 모양의 반도에 있는 나라. 너무나도 먼 나라.

"출발은 언제예요?"

"일주일 뒤요."

앞으로 일주일, 단 일주일이면 고타로는 떠나 버린다.

"당신에게는 여러 가지 상담도 받고 정말 감사해요. 결과는 이렇게 됐지만, 뭐 이런 게 인생인 거겠죠."

"저야말로요. 얼마나 큰 힘이 되었는지……."

"진부한 말이지만, 서로 건강하게 잘삽시다."

순간 아사코는 감정을 억누르지 못하고 앞으로 몸을 끌어내 고타로에게 다가갔다.

"가도 될까요?"

"네?"

"저, 오슬로에 가 본 적 없거든요. 놀러 가도 돼요?"

"물론, 대환영입니다."

고타로의 얼굴에 웃음이 가득 번졌다.

"정말이죠?"

"언제든 연락 주세요. 기다릴게요."

그 말을 곧이곧대로 들으면 안 된다는 것쯤은 알고 있다. 분명 지금 고타로에게 아사코의 기분을 배려할 여유 따위는 없을 것이다.

자신은 그냥 친구일 뿐이다. 그런 입장일 수밖에 없다.

그래서 좋다, 아사코는 생각했다.

울지 않는 새는 하늘에 빠진다

처음에는 그래서 좋다. 시작은 거기서 하자.

준비하는 데 3개월이 걸렸다.

아사코는 회사에 재택 근무를 신청했다. 총무과장이 난처한 얼굴을 했다.

"불과 얼마 전에 아이다 군이 재택 근무를 신청했는데."

"죄송합니다."

"일단 촉탁이 되면 정사원으로 돌아올 수 없다는 것쯤은 알고 있지?"

"네."

"이유를 물어도 될까?"

"잠시 일본을 떠나 있게 돼서요."

"얼마나? 사정에 따라서는 휴직을 해도 되는데."

"귀국 시기를 정하지 않았어요."

과장은 더욱 당혹스러운 표정을 지었다. 어쩌면 결혼 취소로 인한 상처가 대단해서 무턱대고 저지르는 일일지도 모른다고 생각할 수도 있다.

"정말 그래도 되겠어? 후회 안 하지?"

"네."

"그렇게까지 말하니 처리해야겠군."

"잘 부탁드립니다."

안도했다. 이것으로 여하튼 일은 계속할 수 있게 되었다. 급료는 원래의 3분의 2밖에 안 되지만, 해외에 있어도 사치만 하지 않는다면 어떻게든 생활할 수 있을 것이다.

엄마에게는 아직 아무것도 알리지 않았다. 이렇게 비밀리에 준비하는 자신을 스스로도 '못된 딸'이라고 생각한다. 하지만 이 시점에서 굳게 결심하지 못하면 엄마의 저주에서 영원히 빠져나올 수 없다.

저녁밥을 먹고 설거지를 끝낸 뒤 아사코는 소파에 앉아 텔레비전을 보고 있는 엄마에게 말을 건넸다.

"엄마, 할 말이 있는데."

출발 닷새 전이다. 짐도 다 꾸렸고, 티켓 예매도 끝냈다.

"뭔데?"

아사코는 엄마 맞은편에 앉아 등을 펴고 호흡을 가다듬었다.

"나, 오슬로에 가게 됐어."

가고 싶다, 그러니 가게 해 줘, 라고 말하는 게 아니라 선언이었다. 엄마에게는 의미가 제대로 전달되지 않은 모양이다.

"오슬로?"

"북유럽에 있는 노르웨이의 수도야."

엄마는 잠시 잠자코 있었다.

"일? 아니면 여행?"

"아니."

아사코는 고개를 좌우로 흔들었다.

"그럼 뭐야?"

"그곳에 사랑하는 사람이 있어. 그 사람이 있는 곳으로 가고 싶어. 닷새 뒤에 출발해."

아사코의 말에 엄마의 표정이 삽시간에 굳어지더니 얼굴이 붉게 물들었다.

"무슨 소리야, 그게? 엄마는 무슨 말인지 도통 이해가 안 가."

"미안해. 이제야 말해서."

"갑자기 그런 말을 하니 엄마가 무슨 말을 해야 될지 모르겠다. 사랑하는 사람이라니, 아사코, 네게 그런 사람이 있었어?"

"응."

"그럼 언제까지 가 있는 건데? 얼마나 있다가 오는 거야?"

"정해진 건 없어."

"정해진 게 없어?"

"그곳에 가서 천천히 생각해 볼 거야."

"그건 또 무슨 말이야? 안 돌아올 수도 있다는 거야?"

"어쩌면 그럴지도 몰라."

"뭐, 뭐라고?"

엄마가 비명 가까운 소리를 질렀다.

"대체 그 남자는 어떤 사람이야? 무슨 일을 하는데? 부모님은? 나이는?"

"펀드 회사에서 일해. 나이는 나보다 한 살 위. 나머지는 나도 잘 몰라."

"잘 모른다고? 아니, 태생도 모르는 사람한테 가겠단 거야?"

"사랑해. 그 사람의 모든 걸."

"그런 사람이 있다면 좀 더 빨리 말해 주면 좋았잖아."

"말해도 허락해 주지 않을 것 같았어."

"왜 너 혼자 멋대로 생각하니? 일에는 순서라는 게 있어. 아사코는 지금 그걸 무시하고 억지 부리는 거야. 이제 어린애도 아니니 그런 버릇없는 행동은 용서할 수가 없어. 이런 일은 엄마와 둘이서 천천히 대화로 결정할 문제잖니. 다바타 씨 일로 네가 화난 건 알아. 엄마도 진심으로 미안하게 생각해. 그렇다고 너만 좋으면 되는 거니? 나중 일은 어떻게 돼도 상관없다는 거야?"

"내가 심하다는 거 알아. 그래도 나 꼭 갈 거야."

"설마 네가 이렇게 앙갚음을 할 거라곤 생각지도 못했어."

엄마가 뚜뚝 눈물을 흘리기 시작했다.

"아빠가 죽고 나서 너만이 엄마의 유일한 기쁨이었는데. 이런 말 하면 또 네가 생색낸다고 비난할지도 모르겠지만 난 언제나 널 최우선으로 생각해 왔어. 엄마와 딸이 평생 서로 돕고 의지하며 살아가길 바랐는데, 그게 그렇게 어려운 거니? 이렇게 몰래 계획을 세우고 자기 생각대로만 밀어붙이면 되는 거야? 어떻게 이런 짓을 할 수가 있니?"

엄마가 애정이라고 믿는 것을 딸은 구속으로 여긴다. 딸이 여행을 떠나면 엄마는 버려졌다고 한탄한다. 어느 쪽이 옳고, 어느 쪽이 그른 걸까. 그 판결을 누가 내릴 수 있을까. 답은 영원히 두 개다.

울지 않는 새는 하늘에 빠진다

"알아. 키워 준 건 마음속 깊이 감사해. 하지만 나와 엄마는 다른 인간이야. 나는 나의 인생을 살고 싶어."

엄마는 눈물을 훔치지도 않고 호소했다.

"그거야 당연하지."

"그런데 늘 느끼고 있었어. 엄마의 사랑이 무거웠어."

"엄마의 애정을 그런 식으로밖엔 못 받아들이니? 모든 게 엄마 탓이야? 아사코는 어때? 필요할 때만 내게 의지하는 거였어? 밥해 주고, 청소해 주고, 빨래해 주고, 용무가 끝나면 걸림돌처럼 다루는 거, 너무하다고 생각하지 않아?"

"알아. 비난 받아도 어쩔 수 없어."

"뭐가 어쩔 수가 없어! 뭐가!"

엄마가 갑자기 가슴을 움켜쥐었다.

"아아, 가슴이……."

엄마의 행동이 연극으로밖에 보이지 않는다.

"그만해, 엄마. 나 다 알아. 약 안 먹는 것도, 병원에 가지 않는 것도."

순간 엄마의 움직임이 멎었다. 엄마의 얼굴에서 표정이 사라져 있었다. 아사코를 보는 그 눈도, 그 볼도, 마치 아사코를 알지 못하는 누군가처럼 보였다.

"이미 결정했어. 무슨 일이 있어도 마음은 바뀌지 않아. 날 원망해도 좋아. 그러나 나는 갈 거야."

아사코는 소파에서 일어나 방으로 들어가 문을 쾅 닫았다. 문을 닫는 손이 부들부들 떨렸다. 자신이 얼마나 긴장했었는지를 비로소 알았다.

어렵게 내린 결심이다. 만일 여기서 정에 흔들려 엄마를 받아들인다면 아무것도 달라지지 않는다. 똑같은 생활이 반복될 뿐이다. 그리고 확실히 예상할 수 있었다. 언젠가 반드시, 엄마를 마음속 깊이 증오하게 될 것을.

19

치하루

엄마에게 조금씩 재활 치료 성과가 나타나고 있었다.

의사도 예상보다 회복이 빠르다며 놀라워했다. 밥을 흘리는 일도 줄어들었고, 손잡이를 잡고 혼자 몸을 일으킬 수도 있게 되었다. '주스'나 '밥', '텔레비전'처럼 짧은 단어도 말할 수 있고, 심지어 기분이 좋을 때는 콧노래까지 흥얼거렸다.

주말에는 잠시 집에 다녀와도 좋다는 허락도 받았다.

"모두 모여 밥 먹는 거 정말 오랜만이네."

엄마의 얼굴에도 미소가 번졌다. 저녁 메뉴는 무엇으로 할지 고민이었다. 엄마는 아직 딱딱한 걸 잘 삼키지 못한다. 생선찜, 두부 요리, 달걀찜…… 어느 걸로 할지 결정하지 못했다.

"뭐가 좋을까?"

그러나 주위를 둘러봐도 미하루의 모습은 온데간데없다.

'결혼하지 않겠다니, 대체 어쩌겠다는 거야? 치하루, 너 머리가 어떻게 된 거 아니니?'

미하루는 날카롭게 소리를 높였다.

"나 엄마랑 다시 시작하려고."

'바보 같은 소리 마. 왜 저런 엄마의 간병을 도맡겠다는 거야. 고타로와 결혼하면 돼. 함께 오슬로로 가면 된다고.'

"난 고타로를 사랑했던 게 아냐. 엄마에게 인정받기 위해 그를 이용했던 것뿐이야. 이제 분명히 깨달았어."

'그럼 안 돼? 그래서 행복해질 수 있다면.'

"난 지금이 제일 행복해. 엄마와 이렇게 평온하게 생활할 수 있게 될 거라곤 생각지도 못했어. 어릴 적부터 내내 이렇게 엄마와 지내고 싶었거든. 두 번 다시 손에 넣을 수 없다고 포기했던 꿈이 이뤄진 거라고."

'그게 치하루, 네 대답이니?'

"그래."

'이렇게까지 바보인 줄 몰랐다.'

미하루가 체념하듯 내뱉었다. 그것이 마지막이었다.

"엄마, 좋은 아침."

주말 아침, 치하루가 병실에 얼굴을 내밀었다.

울지 않는 새는 하늘에 빠진다

"오늘은 집에 가는 날이야."

엄마도 알고 있는 듯 표정이 밝았다.

"자, 휠체어에 타자."

치하루는 엄마가 몸을 일으키는 것을 도왔다. 우선은 침대에 걸터앉힌 다음 몸을 안아 휠체어로 옮긴다.

휠체어에 앉히려고 할 때였다. 갑자기 휠체어 바퀴가 움직였다. 브레이크를 걸어 둔다는 것을 깜빡 잊었던 것이다. 황급히 엄마를 끌어안았지만 자세를 바로잡을 수가 없었다. "앗!" 하는 비명과 동시에 둘은 그만 바닥에 엎어지고 말았다.

"미안, 괜찮아?"

치하루는 황급히 엄마를 살폈다. 침대 테두리에 이마를 부딪쳤는지 눈썹 위에 피가 맺혀 있었다.

"여기 좀 도와주세요."

치하루가 소리쳐 간호사를 불렀다.

다행히도 상처가 크지 않아서 이마에 반창고를 붙이는 정도로 끝났다. 하지만 바닥에 떨어지면서 허리를 약간 삐는 사고가 생겼다. 결국 의사의 판단으로 일시 귀가는 중지되었다.

"미안해, 엄마……."

어째서 브레이크를 확인하지 않았을까. 치하루는 자신을 질책했다. 후회가 밀려왔다. 모처럼 가족들과 즐거운 시간을 보내려고 했는데 자신의 부주의로 일이 이렇게 되어 버렸다.

침대에 누운 엄마는 완전히 낙담한 듯 표정이 어둡다. 그런 엄마의

모습을 보자니 자신이 너무나도 한심하게 느껴져 치하루는 저절로
눈물이 나왔다.

"나 때문에, 정말 미안해⋯⋯."

손끝으로 눈물을 훔치는 치하루를 엄마가 빤히 쳐다봤다. 그러더
니 약간 입을 벌렸다.

"어, 뭐?"

엄마가 무언가를 말하려고 했다. 치하루는 서둘러 엄마의 입가에
귀를 갖다 댔다.

엄마가 말했다.

"운다고⋯⋯ 용서받을 수⋯⋯ 생각하지 마."

20

아사코

출발하는 날까지, 바늘방석에 앉아 있다는 게 이런 기분일까 싶었다.

엄마는 아사코와 단 한마디도 하지 않았다. 눈도 마주치지 않았다. 일은 하러 나갔지만 집에 있는 동안에는 방에만 틀어박혀 있었다.

이걸로 된 거야, 아사코는 생각했다.

애당초 엄마가 인정해 주리라곤 기대하지 않았다. 이런 반응을 예상하고 내린 결심이 아니었던가.

고타로와는 메일을 주고받았다. 비행기 도착 시간을 알려 주었더니 '마중나갈게요. 기쁘네요.'라는 덤덤한 답신을 보내 왔다. 그는 아사코가 놀러 오는 것이라고 생각하고 있는 듯했다.

마음을 강요할 생각은 없다. 비록 고타로가 받아 주지 않더라도 그때 일은 그때 가서 생각하면 된다. 미래의 일까지 생각할 필요는 없다. 틀림없이 잘될 거다. 무모해 보일지라도 지금 자신에게는 그 무모함이 꼭 필요했다.

　출발 당일.

　아사코는 엄마 방문을 노크했다.

　"엄마, 그럼 갈게."

　대답이 없었다. 물론 그것도 각오한 일이다.

　"건강해. 제멋대로 굴어서 정말 미안해⋯⋯."

　캐리어백을 손에 들고 현관으로 향했다.

　"아사코."

　등 뒤에서 엄마 목소리가 들려 아사코는 멈춰 섰다. 뒤돌아보기가 무서웠다. 혹시 전처럼 식칼을 손에 들고 있는 건 아닐까.

　주저하며 돌아보니 다행히도 엄마가 서 있었다.

　"조심해서 다녀오렴."

　뜻밖에도 엄마는 미소 짓고 있었다.

　"엄마⋯⋯."

　"난 걱정하지 마. 네가 말해 줘서 알았어. 널 옭아매고 있었다는 걸. 미안. 앞으로는 네가 좋은 대로 살아."

　"괜찮아? 정말 괜찮아?"

　"네 인생은 네 거니까."

　아아, 역시 엄마는 이해해 주었다. 어릴 때부터 엄마는 언제나 마지막에는 결국 딸의 편이 되어 주었다.

가슴이 벅차올랐다.

"엄마, 고마워……."

아사코의 눈이 촉촉해졌다. 아빠가 죽고 나서 엄마 앞에서는 절대로 눈물을 보이지 않겠다고 결심했었다. 하지만 이제 엄마로부터 자유로워진다. 더 이상 눈물을 참지 않아도 된다.

흐르는 눈물을 닦으며 아사코는 엄마의 배웅을 뒤로 하고 현관을 나섰다.

불안이 밀려온다. 견디기 어렵다. 하지만 그보다 해방감이 훨씬 컸다. 눈앞에 펼쳐진 것은 자유다. 끝없는 역경이 기다리고 있는, 여간해서는 안정되지 않을 자유임에는 틀림없지만, 아사코의 마음은 가벼웠다.

아사코는 등을 한껏 펴고 지하철역을 향해 힘차게 걷기 시작했다.

에필로그

오랜만에 다시 글을 올립니다.

왠지 분주했던 탓에 좀처럼 블로그를 쓸 여유가 없었습니다.

오늘은 새로 알려드릴 게 있습니다.

딸이 잠시 해외에 나가게 되었습니다.

처음 이야기를 들었을 때는 혼자 떠나는 여행이 괜찮을지 꽤 걱정되었습니다. 하지만 요즘 제 건강도 많이 좋아졌고, 그동안 제 곁에 있어 준 딸아이에게 고마움을 전하고 싶어 기분 좋게 보내 주었습니다.

돌이켜 보면, 엄마와 딸 단둘이 살아 와서 어릴 적부터 무엇을 하든 저와 함께 하는 일이 많았던 딸입니다.

틀림없이 이번 여행이 여러 가지 경험을 딸에게 안겨 주겠지요.

울지 않는 새는 하늘에 빠진다

힘든 일, 무서운 일, 어쩌면 믿었던 사람에게 배신당하는 일이 일어날지도 모릅니다.

그것 역시 그것 나름으로 괜찮지 않을까요? 여러 가지 일을 겪어 봐야 딸은 정말로 소중한 것이 무언지를, 자신을 소중히 아껴 주는 사람이 누군지를 알게 될 것입니다.

딸아이를 누구보다 잘 압니다. 제가 낳고, 제가 키웠습니다. 이 세상에서 피로 맺어진 단 하나의 딸입니다.

그 아이가 돌아오면 둘이서 고양이를 키우기로 했습니다.

벌써부터 그날을 즐거운 마음으로 기대해 봅니다.